dtv

Konrad Lorenz

Vera, Mitte Dreißig, Schriftstellerin, lebt mit ihrem achtjährigen Sohn in München. An einem grauen Dezembermorgen drei Tage vor Weihnachten ist ihre Stimmung am Nullpunkt angelangt. Ein schrilles Klingeln an der Wohnungstür reißt sie viel zu früh aus einem viel zu kurzen Schlaf. Und viel zuviel Punkte stehen auf der Tagesordnung: Schneiderin, Bank, Weihnachtseinkäufe, Friseur, Zahnarzt, Treffen mit einer mütterlichen Freundin am Flughafen, Verabredungen für mittags und abends ... Es wird ein ereignisreicher Tag, bewußt erlebt und von Angelika Schrobsdorff überzeugend protokolliert.

Angelika Schrobsdorff wurde am 24. Dezember 1927 in Freiburg im Breisgau geboren, mußte 1939 mit ihrer jüdischen Mutter aus Berlin nach Sofia emigrieren und kehrte 1947 nach Deutschland zurück. 1971 heiratete sie in Jerusalem Claude Lanzmann, wohnte danach in Paris und München und beschloß 1983, nach Israel zu gehen.

Angelika Schrobsdorff

Spuren

Roman

Deutscher Taschenbuch Verlag

Ungekürzte Ausgabe
November 1994
5. Auflage November 2000
Deutscher Taschenbuch Verlag GmbH & Co. KG,
München
www.dtv.de
Lizenzausgabe mit freundlicher Genehmigung der
F. A. Herbig Verlagsbuchhandlung GmbH, München

Umschlagkonzept: Balk & Brumshagen
Umschlagfoto: Monopteros, Englischer Garten/München
(© Dietmar Mitschke)
Gesamtherstellung: C. H. Beck'sche Buchdruckerei,
Nördlingen
Gedruckt auf säurefreiem, chlorfrei gebleichtem Papier
Printed in Germany · ISBN 3-423-11951-9

Ich höre die Klingel – ein kurzes, durchdringendes Aufschrillen, das weder das Kissen unter meinem rechten noch die Bettdecke über meinem linken Ohr zu dämpfen vermag. Ich krümme mich zusammen. Mein Ärger richtet sich zunächst gegen die Klingel, dieses Ungeheuer, das mich aus dem Schlaf reißt, wenn ich den Schlaf am nötigsten brauche.

»Wenn diese Klingel glaubt, daß sie mich aus dem Bett kriegt, dann irrt sie sich«, sage ich mir. »Ich habe noch nie eine so häßliche, eine so ordinäre Klingel gehört! Ihr Erfinder muß ein Sadist gewesen sein. Man kann ja auch angenehme Klingeln konstruieren, solche, die leise schnurren, und solche, die ...« Es klingelt zum zweitenmal, und darauf war ich nicht gefaßt. Mein Ärger wendet sich von der Klingel ab und demjenigen zu, der sie mit solcher Unverfrorenheit betätigt. Es muß eine gottlose Stunde sein. Die Straße, die bei Tag eine Fülle nervtötender Geräusche bietet, schweigt. Hinter meinen geschlossenen Lidern spüre ich die Dunkelheit und auf meinem Gesicht die Kälte des ungeheizten Zimmers. Ich spüre auch sonst noch einiges: einen dröhnenden Kopf zum Beispiel, einen bleiernen Körper und eine Zunge, die mich an die dicken, fusseligen Pelzeinlagen in meinen Schuhen erinnert. Es läßt sich nicht leugnen: Ich habe zuwenig geschlafen und zuviel getrunken.

Mir graut davor aufzustehen, aber noch mehr graut mir vor einem möglichen dritten Klingelzeichen. Ich raffe mich auf, kurz, entschlossen und heroisch – ein Mensch, der den Widerwärtigkeiten eines kalten, dunklen Morgens, dem Feind vor der Tür und den Gefahren eines bevorstehenden Tages trotzt. Ich schalte die Stehlampe an, werfe die Bettdecke zurück, schwinge die Beine aus dem Bett, streife die Hausschuhe über – schnell und so, wie ich es an heldenhaften Naturen staunend beobachtet habe. Doch als mir die Uhr ins Auge fällt, und ich feststellen muß, daß es erst halb sieben ist, droht meine Entschlossenheit nachzulassen. Fünf Stunden Schlaf, rechne ich nach, eine unübersehbare Liste an Dingen, die heute noch erledigt werden müssen, eine Höllenmaschine anstatt eines Kopfes, eine Liebesszene, die längst geschrieben und abgeliefert sein müßte ... und all das drei Tage vor Weihnachten!

»Ich schaffe es nicht«, sage ich leise und kläglich. »Ich bin doch kein Übermensch! Ich bin eine Frau, eine ziemlich schmächtige noch dazu ...« Das Wort »schmächtig« erfüllt mich mit Selbstmitleid. Ich wiederhole es, schaue an mir hinab und finde die Bestätigung. Da sitze ich, klein und frierend in einem viel zu großen Männerhemd, das ich als Nachthemd benutze. Ich schüttle mutlos den Kopf, stehe auf und durchquere den Raum, der, übergroß wie das Männerhemd, eine schmächtige Frau wie mich noch schmächtiger erscheinen läßt. Als ich die Zimmertür öffne und in den Gang hinaustrete, klingelt es zum drittenmal. Mir ist, als habe die Klingel in meinem Kopf angeschlagen. Ich greife mir schmerzerfüllt an die Stirn und stoße einen anklagenden Laut aus. Dann schleiche ich mich auf Zehenspitzen an die Tür, halte mein Ohr dagegen und lausche. Auf der anderen Seite ist es mucksmäuschenstill.

»Wer ist da eigentlich?« frage ich und ahne Böses.

»Sittenpolizei«, kommt drohend die Antwort, »machen Sie sofort auf!«

»Narr ...«, murmele ich und öffne die Tür.

Er steht da, unrasiert, ungekämmt, und die Krawatte hängt ihm aus der Tasche seines Mantels.

»Habe ich Sie erschreckt?« fragt er und grinst.

»Ungeheuerlich! Wie Sie wissen, rechne ich jederzeit mit der Sittenpolizei.«

»Sie haben auch allen Grund dazu«, sagt er und tritt an mir vorbei in den Flur.

Er ist ein Mann, vor dessen Häßlichkeit man im ersten Augenblick zurückzuckt, dann aber mit einem Gefühl widerwilliger Faszination auf die Einzelheiten eingeht. Sein Körper ist vierschrötig und erweckt den Eindruck, ebenso lang wie breit zu sein. Sein Gesicht, mit der niederen, durch dunkle Haarsträhnen fast verdeckten Stirn, dem erschreckend großen Mund und den runden, vorgewölbten Augen, erinnert an einen Karpfen, der trostlosen Blickes durch die Scheibe eines Fischbeckens starrt. Und trotzdem strahlt dieser Mann mit dem plumpen Körper und dem Karpfengesicht Sensibilität und geistige Kraft aus.

»Was rennen Sie eigentlich im Treppenhaus herum?« frage ich ihn verdrießlich. »Und warum klingeln Sie mich dann auch noch zu dieser gottserbärmlichen Stunde aus dem Bett?«

Er läuft im Zickzack durch die Diele wie ein Hund, der eine Spur sucht. »Ihre Abstellkammer hat mir nicht gefallen«, knurrt er. »Ich habe Alpträume bekommen und wollte raus.«

»Und warum sind Sie dann zurückgekommen?«

»Weil ich meinen Autoschlüssel hier verloren haben muß.«

»Ich weiß nicht, warum Sie immer alles verlieren müssen!«

»Schweigen Sie«, fährt er mich an.

Ich setze mich auf einen Stuhl, lasse den Kopf zurückfallen und schließe die Augen.

»Spielen Sie jetzt nicht die Leidende, sondern helfen Sie mir den Schlüssel suchen.«

»Ich kann mich nicht rühren; aber wenn Sie mir sagen, wo Sie ihn zuletzt gehabt haben ...«

»Wenn ich das wüßte, hätte ich ihn ja jetzt!«

»Schauen Sie doch mal im Zimmer nach. Logischerweise müßte er ja ...«

»Hören Sie um Gottes willen mit Ihrer Logik auf.«

Er geht an mir vorbei in das Zimmer, das er nicht ganz

zu Unrecht meine Abstellkammer genannt hat. Gleich darauf kehrt er mit dem Schlüssel in der Hand zurück.

»Na also«, sage ich. »Hätten Sie nachgeschaut, bevor Sie ...«

»Und hätten Sie mit Ihrem unheilvollen Ordnungstick nicht wieder meine Hose verkehrt herum aufgehängt, der Schlüssel wäre erst gar nicht herausgefallen.«

Er geht zur Tür. Die Klinke schon in der Hand, fragt er: »Haben Sie was zu trinken da?«

»Ich habe Ihnen doch eine große Flasche Apfelsaft ans Bett gestellt.«

»Auch wenn Sie das ›groß‹ noch so betonen, ich habe sie längst ausgetrunken.«

»Mehr habe ich nicht!«

»Vielleicht könnten Sie sich irgendwann einmal zwei große Flaschen Apfelsaft leisten. Ihre literarischen Werke bringen Ihnen ja ...«

»Ach, lassen Sie mich doch in Ruhe!«

Ich stehe auf, schwerfällig, erblicke mich im Spiegel und gerate in Verzweiflung.

»Ein grausamer Anblick«, sage ich verbittert, »und in drei Tagen ist Weihnachten.«

»Ich sehe da keinen direkten Zusammenhang.«

»Wozu auch!«

Ich trete nahe an den Spiegel heran und betrachte mich eingehend. Mein Gesicht sieht aus, als hätte man es zum Aufweichen ins Wasser gelegt. Ich rümpfe angewidert die Nase.

»Machen Sie doch dieses verdammte Hemd zu«, sagt er und läßt die Türklinke wieder los.

»Es ist doch zu.«

»Wenn Sie das ›zu‹ nennen!«

»Gott, sehe ich miserabel aus«, sage ich und dann zu ihm gewandt: »Nicht wahr, ich sehe miserabel aus?«

»Ja«, sagt er mit hämischem Lachen.

»Warum gehen Sie nicht endlich?«

»Weil es mir Spaß macht, Sie zu beobachten.«

»Merken Sie nicht, daß ich ehrlich verzweifelt bin?«

»Ich merke es«, sagt er, tritt auf mich zu und nimmt mich in die Arme. Wir schweigen eine Weile, halten uns umschlungen und empfinden Zärtlichkeit und Mitleid füreinander.

Dann ist der Augenblick vorbei, und wir sind wieder Mann und Frau, zwei unvereinbare Geschöpfe, die einander mißtrauen. Ich spüre es, obgleich er mich immer noch hält und sanft mein Haar streichelt.

»Hast du nicht doch noch irgendwo eine Flasche Apfelsaft?« fragt er.

»Nein, aber wenn du willst, mache ich dir einen Kaffee.«

»Ich will keinen Kaffee.«

»Dann kann ich dir nicht helfen.«

»Nein, das kannst du tatsächlich nicht.«

Noch immer streichelt er mich, aber plötzlich, ganz unerwartet, packt er zu und reißt meinen Kopf an den Haaren zurück: »Warum, zum Teufel, können Sie mir nicht helfen?«

Ich schweige und mache keine Anstalten, mich aus dem schmerzhaften Griff zu befreien. Ich weiß, daß es sinnlos ist. Er würde nur noch brutaler zupacken.

»Warum«, wiederholt er mit lauter Stimme, »können Sie mir nicht helfen?«

»Seien Sie leise«, warne ich, »Sie wecken sonst noch das Kind.«

Er läßt mich los, geht zur Tür und öffnet sie.

»Sie können mir ja auch nicht helfen«, sage ich.

Er dreht sich um, lächelt traurig und schüttelt den Kopf. Dann wirft er mir eine Kußhand zu und verschwindet.

Ich stehe noch einen Moment lang da und schaue in den Spiegel. Aber mein niederschmetternder Anblick trifft mich nicht mehr. Ich zucke die Achseln und gehe in die Küche, um mir ein Glas Wasser zu holen. Im Abwaschtisch türmt sich schmutziges Geschirr, auf dem Herd stehen zwei Pfannen mit erstarrtem Fett. Der Geruch einer knoblauchhaltigen Mahlzeit hängt schwer und übelkeiterregend in der Luft. Ich verzichte auf das Wasser und gehe ins Bad. Der Apothekerschrank hängt über der Toilette. Die Tür klemmt. Sie klemmt seit Jahren und wird noch Jahre klemmen, denn wer repariert einem Apothekerschranktüren? Ich reiße sie mit einem Ruck auf, und dadurch fällt eine kleine Flasche heraus und zerschellt in der Toilette. Viele meiner Medikamente haben schon das gleiche traurige Ende genommen. Ich spüle die Scherben hinunter und nehme mir eine Kopfwehtablette, dann sicherheitshalber zwei. Während ich sie schlucke, schaue ich zu dem winzigen Fenster hinaus. Es dämmert – eine graue freudlose Winterdämmerung, die einen naßkalten Tag verspricht. Die breite zweigleisige Straße, die am Haus vorbeiführt, in der Ferne einen weiten Bogen macht und im Nichts verschwindet, beginnt sich zu regen. Ein paar Autos zischen auf dem feuchten Asphalt vorbei. Die elektrische Beleuchtung, fahl und übernächtigt, wartet auf Ablösung. Der Tag bricht an. Er ist nicht aufzuhalten. Er wird seine zwölf Stunden abspulen, und um zu leben, macht man mit.

Ich gehe ins Zimmer zurück. Es ist das einzige in meiner verwinkelten, mißglückten Wohnung, das Charakter hat. Diesen Charakter allerdings verdankt es in erster Linie seiner ungewöhnlichen Größe und in zweiter meiner Unentschlossenheit, es vollends einzurichten. Als ich die Wohnung vor mehr als drei Jahren bezog, erklärte ich sie als Zwischenlösung. Dieses Wort, fand ich, klang beruhigend. Es begründete alles und ließ alles offen. Ich glaube, daß die Zwischenlösung meinem großen Raum besser bekommen ist als mir. Er zeigt keine verquälte Grimasse, sondern ein klares, strenges Gesicht. Er macht sich die kahlen, weißen Wände, die vorhanglosen Fenster, die schweren rustikalen Möbel, ja sogar die häßlich verschalten Gasheizungen zu eigen und bildet ein Ganzes. Damit hat er meine Hochachtung und Freundschaft gewonnen. Es kommt sogar vor, daß ich ihm mein Leid klage. »Raum«, beginne ich dann, »du bist groß genug, mich zu verstehen ...«

Aber jetzt zu dieser unfreundlichen Morgenstunde ist er mir auch kein Trost. Er ist kalt und riecht nach abgestandenem Zigarettenrauch wie eine Kneipe. Die schwarzen Verdunklungsrollos, mit denen ich nachts die großen Fenster verhänge, sind etwas zu kurz geraten und lassen einen Streifen schmutzig gelben Lichtes herein. Der kümmerliche, dünnbeinige Tisch vor der Couch, den ich trotz jahrelanger guter Vorsätze immer noch nicht abgeschafft habe, ist mit den Spuren der vergangenen Nacht bedeckt: schmutzige Gläser, volle Aschenbecher, Flaschen, ein Teller mit den Resten eines späten Imbisses, eine Dose Nachtcreme, ein angebissener Apfel, ein Leuchter mit einer abgebrannten Kerze, ein Fläschchen mit Beruhigungstropfen und dergleichen mehr. Ich schaue mißmutig darauf nieder und werde mir der Ursache meines Katers voll bewußt. Einen Moment lang rührt sich der Ordnungstrieb in mir, und ich überlege, ob ich es nicht bei fünf Stunden Schlaf belassen und mich an die Arbeit machen soll. Aber die Müdigkeit, der Schmerz in meinem Kopf, das Grauen vor dem herandämmernden Tag sind stärker. Ich krieche unter die Bettdecke, schließe die Augen und warte. Ich warte lange, jedenfalls kommt es mir so vor. Die Uhr, ein kleines Ding und sonst nicht zu hören, tickt mir ins Ohr und zählt mir jede verlorene Minute vor. Ich werde wütend. »Schlaf ein«, befehle ich mir, »ein Mensch, der so müde ist wie du, schläft im Handumdrehen ein. Das ist ein ganz normaler Vorgang, das läßt sich gar nicht verhindern!« Aber bei mir läßt es sich offenbar doch verhindern.

»Also gut, du bist übermüdet, du mußt dich entspannen, dann kommt der Schlaf ganz von selber.« Ich lege mich lang ausgestreckt auf den Rücken und gebe mir alle erdenkliche Mühe, mich zu entspannen. Arme und Beine müssen locker sein, erinnere ich mich, die Augen leicht geschlossen, der Atem regelmäßig. Meine Bemühungen enden mit Atemnot und Muskelkrampf. Mir ist zum Heulen zumute, und ich habe auch gar nichts dagegen. Im Gegenteil! Ich bereite mich darauf vor, fühle den Druck der Kehle, warte hoffnungsvoll auf die erste Träne. Aber es kommt keine. Das Weinen bleibt mir buchstäblich im Halse stecken, und keine Wut, kein Selbstmitleid, kein noch so trauriger Gedanke vermag es hervorzulocken. Ich gebe meinen Kampf um Schlaf, um Entspannung, um Tränen auf. Ich werfe mich auf die Seite, ziehe die Knie hoch und tröste mich, daß alles im Leben unwichtig und keines einzigen Gedankens wert ist. Ein schwacher Trost, wie sich herausstellt, denn schon gerate ich in einen Strudel wertlosester Gedanken: »Wenn ich die Pute nicht endlich bestelle«, denke ich zum Beispiel, »dann kriege ich keine mehr... Frau Fischerle, Gott gebe, daß sie mich nicht sitzenläßt, muß unbedingt den Kühlschrank saubermachen – ob diese schwarzen Striche auf dem Fußboden von meinen hohen Absätzen kommen?...«

Draußen zwitschert ein Großstadtvogel. Er gibt sich alle Mühe, aber seine Stimme hat keine Kraft und keine Fröhlichkeit. Er sollte mal zur Erholung in den Süden, denke ich und dann weiter: Ich darf nicht vergessen, dem Jungen Pelzschuhe zu kaufen – eigenartig, daß die Frauen heutzutage keine Silberfüchse mehr tragen – meine Mutter hatte vier Stück davon – und als Kind habe ich sie immer sehr bewundert, die Silberfüchse, und meine Mutter – damals, am Weihnachtsabend – o Gott, dieses Weihnachten macht mich noch wahnsinnig... In der Nachbarwohnung wird das Radio eingeschaltet. Eine Männerstimme sagt etwas an. Dann folgt muntere Morgenmusik. Ich muß noch Christbaumschmuck kaufen, überlege ich. Und was mache ich bloß mit der elektrischen Eisenbahn?... Walter ist technisch so unbegabt... Walter mit seinem verdammten Autoschlüssel habe ich meinen elenden Zustand zu verdanken – ich kann heute nicht schreiben und schon gar nicht diese entsetzliche Liebesszene – zart soll sie sein, positiv soll sie sein und dann auch noch überzeugend. Ich kann keine zarten, positiven Liebesszenen schreiben ...

Der Gedanke an die Liebesszene macht mich derart nervös, daß ich mir eine Zigarette anzünde. Sie schmeckt ekelhaft, aber ich rauche weiter. Im Zimmer ist es jetzt so hell geworden, daß ich das Loch in der holzgetäfelten Decke erkennen kann. Es ist pflaumengroß und direkt über meinem Kopf. Ich habe diesem Loch immer eine besondere Bedeutung beigemessen und war sehr enttäuscht, als mir eines Tages erklärt wurde, daß es ein Deckenlichtauslaß sei. Von da an, verständlicherweise, hat mich das Loch nicht mehr interessiert. Wenn ich jetzt überhaupt noch hinaufschaue, dann nur in Fällen arger Bedrängnis. In solchen Momenten ist ein Loch in der Decke sehr nützlich. Es bildet einen ruhenden Punkt, an dem man sich festhalten kann. Ich schaue also zu dem Loch hinauf und horche auf die Straße hinunter. Der Tag, es läßt sich nicht überhören, ist angebrochen. Er treibt die Menschen vor sich her – aus den Fahrzeugen an die Arbeitsplätze. Die ganze Stadt ist in Aufruhr, bewegt sich, verschiebt sich, bricht auseinander und gleitet wieder zusammen wie die Steine in einem Kinderkaleidoskop. Auf der Straße zischt, faucht, rasselt, kreischt und braust es. Die Geräusche, die man anfangs noch auseinanderhalten konnte, steigern sich, überbieten sich und verschmelzen schließlich zu einer einzigen gewaltigen Geräuschkulisse. Und trotzdem gibt es immer noch Töne, die lauter, schriller, gräßlicher sind als alle anderen: Ein Preßluftbohrer wird in Gang gesetzt; die Müllabfuhr scheppert vorbei; ein Flugzeug dröhnt tief über die Dächer der Stadt. Und dann beginnen auch noch die Kirchenglocken zu läuten.

»Denn Dein Wille geschehe, wie im Himmel also auch auf Erden ...«, sage ich und wünsche, daß den Mann, der den Preßluftbohrer betätigt, der Schlag trifft.

Es ist gleich acht. Ich muß aufstehen und Mischa und mir das Frühstück machen. Ich muß mir die Zähne putzen und Mischa die Kleidungsstücke so hinlegen, daß er sie nicht, wie üblich, verkehrt herum anzieht. Ich muß ...

Die Tür öffnet sich langsam und lautlos. Ich stütze mich auf den Ellbogen und freue mich, sein kleines Gesicht mit den großen, erwartungsvollen Augen im Türspalt auftauchen zu sehen. Es dauert eine Weile, denn Mischa will jeden Lärm vermeiden und mich, falls ich noch schlafen sollte, nicht wecken. Endlich ist die Tür eine Handbreit offen, und er späht mit angehaltenem Atem ins Zimmer.

»Komm herein, mein Engel«, sage ich, und zum erstenmal an diesem Morgen kann ich lächeln, »ich bin längst wach.«

Ich habe den Satz kaum zu Ende gesprochen, da schießt er ins Zimmer. Alles an ihm ist in Bewegung – hüpft, zappelt, flattert, schäumt über in Worten und Gebärden, füllt den ganzen großen, strengen Raum.

»Mami, wenn du wüßtest, was ich unter meinen Spielsachen gefunden habe!«

Seiner Aufregung nach zu urteilen, müßte es zumindest ein Sack mit Goldstücken oder weißen Mäusen sein.

»Was hast du denn gefunden, Mischa?«

Er nähert sich mir, ein langer, schmaler, feingliedriger Junge in einem etwas zu kurz geratenen gelben Flanellpyjama. Seine Augen strahlen, strahlen in herrlicher kindlicher Freude. Sein Gesicht ist so schön, daß ich fast andächtig werde.

»Rate mal, Mami, was ich gefunden hab'!«

»Vielleicht ein Angorakaninchen mit roten Augen.«

Einen Moment lang ist er sprachlos. Dann zieht er nachdenklich die Stirn kraus und fragt: »Wieso denn ein Angorakaninchen mit roten Augen?«

»Na, ich sollte doch raten.«

»Ach Mami, rat mal richtig.«

»Ich fürchte, das wird mir nicht gelingen.«

Jetzt kann er sich nicht mehr beherrschen.

»Also schön ... ich hab' den Kompaß gefunden.«

Er streckt mir die Faust entgegen, öffnet sie und offenbart mir einen winzigen Spielzeugkompaß.

»Großartig«, sage ich und betrachte den Gegenstand mit tiefem Interesse.

»Weißt du, woher ich den hab'?«

»Nein.«

»Vom Joseph. Du kennst doch den Joseph.«

»Ich glaube nicht.«

»Doch natürlich ... den Jungen mit der Brille und der Ami-Frisur.«

»Ach ja«, sage ich und habe keine Ahnung.

»Ein Glück, daß ich den Kompaß wiedergefunden habe.«

»Ein wahres Glück.«

Er hält sich das Ding dicht vor die Augen: »Mach mal die Lampe an, Mami, ich kann gar nicht sehen, was drauf ist.«

Ich schalte gehorsam die Lampe an.

»Da sind Zahlen drauf und auch noch ein Zeiger, der zittert ... Mami, wozu braucht man einen Kompaß?«

»Um die Himmelsrichtungen festzustellen – zum Beispiel wenn man mit einem Schiff fährt.«

»Und wenn man mit dem Auto fährt?«

»Dann nicht – doch, vielleicht wenn man durch eine Wüste fährt.«

»Gibt's in der Wüste auch Rhinozerosse?«

»Nein, soviel ich weiß ...«

»Wozu hat ein Kompaß Zahlen?«

»Keine Ahnung, Schätzchen. Aber ich rufe nachher sowieso den Dr. Hansmann an, und dann frag' ich mal, ja?«

»Wissen Doktors alles?«

»Nein.«

»Schade.«

Er kniet sich vor den Tisch, legt den Kompaß darauf und schnippt ihn mit dem Finger hin und her.

»Hast du gestern abend Besuch gehabt, Mami?«

»Ja.«

»Wen denn?«

Ich zögere einen Moment, dann sage ich: »Herr Schaller und dessen Frau.«

»Ich hab' nich' gewußt, daß der eine Frau hat.«

Ich schweige.

»Da habt ihr aber viel getrunken und geraucht – und was ist das da?«

Er hebt das Fläschchen mit den Beruhigungstropfen hoch.

»Hustentropfen«, erkläre ich, denn das mit der Beruhigung würde etliche Fragen heraufbeschwören.

»Hast du Husten?«

»Keinen richtigen. Nur manchmal in der Nacht huste ich.«

»Ich auch.«

»Seit wann?« frage ich, sofort beunruhigt.

»Na, wenn ich erkältet bin und Husten habe, dann huste ich in der Nacht.«

»Ach so«, sage ich.

Er schweigt eine Weile und schaut, in ernstes Nachdenken versunken, vor sich hin. »Mami«, sagt er schließlich, »das ist doch eigentlich ganz großer Mist.«

»Was?« frage ich aufgeschreckt.

»Daß es noch immer nicht geschneit hat. Frau Käser sagt, ein Weihnachten ohne Schnee ist kein Weihnachten.«

»Ach, weißt du, Mischa, das würde ich nicht so wörtlich nehmen. Ein Weihnachten ohne Schnee kann auch sehr schön sein.«

»Du magst Weihnachten nicht, nicht wahr, Mami?«

»Wie kommst du denn darauf?« frage ich beklommen.

»Ich hab' mal gehört, wie du zu der Frau Fischerle gesagt hast: Weihnachten ist zum Kotzen.«

»Das habe ich gesagt?« frage ich, um Zeit zu gewinnen und eine Erklärung, die sowohl meine unfeine Ausdrucksweise als auch die Schmähung gegen das heilige Weihnachtsfest rechtfertigt.

»Ja, das hast du gesagt.«

»Also weißt du, Mischa«, beginne ich mich herauszuwinden, »solche Sprüche darf man bei mir nicht zu ernst nehmen. Manchmal, wenn ich mich über irgend etwas geärgert habe, dann sage ich Dinge, die man nicht sagen sollte. Und daß ich Weihnachten zum – nun ja, du weißt schon, finde, das stimmt natürlich nicht. Ich mag dieses Herumgehetze nicht und die vollen Geschäfte und den ganzen Trubel, aber das Weihnachtsfest an sich, das finde ich doch recht – das finde ich sehr schön.«

Mischa, die Ellbogen auf den Tisch gestützt, sieht mich ernst und aufmerksam an. Dann nickt er verständnisvoll mit dem Kopf und bemerkt: »Und alles kostet zu Weihnachten so viel Geld, nicht wahr?«

Dieser Satz stammt vermutlich ebenfalls von Frau Käser, und darum sage ich: »Ach, das mit dem Geld ist nicht so wichtig.«

»Ist Geld nicht wichtig?«

»Doch, aber es gibt wichtigere Dinge.«

Die wichtigeren Dinge scheinen ihn nicht zu interessieren.

»Hast du als Kind viele Geschenke bekommen?« will er wissen.

»O ja.«

»So viele wie ich?«

»Nicht ganz.«

»Mit wem hast du Weihnachten gefeiert?«

»Mit meinen Eltern.«

»Waren die nett?«

»Sie waren wunderbare Menschen.«

»Schade, daß sie schon tot sind.«

»Mischa«, sage ich, »du mußt dich anziehen.«

»Ja, gleich.«

Er nimmt den Kompaß und steht auf.

»Schade«, sagt er, »daß mein Papi so oft verreist ist.«

Mischas Vater, von dem ich geschieden bin, ist gar nicht so oft verreist. Aber da er selten das Bedürfnis hat, seinen Sohn zu sehen, erfinde ich eben solche Ausreden.

»Dein Papi«, leiere ich mein Sprüchlein ab, »hat einen Beruf, bei dem er sehr viel auf Reisen sein muß.«

»Is' ja auch nich' schlimm.«

Er wirft den Kompaß in die Luft, fängt ihn wieder auf und strahlt mich an: »Ich kann gut fangen, was?«

»Ausgezeichnet.«

»Paß auf, jetzt werf' ich ihn bis an die Decke.«

»Du wirst ihn noch kaputtmachen.«

»Dann wünsch' ich mir zu Weihnachten einen neuen.«

»Und wie wär's«, versuche ich erzieherisch auf ihn einzuwirken, »wenn du mit einem Ball Ball spielen würdest und nicht mit einem Kompaß, der kaputtgehen kann.«

»Mit einem Kompaß läßt sich's doch viel toller spielen«, erklärt er und liefert mir prompt den Beweis.

Ich seufze, setze mich auf und verfolge beunruhigt das wilde Spiel. »Mischa!« warne ich von Zeit zu Zeit, aber das nützt natürlich gar nichts. Er rast durchs Zimmer, stößt an verschiedene Möbel, reißt fast das Telefon vom Tisch, rutscht aus, fällt hin und rollt sich lachend und quietschend auf dem Boden.

»Jetzt ist's aber genug«, schreie ich. »Steh sofort auf, geh ins Bad und putz dir die Zähne!«

Er springt auf, zieht sich mit einer typisch männlichen Gebärde die Pyjamahose hoch und schliddert aus dem Zimmer. Der Kompaß, der ihn zuvor so entzückt hat, liegt vergessen auf dem Boden. Ich stehe auf, gehe zur Heizung und schalte sie an. Es ist eine Gasheizung, ein abscheuliches Ding, das mir den Winter zur Hölle macht.

»Ich kann sie nur jedem empfehlen«, hatte der Wohnungsvermittler versichert, »sie kostet nicht viel, sie ist in der Form angenehm unauffällig. Sie ist mit einem einzigen Griff zu betätigen, und sie hat eine enorme Heizkraft.«

Das mit der Heizkraft ist das einzige, was stimmt. Sie

hat eine so enorme Heizkraft, daß man nicht mehr zum Sitzen kommt. Kaum hat man sie eingeschaltet, wird es heiß wie in einem Treibhaus, und kaum hat man sie ausgeschaltet, wird es kalt wie in einer Gletscherspalte. Ich kann die Griffe, die ich täglich an diese verdammte Heizung verschwende, nicht zählen; davon ganz abgesehen, kostet sie ein Vermögen, und ihre Form ist nicht angenehm unauffällig, sondern auffällig unangenehm. Auch jetzt, während sie leise zu rauschen und zu knacken beginnt, werfe ich einen erbitterten Blick auf ihr plumpes Gestell, das, mit einem Messinggitter bekleidet und mit einer schweren mausgrauen Marmorplatte gekrönt, die Häßlichkeit auf die Spitze treibt. Dann ergreife ich den Besenstiel, der neben dem Fenster an der Wand lehnt, und mache mich daran, die Verdunklungsrollos herunterzuholen. Sie sind aus schwarzem, schon etwas rissigem Papier und haben oben und unten eine schmale Holzleiste. Meine Bekannten wundern sich über diese primitive, selbstgebastelte Vorrichtung und behaupten, sie erinnere sie an Kriegszeiten, und daran erinnert zu werden, sei nicht gerade erfreulich. Ich solle mir endlich einmal richtige Vorhänge anschaffen. Aber ich bin dagegen. Ich habe mich an die großen, nackten Fenster und auch an die schwarzen Rollos gewöhnt. Mit dem Besenstiel, in dessen oberes Ende ein Haken eingeschraubt ist, kann ich sie selbst im Dunkeln blitzschnell aufhängen oder herunterholen; das heißt, wenn ich in Form bin. Es gibt Tage, an denen ich es nicht kann, und das sind dann die Tage, an denen ich gar nicht erst aufstehen sollte. Heute ist so ein Tag, und damit habe ich gerechnet. Die Papierrolle bleibt nicht am Haken hängen, sondern fällt mir mit wildem Geraschel vor die Füße. Ich schaue darauf nieder, entdekke an einer Stelle einen neuen langen Riß und habe den Wunsch, in kindisches Weinen auszubrechen. Mischa, von dem Lärm angelockt und eine Sensation witternd, stürzt ins Zimmer. »Is' sie dir runtergefallen, Mami?« ruft er begeistert.

»Ja«, sage ich dumpf.

Er spürt, daß ich mir das kleine Malheur übertrieben zu Herzen nehme, stellt sich neben mich und betrachtet nachdenklich den Riß.

»Mach dir nichts draus«, tröstet er schließlich, »ich reparier's dir ja.«

»Danke, mein Kleines«, sage ich und lächele ihm zu. Er hat sich ganz offensichtlich die Zähne geputzt, nicht aber das Gesicht gewaschen. Sein Mund ist mit Zahnpasta verschmiert, Wangen und Stirn mit etwas, das sich nicht definieren läßt.

»Du hast dir das Gesicht nicht gewaschen«, sage ich.

»Ich bin noch gar nich' dazu gekommen«, erklärt er, nimmt Tesafilm und Schere aus einem Kasten, hockt sich auf den Boden und macht sich eifrig an die Arbeit.

Ich schaue zum Fenster hinaus, das erfreulicherweise so hoch angebracht ist, daß man nur den Himmel sehen kann. Allerdings ist der Himmel heute auch kein erfreulicher Anblick. Er liegt wie eine dicke, schmutzig-graue Decke über der Stadt und erweckt das Gefühl, daß es nie eine Sonne gegeben hat, daß es nie eine Sonne geben wird.

»Ich glaube, heute wird's schneien«, sagt Mischa.

»Ja«, sage ich, »vielleicht.«

»Ich mag Schnee, du auch?«

»Nein«, sage ich und spüre eine entsetzliche Müdigkeit in mir, »er ist mir zu kalt und zu weiß.«

»Aber die Sonne, die magst du?«

»Ja, die mag ich.«

Ich sollte jetzt endlich etwas tun. Es gibt eine Unmenge zu tun. In drei Tagen ist Weihnachten, und auf Weihnachten muß man sich vorbereiten. Die ganze Stadt bereitet sich vor – schmückt die Zimmer, stopft die Kühlschränke voll, stürmt die Geschäfte. Ich muß auch noch eine Schallplatte kaufen – ›Stille Nacht, Heilige Nacht‹ – und einen Strick für Mischas neuen Schlitten ...

Meine Füße sind kalt. Ich schüttle einen Hausschuh ab

und reibe den Fuß an meiner Wade. Mischa unterbricht seine Arbeit, richtet die Augen interessiert auf meinen Fuß und läßt sie dann an meinem nackten Bein empor und bis zu dem offenen Kragen des Herrenhemdes gleiten.

»Is' das dein Hemd?« fragt er schließlich in völliger Harmlosigkeit.

Ich erschrecke, lege rasch die Hand über das eingestickte Monogramm und nicke bejahend.

Für Mischa sind meine Antworten von unerschütterlicher Glaubwürdigkeit. Er beugt sich wieder über die Arbeit, die er mit dem ganzen Eifer und der ganzen Ungeschicklichkeit seiner acht Jahre zu bewältigen sucht. Ich schäme mich.

»Schau mal, Mami, das kann ich gut, nicht wahr?«

»Das kannst du wunderbar. Ohne dich wüßte ich gar nicht, was ich anfangen sollte.«

»Aber du hast mich ja.«

Dieser Satz, so bewußt und trostreich ausgesprochen, reißt mich aus meiner Apathie. Ich habe ihn, denke ich, aber hat er mich?

»Komm mal her, Mischa«, sage ich in der Absicht, ihn in die Arme zu nehmen.

Er schaut fragend zu mir auf, vermutet wahrscheinlich, daß ich ihm das Gesicht abwischen oder das Haar zurechtstreichen möchte, und hält es daher für sicherer, sitzen zu bleiben.

»Ich bin ja gleich fertig«, versichert er.

Ich beuge mich zu ihm hinab und küsse ihn auf das dichte, braune Haar, das nach Herbstblättern riecht. Dann gehe ich ins Bad, um mich für den Tag zu rüsten.

Ein wenig später sitzen wir beim Frühstück – Mischa in Bluejeans und rotem Pullover, ich in einem schottisch gemusterten Morgenmantel. Wir haben frisch geputzte Zähne, ordentlich gekämmte Haare und eingecremte, glänzende Gesichter. Der große Raum, warm und aufgeräumt, zeigt ein wohlwollendes Morgengesicht. Auf dem Tisch steht geblümtes Frühstücksgeschirr, eine Kanne Tee für mich, ein Kännchen Ovomaltine für Mischa, Brot, Butter, Marmelade, Aufschnitt, eine Schreibmaschine mit eingespanntem Bogen, ein Telefon und ein kleines blaues Spielzeugauto. Ich fühle mich erfrischt und zuversichtlicher. Wäre nicht die Schreibmaschine an meiner linken Seite, ich würde die Ruhe, meinen hübschen, sauberen Sohn und meinen starken Tee genießen. Aber da ist die Schreibmaschine, der leere Bogen und die Liebesszene, die sich gegen eine zarte, positive Behandlung sträubt.

Mischa kratzt sich die Butter hauchdünn aufs Brot.

»Mischa«, sage ich, »wie oft muß ich dich noch darum bitten, ein anständiges Stück Butter zu nehmen!«

»Aber Mami, ich spiele doch Anstreichen. Das ist die erste Schicht Farbe, jetzt kommt die zweite und dann die dritte.«

»Du sollst essen und nicht spielen.«

Er nimmt sich ein gewaltiges Stück Butter: »Das ist jetzt Ölfarbe«, erklärt er.

Ich greife nach einer Scheibe Brot und bleibe dabei mit dem Ärmel an der Schreibmaschine hängen.

»Jetzt hält sie mich schon fest«, murmele ich.

»Was hast du gesagt, Mami?«

»Ach, diese dumme Schreibmaschine ist einem dauernd im Weg.«

»Dann stell sie doch weg.«

»Ich werde sie heute aus dem Fenster werfen.«

»Wirklich?« fragt Mischa mit erwartungsvoller Stimme.

»Es geht wohl leider doch nicht. Stell dir vor, sie fällt jemandem auf den Kopf.«

»Nich', wenn ich aufpasse. Ich geh' runter und sperr' die Straße ab wie ein richtiger Polizist.«

»Na ja«, sage ich, »ich werd's mir überlegen.«

»Du Mami, das wäre eine ganz tolle Sache!«

Eine ganz tolle Sache, denke ich, aber die Liebesszene müßte ich trotzdem schreiben.

Ich starre den leeren, weißen Bogen an, trinke einen Schluck Tee, esse ein Stück Brot und rufe mir den 281 Seiten langen Inhalt des Buches ins Gedächtnis: Thomas, ein 40jähriger Mann, glücklich verheiratet, Vater von drei Kindern, beginnt Lisa, ein 19jähriges, etwas unscheinbares Mädchen, zu lieben. Daraus ergeben sich bis Seite 202, glaube ich, die üblichen und auch ein paar unübliche Probleme. Die Probleme scheinen nicht bewältigt werden zu können, und auf Seite 220, nach einer gut gelungenen negativen Szene, trennt sich das Liebespaar. Die Trennung, eine für beide Teile strapaziöse Zeit, zieht sich bis Seite 281 hin. Und hier nun muß es geschehen. Sie begegnen sich wieder, und aus dieser Begegnung sprießt eine wunderschöne Liebesszene und ein alles bejahender Schluß hervor.

Also gut, sage ich mir und tippe mit dem linken Zeigefinger die Zahl 281 auf den leeren Bogen, gehen wir mal ganz unkompliziert an die Sache heran. Die beiden treffen sich. Zufällig. Auf der Straße. Es regnet in Strömen. Vorbeifahrende Autos bespritzen sie. Passanten rempeln sie an. Ein Preßluftbohrer wird in Gang gesetzt. Eine Schreibmaschine fliegt aus dem Fenster und erschlägt sie. Das wäre immerhin die beste Lösung. So, mein liebes Kind, und jetzt fang noch mal von vorn an. Die beiden treffen sich. Zufällig …

»Mami«, unterbricht Mischa meinen poetischen Höhenflug, »was würdest du sagen, wenn plötzlich unser Haus abbrennt?«

»Gott sei Dank, würde ich sagen.«

Er schaut mich sprachlos an, und ich muß lachen.

»Ach Mami«, sagt er, mit einer Mischung aus Erleichterung und Enttäuschung, »du hast ja nur Spaß gemacht.«

»Und du wolltest eine ernste Antwort auf deine Frage?«

»Ja.«

»Also schön, ich würde sagen ...«

Das Telefon klingelt.

»Was, Mami, was?« drängt Mischa.

»Später, Schatz. Sei jetzt schön ruhig.«

Während ich die Hand ausstrecke, den Hörer nehme und ans Ohr lege, wünsche ich inbrünstig, es möge jeder sein, jeder, nur nicht Dr. Krüger.

Es ist natürlich Dr. Krüger, ein Lektor meines Verlages, ein netter, höflicher, verständnisvoller Mann. Dagegen ist gar nichts zu sagen. »Nun, gnädige Frau«, beginnt er umständlich das Gespräch, »wie geht es Ihnen? Haben Sie sich von Ihrer Erkältung erholt? Sind Sie wieder im vollen Besitz Ihrer geistigen und körperlichen Kräfte?«

Ich schaue zur Decke empor, schneide eine gequälte Grimasse, klopfe mit der Fußspitze auf den Boden. Dr. Krügers Gespräche sind wie Kaugummi, den man aus dem Mund zieht. Was in drei Minuten gesagt werden kann, dauert bei ihm eine halbe Stunde. Um es nicht dahin kommen zu lassen, steuere ich sogleich den wesentlichen Punkt an: »Sie wollen sich bestimmt nach den restlichen, längst versprochenen Manuskriptseiten erkundigen«, sage ich. »Also schön, ich muß Sie wieder enttäuschen. Ich hänge.«

Der gereizte Ton in meiner Stimme ist ihm nicht entgangen, und er schaltet auf Psychologe um: »Kein Grund zur Aufregung, gnädige Frau, kein Grund zur Aufregung«, beschwichtigt er. »Nur nicht den Kopf verlieren. Es hat ja bis jetzt alles tadellos geklappt. Wieso sollten Sie da nicht die letzte kleine Hürde nehmen können. Das schaffen Sie doch, gnädige Frau, im Galopp schaffen Sie es!«

»Ich schaffe es eben nicht – weder im Galopp noch im Schritt. Sie wissen doch, daß ich mich schon seit zwei Wochen mit dieser Szene abquäle. Sie stimmt einfach nicht. Sie wirkt unecht und aufgepfropft. Ich möchte den Schluß offenlassen. Ich möchte mich nicht darauf festlegen, daß zwischen Thomas und Lisa nun für immer alles stimmt. Das ist doch verlogen! Das gibt es doch gar nicht!«

Er seufzt.

»Es gibt keinen Schluß!« rufe ich verzweifelt, »es fängt doch immer wieder alles von vorn an.«

»Liebe gnädige Frau«, sagt er, und ich ahne einen langatmigen Vortrag voraus, »Schreiben ist ein Handwerk, und ein Schneider, der einen Anzug angefertigt hat, näht zum Schluß auch noch die Knöpfe darauf. Er kann seinen Kunden unmöglich erklären, daß Knöpfe ja doch irgendwann abgehen und er sie darum erst gar nicht annähen möchte. Und wenn Sie ein Buch schreiben, ein Buch mit einem Anfang, mit einem roten Faden, der sich von Seite zu Seite ...« Mischa langweilt sich, und da ich ihn nicht zum Essen anhalte, spielt er mit seinem kleinen blauen Auto. Ich langweile mich auch, nehme den Hörer vom Ohr und lege ihn auf den Tisch. Das begeistert Mischa derart, daß er laut auflacht. Ich nehme den Hörer schnell wieder hoch, habe das Glück, in eine Atempause hineinzugeraten, und frage: »Also wann ist der allerletzte Ablieferungstermin?« »Zweiter Januar, aber bis dahin, bedenken Sie, sind es nur noch zwölf Tage.«

»Sechs, wenn man die Festtage, die man ja schließlich feiern muß, ausklammert.«

»Ja, diese Festtage sind wirklich eine Plage. Ich weiß nicht, wo ich die Zeit und ...« – er lacht ein wenig beklommen – »das Geld hernehmen soll, um allen Erwartungen gerecht zu werden.«

»Das wissen wir alle nicht«, sage ich und dann, um nicht in ein weitschweifiges Weihnachtsgespräch verwikkelt zu werden: »Auf Wiedersehen, Dr. Krüger, und vielen Dank für den Aufschub.« Ich hänge ein, lehne mich im Stuhl zurück und gähne aus tiefster Seele.

»Also Mami«, fragt Mischa spannungsgeladen, »was würdest du sagen?«

»Was würde ich wozu sagen?«

»Na, wenn plötzlich unser Haus abbrennt!«

»O Mischa, mein dummer kleiner Affenschwanz! Ich würde sagen: Das ist ja eine ganz große ...« Ich schlucke das Wort noch rechtzeitig herunter.

»Eine ganz große was?«

»Katastrophe, mein Engel. Und nun iß endlich dein Brot auf.«

Frau Fischerle, die unentbehrliche Stütze meines Haushalts, erscheint mit einer halben Stunde Verspätung und um so mehr Lärmaufwand. Sie ist eine bayerische Naturgewalt, wobei ich die Betonung auf »bayerisch« legen möchte. Sie ist kein Erdbeben und auch keine Sturzflut. Sie ist lediglich ein zäh rumorendes Gewitter mit einem bißchen Hagel, einem bißchen Sturm und sehr viel Donner.

Nachdem sie die Tür hinter sich ins Schloß und ihre zum Bersten vollen Taschen zu Boden hat fallen lassen, zetert sie los: »Dös Weihnachten, dös hat der Teifi erfunden!«

Mischa zieht mißbilligend die Brauen zusammen. Er hält nicht viel von Frau Fischerle. Ich hingegen halte viel von ihr und bin entzückt über ihre schonungslose Offenheit, mit der sie drastisch ihre Meinung sagt. Frau Fischerle kennt keine Unklarheiten und keine Gefühlsduselei. Sie lacht selten, denn für sie ist das Leben kein Scherz, sondern, um mit ihren eigenen Worten zu sprechen: »Allweil derselbe Mist!« Diesen Mist packt sie mit Entschlossenheit und einer guten Portion Schläue an.

Ich laufe ihr erleichtert entgegen, schüttle ihre Hand, die sich wie Baumrinde anfühlt, und sage: »Ein Glück, daß Sie da sind, Frau Fischerle. Ich hatte schon Angst, Sie würden mich sitzenlassen.«

»Na, na, Sie lass' i doch net sitzn, dös wissen S' doch. Aber in der Stadt und in de Gschäft, da is' d' Hölln los. D' Leit tuan ja a grad so, als stünd' a neier Krieg bevor. Stundenlang hab' i braucht, bis i de damische Hos'n kriagt hab'.«

Sie zieht sich die Mütze vom Kopf – ein grünes gestricktes Ding, das aussieht wie ein Kaffeewärmer –, schält sich aus dem braunen, langhaarigen Mantel und beginnt dann ächzend ihre Pelzstiefel aufzuschnüren. Sie ist eine kleine, gedrungene Person mit unglaublich kurzen Armen und Beinen. Ihr Gesicht ähnelt einem verschrumpelten Lederapfel.

»Aber a guat's Stück hab' i mir da eing'handelt«, fährt sie mit Selbstzufriedenheit fort, »preiswert und stabil. Mei Mo ko dank'sche sag'n. Da hat er jetzt a g'scheite Hos'n z' Weihnachten.«

Ich höre Frau Fischerle gern zu. Ihre primitiven Lebensweisheiten und deftigen Ausdrücke amüsieren mich und offenbaren mir eine Welt, die mir näher liegt als die der intellektuellen Halbwahrheiten. Um das Gespräch in Gang zu halten, sage ich: »Die Hose hätte sich doch Ihr Mann selber kaufen können.«

»Mei Mo!« ruft sie entrüstet aus. »Ja, was moana S' denn! Der Kerl ko goar nix außer Schaf hüt'n. Hör'n S' mir doch auf, mit de Mannsbuider! Waschlappen san s' alle mitanand, dös können S' mer glaub'n. Da sagt mei Mo neili: Wann i sterb'n sollt, dann heiratst du glei an andern. Und wissen S', was i drauf g'antwortet hab'? Mo, hab' i g'sagt, de vierzg Jahr, die i di am Hals g'habt hab', de tan mer langa. Wenn du tot bist, dann hab' i endli mei Rua, da wer' i doch net so bleed sei' und mir an neia oschaffa!«

Ihr Gesicht ist grimmig, und der Blick, mit dem sie mich jetzt anschaut, fordert meine Zustimmung heraus.

»Recht haben Sie, Frau Fischerle«, nicke ich.

»Freili hab' i recht.«

Sie steht auf, zieht Pantoffeln und eine Kittelschürze an und erklärt: »So, und jetzt hab' i an Mordshunga. Wann S' so guat war'n, Frau Amon, und mir mei Brotzeit herrichten tat'n.«

Sie geht mir voran in die Küche, blickt um sich wie ein Feldherr, der zum Angriff übergeht, und bemerkt: »No, dös is' ja wieder amoi a schener Saustoi!«

Ich schweige schuldbewußt und beeile mich, ihr eine Kanne Kaffee und einen großen Teller mit Wurst, Käse, Butter und Brot herzurichten.

»Net so vui, net so vui«, winkt Frau Fischerle wie gewöhnlich ab. »Dös bring' i ja goar net ois eini!«

»Es wird schon gehen«, sage ich und weiß, daß das, was nicht in ihrem Magen, in ihrer Tasche verschwindet. Frau Fischerle läßt nichts verkommen. Sie findet für alles Verwendung, selbst für Tauben, die in Scharen meinen Balkon bevölkern. Erwischt sie eine, dreht sie ihr den Hals um und erklärt: »Jetzt haben S' a Mistviech weniger auf'm Balkon, und i hab' a guat's Essen. Mit am Stückerl Brot und ana richtign Soß'n – glaub'n S' mer, Frau Amon, dös schmeckt fei pfundig.«

Ich kann es ihr nicht so recht glauben, auch wenn sie mir die Soße noch so verlockend beschreibt und dazu ihre Feinschmeckermiene aufsetzt.

Ich verlasse die Küche, entdecke auf dem Boden vor der Wohnungstür ein Häuflein neu eingetroffener Post und stelle mit raschem, geübtem Blick fest, daß sich nichts Interessantes darunter befindet: Da liegt ein kleines Heft mit einem neckischen Weihnachtsmann darauf – wahrscheinlich ein Geschenkkatalog; der unvermeidliche gelbe Umschlag, der mir einen weihnachtlich dahinschmelzenden Bankauszug verspricht; drei weiße Kuverts, die so sauber und konventionell aussehen, daß sie zweifellos Rechnungen oder frohe Festtagswünsche enthalten; und dann noch eine Postkarte, deren strahlende Farben mir beweisen, daß es doch noch irgendwo eine Sonne gibt. Einen Moment lang sehe, höre, rieche ich Meer. Einen Moment lang bricht eine so gewaltige Sehnsucht in mir auf, daß ich alles liegen und stehen lassen möchte und dorthin fliegen, wo es Sonne gibt und keine Weihnachtsmänner. Ich schließe die Augen und vertiefe mich in die Vorstellung, am Strand zu liegen, über mir der hohe, blaue Himmel, unter mir heißer Sand und zu meinen Füßen ...

»Mami!« ruft Mischa aus seinem Zimmer.

»Ja, Mischa?«

»Ich hab' gerade das 21. Fenster in meinem Adventskalender aufgemacht, und weißt du, was drin is'?«

»Was denn?«

»Was ganz Schönes – komm mal her!«

Ich will gerade zu ihm gehen, da klingelt es.

»Es hat geklingelt!« schreit Mischa.

»Das ist kaum zu überhören«, knurre ich und öffne die Tür. Draußen steht ein Telegrammbote mit gelbem Helm und hohen Stiefeln. Wir starren uns verdrießlich an – ich wegen der Klingel, er, weil er fünf Stockwerke hinauflaufen mußte.

»Höher geht's nimmer«, bemerkt er sehr richtig und hält mir das Telegramm hin.

Ich nehme es mit einem unbehaglichen Gefühl in der Magengegend, reiße es auf und lese: »Eintreffe 17.30 Uhr mit Pan American. Habe nur halbe Stunde Zwischenaufenthalt. Kann kaum erwarten dich wiederzusehen. Love Sascha.«

Auch das noch, denke ich und dann entsetzt über diesen Gedanken: Ich liebe dich ja, Sascha, aber im Moment wäre es besser, du kämest nicht.

Es ist gleich zehn und höchste Zeit, daß ich mich anziehe und auf den Weg mache. Ich gehe in mein sogenanntes Abstellzimmer, in dem es eiskalt und wirklich nicht gemütlich ist. Das Bett, in dem Walter den letzten Teil der Nacht geschlafen hat, ist zerwühlt. Auf dem Nachttisch steht die leere Apfelsaftflasche. Ich betrachte das Kissen, in dem sein Kopf eine tiefe Kuhle gedrückt hat. Liebe ich ihn eigentlich? frage ich mich. Ich zucke die Achseln. Ich weiß es nicht, weiß nicht, in welchem Fall das Wort »Liebe« gerechtfertigt ist.

Ich öffne den großen Kleiderschrank und sondiere meine Garderobe. Es gibt ein paar Sachen darunter, die ich im allgemeinen recht gern mag, aber heute gefällt mir nichts. An Tagen, an denen ich schlecht aussehe, brauche ich etwas Neues, etwas, das ich noch nie am Körper gehabt habe. Aber da ist nichts Neues. Ich schiebe Bügel für Bügel zurück und mustere die Kleidungsstücke, die, alle in gedämpften Farben, einen düsteren Eindruck erwecken. »Ich möchte was Rotes«, murmele ich.

Da ich nichts Rotes habe, ist es mir plötzlich gleichgültig, was ich anziehe. Ich nehme einen grauen Flanellrock heraus, einen dunkelblauen Pullover mit Rollkragen und ein Paar Pelzstiefel. Die Pelzstiefel stelle ich mit dem Gedanken zurück: Meine Beine sind heute das einzige, was sich zeigen läßt. Ich entscheide mich für schwarze Pumps mit hohen Absätzen, nehme die Sachen, gehe ins Zimmer und lege sie auf die Heizung, um sie anzuwärmen.

Frau Fischerle hat die Fenster aufgerissen, Teppiche und Kissen entfernt und die Möbel aufeinandergestellt. Mischa, der den großen leeren Raum für den geeigneten Spielplatz hält, schießt unter Jubelschreien ein kleines Flugzeug ab. Frau Fischerle erscheint mit Schrubber, Scheuerlappen und Eimer. Sie taucht den Lappen in die Lauge, wringt ihn mit einer Gebärde des Genickumdrehens aus und klatscht ihn auf den Boden. Ich drücke mich an die Heizung und wage weder Sohn noch Putzfrau aus dem Zimmer zu schicken.

»Hab'n S' für Weihnachten scho ois beianand?« fragt Frau Fischerle.

»Nein«, sage ich, schleiche mich ans Fenster und schließe es unauffällig.

»Mecht nur wiss'n, wozu dös Weihnachten guat sei soi. An Hauf'n Geld kost's, dös is' ois.«

Mischa wirft ihr einen düsteren Blick zu und läßt dann das Flugzeug in ihre Richtung sausen. Es trifft sie im Genick.

»Was de heitz'tag für a Spuizeig erfind'n«, bemerkt sie kopfschüttelnd, hebt das Flugzeug auf und beäugt es mißtrauisch. »Und wie vui hat dös Dingerl nachad 'kost', dös mecht i gern wiss'n.«

»Drei Mark fünfzig«, sage ich.

»Geh weida – drei Mark fufz'g für so a bisserl lumpigs Papier!«

Mischa geht drohend auf sie zu und reißt ihr das Flugzeug aus der Hand. »Langsam, Bua«, sagt Frau Fischerle, »sonst geht dei Stuka no kaputt, und d' Muatter muß no amal in die Tasch'n greif'n.«

Sie wendet sich wieder der Arbeit zu und fährt dabei in ihren tiefsinnigen Betrachtungen fort: »I sag allweil, dös ko net guat gehn. De Preise werd'n höher und höher, und unsere damische Regierung tut aa scho nix dageg'n. Und wenn's dann zammakracht, samma wieder die Depp'n – mir, de kloana Leit. De groß'n Herrn, die tuan ihr Geld in d' Schweiz und nacha, wann's uns dabrös'lt hat, dann krieg'n s' wieder an Mordsposten ...«

»So ist's«, sage ich und halte es für klüger, mich an einem ruhigeren Ort anzuziehen.

Ich nehme die Sachen wieder von der Heizung und durchquere das Zimmer. Aber an der Tür hält mich Frau Fischerle zurück. Ihr Redefluß ist nicht zu bremsen, und jetzt ist sie auch noch bei ihrem Lieblingsthema angelangt, einem Thema, in das sie sich stundenlang verbeißen kann: »Und was moanan S', Frau Amon, was sich de Arbeiter, dös G'lump, no umschaug'n werd'n! Fernseher müaß'n s' oschaffa auf Abzahlung – und a Motorradl oder gar a Auto. Aber was G'scheits zum Ess'n, a anständig's Bettzeigl, dös hab'n s' net!«

Frau Fischerle, eine echte und klassenbewußte Bäuerin, haßt die Arbeiter. Um sie nicht in noch größere Rage zu versetzen, pflichte ich ihr kopfnickend bei, dann fliehe ich.

»Komm, Mischa«, rufe ich noch über die Schulter zurück, »geh jetzt schön in dein Zimmer und stör Frau Fischerle nicht bei der Arbeit!«

»Sie stört mich ja«, brummt Mischa und zieht beleidigt ab. Ich überlege mir, wo ich mich nun endlich anziehen könnte. Das Bad ist nicht geheizt, die Zimmer sind besetzt, also bleibt mir gar nichts anderes übrig als die Küche. Ich kleide mich an, zwischen schmutzigem Geschirr, überquellenden Mülleimern und einer Schüssel mit eingeweichter Wäsche. Zwei Tauben sitzen auf dem Balkon und schauen mir wie gebannt zu. Ich hasse diese dickbusigen Tauben mit ihren starren Knopfaugen, ihrem fetten Gurren und ihrer biederen Gefräßigkeit.

»Na wartet, ihr aufdringlichen Biester«, sage ich, mache einen drohenden Schritt auf die Balkontür zu und schüttle die Hände. Sie flattern auf das Geländer und bleiben dort sitzen. Ich bin empört und nehme mir vor, sie maßlos zu erschrecken. Nachdem ich mir Rock und Pullover übergestreift habe, öffne ich vorsichtig die Tür und mache einen schnellen, unüberlegten Satz auf den Balkon hinaus. Ich lande in einer Batterie leerer Wein- und Schnapsflaschen. Es klirrt gewaltig. Eine Wodkaflasche rollt bis an den Rand des Balkons und stürzt hinab. Ich lausche mit angehaltenem Atem dem Splittern des Glases, dann trete ich an das Geländer und schaue hinunter. Da unten liegt ein Häuflein Scherben, eine zerschellte Flasche, weiter nichts. Und trotzdem kann ich mich nicht von dem Anblick losreißen. Ich starre nicht mehr die Scherben an, sondern den harten, grauen Zement, fünf Stockwerke unter mir. Nicht zum erstenmal spüre ich diesen Sog, den Sog des Sichfallenlassens.

Ich kralle die Finger um das Geländer, schließe die Augen. Schwindel steigt aus meinem Bauch in den Kopf.

Ich höre Mischa, der die Küchentür aufreißt und mit seiner aufgeregten Klein-Jungen-Stimme fragt: »Mami, was hat denn hier eben so geklirrt?«

Ich drehe mich rasch um und sage mit unsicherem Lachen: »Eine Flasche ist hinuntergefallen.«

»Au wirklich?« Schon ist er auf dem Balkon und steigt auf die unterste Stange des Geländers. Das Unbehagen steckt mir noch tief in den Knochen.

»Mischa«, schreie ich und packe ihn am Arm.
»Was is' denn?« fragt er und schaut mich erschrocken an.
»Ich will nicht, daß du herumkletterst!«
»Aber Mami, ich kann doch nich' runterfallen. Das Geländer geht mir ja bis zum Kinn!«
Er hat recht, und ich lasse ihn los.
Er schaut gebannt hinunter: »Oh«, ruft er achtungsvoll, »die is' aber kaputt!«
»Ja – was dachtest du?«
»Daß sie kaputt is' – aber so! Mami, is' ein Mensch auch so kaputt, wenn er runterfällt?«
»Nun, in Scherben geht er nicht, aber kaputt ist er bestimmt.«
»Hast du mal einen gesehen, der runtergefallen is'?«
»Nein, und ich möchte es auch unter keinen Umständen sehen.«
Ich lege ihm die Hand auf die Schulter: »Komm jetzt, es ist kalt!«
»Ich möchte auch eine Flasche runterwerfen.«
»Ich hab' sie doch nicht geworfen, Mischa, sie ist von alleine hinuntergerollt.«
»Ach so«, sagt er enttäuscht, »ich dachte, du hättest sie geworfen.«
»Na, du hast aber eine eigenartige Vorstellung von deiner Mutter. Also, komm jetzt!«
Er folgt mir widerwillig in die Küche.
»Mami, gehst du weg?«
»Ja.«
»Wohin?«
»Frag lieber, wohin ich nicht gehe.«
Auf dem Tisch in der Diele liegt meine Marschroute, ein säuberlich getippter Bogen mit der Überschrift: »Zu erledigen.« Ich nehme ihn und lese laut vor: »Bank, Post, Reinigung, Wäscherei, Pelzgeschäft, Kaufhaus, Zahnarzt, Assessor Käser...«
»Darf ich mitkommen?« unterbricht mich Mischa.
»Das fehlte gerade noch!«

»Aber ich geh' gern auf die Bank.«

»Hör zu, mein Engel. Die Bank ist nur eines von vielen, und außerdem habe ich tausend Gänge und Besorgungen zu machen.«

»Tausend?«

»Mindestens.«

»Wann bist du denn dann fertig?«

»Das weiß der liebe Himmel, aber ich ruf' dich zwischendurch mal an.«

Ich ziehe mir meinen Lammfellmantel an und binde mir ein Kopftuch um. Das Kopftuch binde ich wieder ab, weil ich mir um Jahre älter darin vorkomme. Dann ziehe ich mir die Handschuhe an und bepacke mich mit einem riesigen, bis zum Rand gefüllten Einkaufskorb, einer großen Handtasche, einem Mantel, der gefüttert, und einem Rock, der kürzer gemacht werden muß.

»Mami, ich brauch' unbedingt eine neue Batterie für meine Taschenlampe. Bringst du mir die mit?«

»Ja, natürlich.«

Frau Fischerle eilt in die Diele hinaus: »Wann S' so guat war'n, Frau Amon, und mar den Abfoikiabe ...« Sie unterbricht sich und schaut mich besorgt an: »Na, na«, sagt sie dann, »Sie san ja so scho so vollpackt. Schaffan S' dös denn überhaupt?«

»Es wird mir gar nichts anderes übrigbleiben«, sage ich mit einer Mischung aus Selbstmitleid und Grimm.

»Ja, ja, wir Frauen heiz'tag ...«

Das Telefon klingelt.

»Und nach mir die Sintflut ...«, sage ich, zögere dann aber doch, warte ein zweites Klingelzeichen ab, stelle den Einkaufskorb auf den Boden und gehe ans Telefon.

»Ja ...«, melde ich mich.

»Was heißt hier ja? Sagen Sie zu allem ja?«

»Ja.«

»Wollen Sie mir fünfhundert Mark borgen?«

»Nein.«

»Eine gut verdiendende Frau wie Sie!«

»Hören Sie, ich hab' jetzt wirklich keine Zeit!«

»Haben Sie Zeit, mit mir zu Mittag zu essen?«

»Wann und wo?«

»Sagen wir im italienischen Restaurant in der Herzogstraße um halb zwei.«

»Schön, bis dann.«

Ich hänge ein, laufe zur Tür, küsse Mischa auf die Stirn, schüttle Frau Fischerle die Hand und verlasse die Wohnung. Der Abstieg ist beschwerlich. Die Sachen, die ich in beiden Armen halte, nehmen mir die Sicht. Die Treppe ist weihnachtlich frisch gewachst, und meine hohen Absätze bieten mir keinen Halt. Zwei Treppen tiefer stoße ich auf Frau Abriss, die Apothekersfrau. Sie schaut mit starrem Gesicht an mir vorbei. So reagiert sie nur, wenn wir uns auf der Treppe begegnen; in ihrer Apotheke bedient sie mich mit süßlichem Lächeln. Sie scheint da einen dicken Trennungsstrich zu ziehen. Als Kundin bin ich ihr willkommen, als Mitglied einer moralischen Mieterschaft bin ich ihr ein Dorn im Auge. Und nicht nur ihr. Die Männer ziehen zwar alle zuvorkommend die Hüte, die Frauen jedoch grüßen mich nicht. Allein Frau Assessor Käser hält zu mir; denn – so hatte sie mir eines Tages anvertraut – auch sie war lange Zeit schief angesehen worden. Jetzt natürlich nicht mehr, jetzt ist sie Frau Assessor Siegfried Käser, hat zwei stramme Töchter, einen Hund und einen, wenn auch bescheidenen, so doch ordentlichen Haushalt. Außerdem hat sie einen Beruf, sie ist Schneiderin und versteht, soweit ich es beurteilen kann, einen Rock kürzer oder ein Kleid enger zu machen.

Ich bleibe vor ihrer Tür stehen. Auf einem goldenen Messingschild prangt in großen schwarzen Buchstaben: Assessor Siegfried Käser. Ich klingele und warte.

Es dauert eine Weile. Dann öffnet sich langsam die Tür. Dumpfer Küchengeruch, das gellende Kläffen eines Hundes, beschwingte Radiomusik und der Anblick einer großen, fleischigen Frau schüchtern mich ein.

»Frau Amon?« Frau Käsers Stimme ist leise, ihr Lächeln matt, »was kann ich für Sie tun?«

Die leise Stimme, das matte Lächeln passen ebensowenig zu ihr wie die kesse, immer etwas fettige Ponyfrisur. Irmgard Käser ist jedoch nicht irgendwer. Sie kennt das Leben, sie kann sich benehmen, und außerdem hat sie einen kleinen weiblichen Hang zur Koketterie. Ich kann diese Mischung aus Spießigkeit und Vorwitz nicht vertragen. Sie verursacht mir Übelkeit und stürzt mich in Verwirrung.

»Entschuldigen Sie, Frau Käser«, sage ich und weiß nicht, wofür ich mich entschuldige. »Ich habe da einen Rock, der kürzer gemacht werden müßte, eine Winzigkeit, die ich Ihnen eigentlich gar nicht zumuten möchte, und wenn Sie zur Zeit zu viele Aufträge haben ...«

Ich höre mir mit Verwunderung zu und ärgere mich über meine umständliche, geschraubte Redeweise, die nur Frau Käser in mir auszulösen vermag.

»Sicher kann ich Ihnen den Rock kürzer machen.« Sie schaut milde auf mich hinab und tritt beiseite. »Kommen Sie doch herein, Frau Amon. Mein Mann ist zwar zu Hause und das Zimmer noch nicht aufgeräumt, aber Sie wissen ja ...« Sie lächelt mir wie eine Verbündete zu: »Ein Mann im Haus bringt alles durcheinander.«

Ich zögere. Ich fürchte das Wohnzimmer der Käsers und gerate immer in einen Zustand der Beklemmung, wenn der muffige Geruch, die trüben Farben und der Anblick der schweren, häßlichen Möbel auf mich einzuwirken beginnen.

Frau Käser mißversteht mein Zögern.

»Sie stören nicht«, versichert sie und dann mit einem gedämpften Lachen: »Im Gegenteil, mein Mann freut sich, wenn Sie kommen. Neulich hat er mir gestanden, daß er Sie für eine sehr interessante und attraktive Dame hält. Tja, die Männer, diese Schwerenöter ...« Sie wendet mir ihr gewaltiges Hinterteil zu und öffnet die Tür zum Wohnzimmer. Die Radiomusik und das Kläffen des Köters werden lauter. Ich betrete widerwillig die »gute Stube«. Auf dem abgeschabten Plüschsofa liegt ein graubärtiger, fetter Dackel und bellt mich feindselig an. In dem Monstrum eines Sessels sitzt das Monstrum eines Mannes: Assessor Siegfried Käser. Er wiegt mindestens zweieinhalb Zentner und sieht aus wie ein Walroß. In der einen Hand hält er eine zierliche Schere, in der anderen ein Zeitungsblatt.

»Grüß Gott, Frau Amon«, schnauft er, neigt den Oberkörper ein wenig vor und gerät dabei außer Atem.

»Grüß Gott«, sage ich, und prompt fällt mir bei seinem grotesken Anblick ein intimes Geständnis Frau Käsers ein: »Mein Mann«, hatte sie mir eines Tages mit niedergeschlagenen Augen gestanden, »war in seiner Jugendzeit sehr stark veranlagt. Mir war das wirklich schon zuviel. Fast jede Nacht, stellen Sie sich vor – das hält doch keine Frau aus!«

Seither kann ich ihn nicht mehr ansehen, ohne in entsprechende Vorstellungen zu verfallen.

Ich versuche, diesen Gedanken zu verdrängen und den Blick in eine unverfängliche Richtung zu lenken; aber es will mir nicht gelingen.

»Mein Mann«, erklärt Frau Käser, »hat ein neues Hobby entdeckt. Er schneidet so allerlei aus den Zeitungen aus und klebt es in ein Heft.«

»Ach!« sage ich, »sehr interessant!«

»Ja, und er hat schon eine hübsche kleine Sammlung beisammen. Ungewöhnliche Nachrichten, spannende Notizen, lustige Anekdoten und Kochrezepte. Seit er nur noch halbtags arbeitet, vertreibt er sich damit die Zeit.«

»Ach!« wiederhole ich, denn etwas anderes fällt mir bei Gott nicht ein.

Der fette Dackel bellt immer noch.

»Waldi«, tadelt Frau Käser mit leisem Vorwurf, »nun hör schon auf zu bellen!«

Aber Waldi denkt nicht daran.

»Ich weiß nicht, warum er sich bei Ihnen immer so aufführt. Er ist sonst ganz friedlich.«

Sie geht beschwingt und leise die Melodie eines Walzers mitsummend an ihren Arbeitstisch: »Das ist doch die ›Lustige Witwe‹, gell, Siegfried?«

»Freilich!« Er beginnt an dem Zeitungsblatt herumzuschnippeln und atmet dabei schwer durch die Nase.

»Mein Mann kennt jede Operette und jede Oper in- und auswendig«, verkündet Frau Käser und kramt ohne Eile auf ihrem Arbeitstisch herum. »In vielen war er zwei-, dreimal ...«

»In ›Tristan‹ war ich fünfmal«, belehrt der Assessor.

»Nun stellen Sie sich das vor! Fünfmal!«

Ich kann und ich will es mir auch gar nicht vorstellen. Ich will nur raus, raus aus diesem Panoptikum!

»Ah, hier ist ja das Nadelkissen«, ruft Frau Käser und dann mit einem hellen Auflachen: »Aber Nadeln sind keine drin!«

»Frau Käser«, sage ich, und meine Selbstbeherrschung flößt mir Achtung ein, »machen Sie den Rock doch einfach zwei Zentimeter kürzer und ...«

»Aber ich muß ihn doch an Ihnen abstecken.«

»Nein, nein, das ist wirklich nicht nötig!«

Ich werfe den Rock rasch über eine Stuhllehne und wende mich fluchtbereit der Tür zu.

»Es dauert keine drei Minuten«, versucht mich Frau Käser zurückzuhalten. »Sie können sich im Schlafzimmer ungeniert ausziehen. Es ist zwar noch nicht aufgeräumt, aber ...«

Der Gedanke, nun auch noch das unaufgeräumte Schlafzimmer der Käsers betreten zu müssen, geht mir zu weit. Ich schüttle so heftig den Kopf, daß der Hund wieder zu bellen anfängt.

Frau Käser scheint pikiert über meine plötzliche Hast.

»Ich will Sie nicht zwingen«, sagt sie mit besonders matter Stimme und säuerlichem Lächeln.

Der Assessor schaut mit halb geöffnetem Mund zu mir

hinüber. Er hält die Schere mit gespreizten Klingen zuschnittbereit in der Luft.

»Auf Wiedersehen«, nicke ich ihm zu.

»Auf Wiedersehen, Frau Amon.«

Ich drehe mich um, spüre seinen Walroßblick im Rükken und muß wieder an Frau Käsers Worte denken: »Mein Mann war in seiner Jugendzeit sehr stark veranlagt . . .«

»Vor Weihnachten schaff' ich den Rock aber nicht mehr«, erklärt Frau Käser und folgt mir zur Tür.

»Das ist auch nicht nötig.«

Ich will nach der Klinke greifen, aber sie kommt mir zuvor und verhindert meine Flucht.

»Sie können sich gar nicht vorstellen, was ich noch alles zu tun habe! Mein Mann und die Kinder sind ja so heikel. Wehe, wenn ich das Weihnachtsgebäck und die Stollen in einem Geschäft kaufe . . . sie rühren's nicht an. Ich muß alles selber backen, und außerdem kommt's ja auch billiger.«

Ich lächle unentwegt und spüre dabei, wie sich jede kleine Falte in meinem Gesicht tiefer und tiefer gräbt.

»Na, und dann die Krippe, die muß ich natürlich auch wieder herrichten. Die Figuren habe ich selber gemacht – sie sind bezaubernd – ganz bezaubernd!«

Ich verwünsche meine Höflichkeit, die mich zu lächeln und zu nicken zwingt. Es würde mir nichts ausmachen, wenn diese Frau auf der Stelle tot umfiele, aber ich bringe es nicht fertig, sie mit einem entschlossenen Wort zu unterbrechen.

»Habe ich Ihnen eigentlich schon mal meine Figuren gezeigt?«

Ich schüttle den Kopf.

»Na, dann muß ich sie Ihnen unbedingt zeigen!«

»Furchtbar gern«, sage ich, »aber jetzt habe ich leider keine Zeit. Ich schaue sie mir morgen in Ruhe an, ja?«

Sie ist enttäuscht. Ich starre die Klinke an, und sie drückt sie nieder.

»Auf Wiedersehen, Frau Käser – und vielen Dank.«

»Auf Wiedersehen ...« Ihre Stimme erstirbt, und sie beginnt langsam, langsam die Tür zu schließen.

Ich vergesse, daß die Stufen glatt, die Einkaufstaschen schwer und meine Absätze hoch sind. Ich laufe die Treppe hinunter, stürze zur Haustür hinaus, als kämen Käsers hinter mir her.

Mein Volkswagen steht in einer großen Pfütze, die ich vergeblich zu umgehen versuche. Da leider kein Steg bis zum Trittbrett führt, muß ich wohl oder übel durch den Tümpel hindurch. Ich scheue wie ein Pferd, aber schließlich nehme ich einen Anlauf und rette mich mit zwei Schritten in den Wagen. Dort bleibe ich einen Moment lang erschöpft sitzen, starre trübe auf die verschmierte Scheibe und versuche mich zu konzentrieren. Dann lasse ich den Motor an, setze den Scheibenwischer in Gang, öffne das Handschuhfach und schaue nach, ob meine Karamelbonbons noch da sind. Sie sind da, und ich schlage das Handschuhfach wieder zu.

Der Scheibenwischer quietscht verängstigt und führt einen aussichtslosen Kampf gegen den Dreck. Der Motor gibt ein eigenartiges Geräusch von sich. Ich zucke die Achseln und trete aufs Gas. Das Auto ist Kummer gewöhnt. Außerdem scheint es zu wissen, daß es bei mir kein Mitleid erregen kann. Bei einem einsichtsvollen Autofahrer hätte es längst gestreikt, bei mir fährt es immer. Es schliddert und hustet, aber es gehorcht.

Die erste Ampel ist keine zehn Meter vom Haus entfernt. Als ich anfahre, ist sie grün. Ich sehe nichts anderes als das grüne Licht, und schon überkommt mich eine Art Besessenheit: Wer ist schneller, die Ampel oder ich? Seit drei Jahren spiele ich dieses spannende Spiel und muß zu meiner Schande gestehen, daß mir die Ampel bei weitem überlegen ist. Natürlich bin ich auch heute wieder die Unterlegene und wütend wie ein Kind, das beim ›Mensch-ärgere-dich-nicht‹ verloren hat. Wenn es so anfängt, frage ich mich, wie wird es dann erst weitergehen?

Auf diese Frage bekomme ich schnell Antwort. Es geht im Schneckentempo weiter, in langen, doppelreihigen Kolonnen, die sich an jeder Kreuzung zu einem wüsten Knäuel zusammenballen. Fahrräder, Motorräder, kleine und große Autos, Lastwagen, Omnibusse, Straßenbahnen und Scharen kopfloser Fußgänger drängen dem Stadtzentrum zu, als stehe da Jesus Christus persönlich und verteile seinen Segen.

Ich sitze zusammengeduckt hinter dem Steuer, umbrandet von einer tosenden motorisierten Meute, die vom Autofahren keine Ahnung zu haben scheint.

»Man müßte ihnen allen den Führerschein entziehen«, schimpfe ich laut vor mich hin. »Die können ja das Bremspedal nicht vom Gas unterscheiden! Überall Lükken, wo noch gut ein Auto reinpassen würde. Und in der Mitte fahren müssen diese Idioten. Na schön, dann überhole ich eben von rechts.«

Ich tue es, werde von einem Lastwagen mit Dreck beworfen und kann sekundenlang nichts mehr sehen. Als ich es wieder kann, entdecke ich vor mir eine unübersehbare Autoschlange. In weitester Ferne winkt ein grünes Licht, sekundenlang, wechselt auf Rot, minutenlang.

»Das kann ja nicht wahr sein«, stöhne ich und schließe gepeinigt die Augen. »Das ist ja reine Schikane! Eine Ampel ist da, um den Verkehr zu regeln und nicht, um ein totales Chaos anzustiften.« Als ich die Augen wieder öffne, bin ich von allen vier Seiten eingekeilt. Hinter mir steht eins dieser lächerlichen Goggomobile; vor mir ein Viehtransport. Über dessen Bretterwand ein trauriger Kuhschwanz herabhängt; rechts neben mir ein Mercedes mit einer nerzbemützten Matrone und einem Fratzen schneidenden Kind; links neben mir ein Opel mit einem Zigaretten rauchenden Mann, der gelangweilt vor sich hinstarrt. Ich betrachte ihn, wie ich die Matrone und den Kuhschwanz betrachtet habe. In diesem Moment wendet er den Kopf und sieht mich an. Er mag Mitte Dreißig sein und hat ein nettes, unbedeutendes Gesicht. Unsere Blicke treffen und halten sich mit träger, aufreizender Indifferenz.

Ich steige jetzt aus, geht es mir durch den Sinn, setze mich zu dem Fremden in den Opel und sage: Los, fahren wir weg, und kommen wir nie mehr wieder!

Der Gedanke ist absurd, und dennoch kommt er mir nicht absurd vor. Wir schauen uns immer noch an. Warum auch nicht? Warum nicht wegfahren mit ihm? Warum nicht leben mit ihm? Warum ... Hinter mir hupt schwächlich das Goggomobil. Ich wende den Blick ab und habe das Gesicht des Fremden vergessen. Der Kuhschwanz ist knappe zwei Meter vorgerückt. Ich rücke nach. Dieses Manöver wiederholt sich dreizehnmal. Ich möchte den Kuhschwanz in Brand stecken. Ich möchte den Polizisten, der an der Ampel herumlungert, vierteilen. Ich möchte ein Dikatator sein und sämtliche Verkehrsteilnehmer zum Tode verurteilen. Dann bin ich zu erschöpft, um meinen rabiaten Gelüsten noch weiter nachzuhängen. Ich möchte nur noch eins: am Ziel sein!

Irgendwann und irgendwie erreiche ich mein Ziel. Da ist die Bank – ein gewaltiges Gebäude in einer schmalen Einbahnstraße. Diese Gasse hat mich schon viel Geld und Ärger gekostet, denn man darf dort nur auf einer Seite parken. Das ist natürlich kein Grund, nicht auch auf der anderen Seite zu parken. Also stehen die Autos auf beiden Seiten, Stoßstange an Stoßstange, und der einzige immer freie Platz ist vor einem Halteverbotsschild. Auf diesen für mich reservierten Platz fahre ich zu und parke. Ich klettere aus dem Auto, schließe die Tür ab, entdecke, daß ich meine Tasche vergessen habe, schließe die Tür auf, hole die Tasche heraus, schließe die Tür ab. Dieses Manöver dauert eine Weile, denn bei jedem Auf- und Abschließen irre ich mich im Schlüssel. Außerdem sind meine Finger steif gefroren, von den Füßen ganz zu schweigen.

Als ich die Bank betrete, atme ich erleichtert auf. Nach dieser Höllenfahrt ist sie eine Wohltat – ruhig, gediegen und gut geheizt. Der Pförtner – er hat nur einen Arm, dafür aber einen auffallend buschigen Schnurrbart – grüßt. Er hat von acht Uhr morgens bis vier Uhr nachmittags nichts anderes zu tun, als zu grüßen.

Ich durchschreite auf klickenden Absätzen die erste Halle, die immer ganz leer ist und keinem ersichtlichen Zweck dient. An der Decke hängt ein überdimensionaler Adventskranz und verströmt frischen Waldgeruch. Ein Bankangestellter wandert mir entgegen und grüßt. Er hat auch nur einen Arm und nichts anderes zu tun, als zu grüßen. Meine Bank, ein solides Unternehmen, beschäftigt viele einarmige grüßende Angestellte.

Ich betrete die Schalterhalle und bin wieder mitten drin im vorweihnachtlichen Getümmel. Es summt und schwirrt wie in einem Bienenkorb. Die grünbelederten Bänke sind vollbesetzt, an den Schaltern stehen die Menschen Schlange. Der obligate Adventskranz nadelt, und die Ausdünstung nasser Mäntel hat seinen Duft längst erstickt.

Als sich das Gedränge an den Schaltern ein wenig lichtet, trete ich näher und warte auf den Moment, da ich mich in eine frei werdende Lücke schieben kann. Ich muß ziemlich lange warten, denn Kunden und Bankpersonal sind heute in angeregter Stimmung. Weihnachten steht nicht umsonst vor der Tür. Man ist seinen Mitmenschen gegenüber aufgeschlossen. Es werden Einkaufstips ausgetauscht, kleine Witze über die anspruchsvollen Wünsche der Frau Gemahlin oder der heranwachsenden Tochter gewagt und detaillierte Mitteilungen über die Ferienpläne gemacht. Vor mir findet eine animierte Unterhaltung zwischen einer üppigen Dame in putzigen Stiefeletten und einem hageren älteren Beamten statt. Ich kann diesen Mann nicht leiden. Jedoch hat er einen großen anhänglichen Kundenkreis, den er mit einer Mischung aus Unterwürfigkeit und Jovialität behandelt. Die Leute, ganz offensichtlich, mögen diese Art von Behandlung, nennen ihn beim Namen und vertrauen ihm ihre persönlichen Sorgen und Freuden an.

»Für uns hat der Heilige Abend diesmal eine ganz besondere Bedeutung«, schwatzt die üppige Dame mit den putzigen Stiefeletten, »unsere Tochter wird sich nämlich verloben.«

»Ihr Fräulein Tochter?« ruft der hagere Beamte, und sein ausgetrocknetes Bürokratengesicht schnappt in eine freudig-überraschte Grimasse um, »aber das ist doch noch ein ganz junges Dingerl!«

»Nun, sie ist immerhin schon zweiundzwanzig.«

»Zweiundzwanzig!« Er wiegt versonnen den Kopf hin und her. »Ts, ts, ts, wie doch die Zeit vergeht.«

Diese tiefgründige Betrachtung läßt auch die Dame in Beschaulichkeit versinken: »Ja, meine Annemie«, sagt sie mit einem in sich gekehrten Lächeln, »ich sehe sie noch ihren Puppenwagen vor sich herschieben und jetzt...« Sie tauscht einen verständnisinnigen Blick mit dem Beamten. Der Zusammenhang zwischen Puppenwagen und Kinderwagen ist zu naheliegend, als daß man ihn noch aussprechen müßte.

Mich überkommt ein ähnlich unbehagliches Gefühl wie zuvor in der Wohnung von Assessor Käser. Ich schaue mich hilfesuchend um und entdecke meinen jungen Mann, der gerade einen Kunden abgefertigt hat und mir mit einer einladenden Geste zu verstehen gibt, daß der Platz für mich frei sei. Wir bevorzugen uns und tauschen häufig komplicenhafte Blicke, die ihn aus der grauen, anonymen Herde der Beamten, mich aus der Masse ehrenwert-langweiliger Bürger hervorheben. Ich eile zu ihm. Er stützt beide Hände auf den Schaltertisch und schaut mit einem Lächeln auf mich hinab, das hart an der Grenze des Flirtes liegt.

»Grüß Gott, Frau Amon, heute ist was los bei uns, nicht wahr?«

»Ihr Kinderlein kommet, o kommet doch all...«, zitiere ich. Er lacht. Er hat schöne Zähne, stelle ich fest, und dabei fällt mir unsere Begegnung im Strandbad ein. Er war plötzlich auf mich zugekommen – in einer weißen Badehose, braungebrannt und gut gewachsen. Es hatte mich maßlos überrascht, denn die Möglichkeit, daß ein Bankbeamter auch ein gutgewachsener, braungebrannter Mann sein könne, war mir bis dahin nicht in den Sinn gekommen. Wir hatten uns etwas befangen gegrüßt und über Bikini und Badehose hinwegzuschauen versucht. Aber von diesem Tage an hatte er für mich menschliche Züge bekommen.

»Und wieviel wollen Sie heute wieder einzahlen?« fragt er mit einem verschmitzten Grinsen.

»Sie haben gut lachen«, entgegne ich, ziehe meinen Bankauszug aus der Tasche und studiere ihn mit dem unvermeidlichen Stich der Beunruhigung.

»Na ja«, sage ich schließlich, »dann heben wir zur Abwechslung mal ab. Sechshundertdreizehn Mark und zweiundachtzig Pfennig.«

»Zweiundachtzig Pfennig?« wiederholt er amüsiert.

»Dann bleibt eine runde Summe auf dem Konto«, erkläre ich. Ich bin für runde Summen, so wie ich für Ordnung und Pünktlichkeit bin. Er schreibt den Schein aus, ohne mich wie die anderen Beamten mit meiner Kontonummer zu belästigen. Ich habe diese Nummer jetzt gute sechs Jahre, aber da mir jede Beziehung zu ihr fehlt, kann ich sie mir auch nicht merken. Ich muß immer wieder die Tasche öffnen, die Brieftasche herausziehen und in dem kleinen Fach unter vielen Papieren nach der verdammten Kontonummer suchen. Nicht so bei meinem jungen Mann. Schon nach dem zweitenmal blieb sie ihm unauslöschlich im Gedächtnis, und dafür bin ich ihm außerordentlich dankbar.

Ich unterschreibe den Schein, nehme einen kleinen blauen Zettel in Empfang und verabschiede mich.

»Und ein recht frohes Weihnachten«, sagt der junge Mann.

»Danke, gleichfalls«, erwidere ich mechanisch. Diese Antwort liegt mir schon so bereitwillig auf der Zunge, daß ich sie selbst dann, wenn mir kein »frohes Weihnachten« gewünscht wird, wie ein Papagei vor mich hinplappere.

Ich gehe zu den Kassenschaltern hinüber. Auf der langen grünen Lederbank ist kein Platz mehr frei. Die Menschen sitzen dicht gedrängt wie die Spatzen auf dem Telegrafendraht, und da sie nichts Besseres zu tun haben, starren sie mich an. In solchen Augenblicken überkommt mich immer das Gefühl, daß meine Strümpfe Laufmaschen haben oder an den Knien Falten schlagen. Ich würde sie gern untersuchen, aber das würde die Aufmerksamkeit noch mehr auf mich lenken. So flüchte ich mich in ein abweisendes Gesicht und schreite die Bank ab wie ein Offizier seine Truppe. »Putzikam«, ruft plötzlich eine leise, klägliche Stimme. Ich bin so im Schreiten, daß ich noch einen Schritt vorwärts mache, dann erst anhalte und mich umdrehe. Auf der Bank, eingeklemmt zwischen einem robusten Bayern im Lodenanzug und einem drallen Mädchen in roter Schihose, sitzt ein kleines, zerfallenes Männlein in einem auffallend eleganten, pelzgefütterten Wildledermantel.

»Jossilein«, sage ich und trete auf ihn zu.

Jossi von Varassyi ist die absolute Verkörperung eines ungarischen Aristokraten. Außerdem ist er mein bester Freund.

»Wie geht es dir?« frage ich, oblgeich ich die Antwort schon im voraus weiß. Diesmal wird sie mir pantomimisch übermittelt. Er schaut mit unendlich traurigen Augen zu mir empor, hebt matt die Hand, läßt sie wieder fallen und zuckt mühsam die Schultern. Der Bayer steht auf und überläßt mir seinen Platz. Jossi ergreift meine Hand, küßt sie und zieht mich dicht neben sich. Ich mustere sein überaus schmales, blasses Gesicht, das mich immer an die Porträts El Grecos erinnert. Ich habe Jossi lange nicht gesehen, und er macht trotz aller Eleganz einen elenden Eindruck. Aufmunternd lächelnd lege ich meine Hand auf seinen Arm. Jetzt wendet er den Kopf und mustert mich ebenfalls. Es dauert eine Weile, dann seufzt er und erklärt: »Schlääächt siehst du aus, Putzikam – sehr schlääächt!«

Aus ist es mit meinem Mitgefühl. Daß ich schlecht aussehe, weiß ich selber. Bestätigungen halte ich daher für überflüssig.

Aber Jossi läßt nicht locker. »Was ist los mit dir?« fragt er, »warum siehst du so schlääächt aus?«

»Weil ich mich schlääächt fühle«, entgegne ich gereizt.

Er versinkt in völlige Apathie, blickt mich nur vergrämt durch seine Brille an.

»Du kannst einem wirklich den letzten Rest Mut nehmen«, beschwere ich mich.

»Hat man mir meinen Rest Mut schon lange genommen«, murmelt er.

Meine Nummer wird aufgerufen, und ich erhebe mich.

»Kommst du wieder, Putzikam, ja?«

»Ungern«, sage ich und gehe zum Kassenschalter.

Der Beamte hinter dem Gitter streift mich mit einem verdrossenen Blick. Vor neun Jahren stand er schon hinter dem Gitter. Damals sah er noch nett und freundlich aus. Jetzt hat er Hamsterbacken, Bauch und stumpfe Augen. Ich kann ihm seine Verdrossenheit nachfühlen. Wer möchte schon jahrein, jahraus hinter Gittern stehen und in Geldbündeln wühlen, die einem nicht gehören.

»Sechshundertunddreizehn Mark und zweiundachtzig Pfennig«, brummt er. »Wie möchten Sie es haben?«

»Vierhundert in Fünfzig-, zweihundert in Zwanzigmarkscheinen.«

»Fünfzig ein, fünfzig, zwei, fünfzig drei ...« Er blättert die Scheine so schnell hin, daß ich mit dem Zählen nicht mitkomme. Ich überlege, ob ich es noch einmal nachzählen soll, aber dann geniere ich mich. Bankbeamte sind immer ehrlich, versichere ich mir, fege das Geld zusammen und halte es noch einen Moment zwischen den Fingerspitzen. Es fühlt sich gut an, dieses kleine Bündel. Die vielen Zwanzigmarkscheine erfüllen ihren Zweck und lassen es dicker erscheinen. Ich schiebe das Geld in die Brieftasche und stelle zufrieden fest, daß ich etwas in der Hand habe. Früher war meine Brieftasche immer sehr mager. Wenn ich Geld abhob, dann bestenfalls hundert Mark. Ich ließ sie mir in Zehnmarkscheinen auszahlen, aber auch das nützte nicht viel. Es war, finanziell gesehen, eine elende Zeit. Ich litt unter sogenannter Existenzangst und hatte ständig mit dem Magen zu tun. Kunststück, wenn man so dastand wie ich damals: ein paar Mark auf der Bank, ein Einkommen, von dem man nicht leben und nicht sterben konnte, einen Sohn und einen nervösen Magen. Jetzt geht es mir finanziell gut, aber mein Allgemeinzustand hat sich eigentlich nicht gebessert. Ich gehe zu Jossi zurück. Er sitzt noch immer in derselben zusammengesunkenen Haltung da. Sein Gesicht ist so grau wie der kokette Pelzkragen auf seinem Mantel, und das rührt mich. Er scheint plötzlich alt geworden zu sein – ganz plötzlich. Jossis einziger Lebensinhalt sind hübsche Frauen, schöne Augen, elegante Kleidung und Luxuskurorte. Was macht so ein Mann, wenn er alt wird?

Ich setze mich neben ihn, und diesmal nehme ich seine Hand.

»Warum hast du dich so lange nicht gemeldet?« fragt er trübsinnig.

»Ich war verreist«, schwindele ich.

Er schüttelt mutlos den Kopf: »Interessierst du dich nicht mehr für deine alten Freunde!«

»Das stimmt nicht!«

»Und mir geht es so schlääächt!«

»Das geht es dir, seit ich dich kenne – zwölf Jahre.«

»Ach ja ...« Er seufzt tief und versinkt in Schweigen.

»Was sitzt du hier eigentlich stundenlang herum?«

»Habe ich Geld abgehoben, und überlege ich jetzt, ob ich zu Weihnachten mir oder anderen etwas schenken soll.«

»Dir natürlich.«

»Habe ich übrigens genug Geld, um mir und anderen etwas zu schenken. Habe ich heute zweitausend Mark verdient. Bin ich sehr guter Laune!«

Ich sehe ihn nur stumm an. Es ist zwecklos, ihn daran zu erinnern, daß es ihm schlääächt geht, zwecklos, ihn zu fragen, womit er zweitausend Mark verdient hat. Er selber ist sich über seine seelische, körperliche und finanzielle Lage nie im klaren.

»Weißt du, Putzikam, daß ich bin gekündigt worden?« fragt er und kichert vergnügt.

»Und was wirst du jetzt tun?«

»Werde ich warten, bis ich werde haben ein paar tausend Mark auf der Bank, und werde ich dann fahren zwei Wochen in den besten Winterkurort.«

Das Gespräch wird mir jetzt doch zu konfus.

»Jossilein«, sage ich, »ich fürchte, ich muß gehen.«

»Kannst du noch ein wenig bleiben, wo wir uns nicht gesehen haben eine Ewigkeit.«

Ich unterdrücke einen Seufzer und bleibe sitzen.

»Was wirst du tun in den Weihnachtsferien, Putzikam?«

Ich zucke die Schultern: »Mein Sohn verspricht sich ein reichhaltiges Programm, aber ich weiß nicht ... Am liebsten würde ich ihn einpacken und wegfahren.«

»Joi«, sagt Jossi, und sein Gesicht leuchtet auf: »Habe ich eine großartige Idee. Werden wir zusammen wegfahren!«

Ich bin von der Großartigkeit dieser Idee nicht überzeugt und deshalb schweige ich.

Jossi sieht mich mit ängstlicher Erwartung an: »Wollte ich schon immer mit dir verreisen. Habe ich dich schon hundertmal gebeten, aber hast du meinen Wunsch nie erfüllt.«

»Ja, weißt du, Jossi ...«

»Weiß ich schon, Putzikam. Wolltest du nie mit mir – na ja, lassen wir das! Aber brauchst du ja gar nicht. Werde ich dir bestimmt nichts tun!«

Ich lache.

»Glaubst du wahrscheinlich, daß ich gar nichts mehr tun kann.«

»Nein, nein, das glaube ich ganz sicher nicht. Es ist nur ...«

Aber er läßt mich jetzt gar nicht mehr ausreden. Eine fieberhafte Aktivität hat ihn plötzlich gepackt, und wie immer in solchen Augenblicken wird er von klettenhafter Hartnäckigkeit: »Habe ich deinen Jungen so lieb, Vera. Habe ich mir immer gewünscht, daß ich sei der Vater. Wäre es übrigens für euch beide besser gewesen.«

»Hm«, mache ich und bezweifle, daß es besser gewesen wäre.

»Und soll eine Frau nicht alleine verreisen. Stell dir vor, platzt dir ein Reifen.«

Das allerdings ist ein Argument, das mir einleuchtet.

»Ja«, sage ich, »sollte ich tatsächlich mit Mischa verreisen und mir platzt ein Reifen, dann bin ich verloren.«

»Na siehst du!« Er ist glücklich, endlich einen stichhaltigen Grund für eine gemeinsame Reise gefunden zu haben. »Kenn' ich mich mit nichts so gut aus wie mit Autos.«

»Und wohin könnten wir fahren?« frage ich zögernd, aber doch schon mit einer gewissen Bereitwilligkeit.

»An eine schöne ruhige Ort, wo man sich kann richtig erholen.«

»Sehr gut – und an was dachtest du da?«

»Zum Beispiel an Kitzbühel – liegt wunderschön.«

»Aber Jossi! Nach Kitzbühel sind in den Weihnachtsferien ganze Völkerwanderungen unterwegs! Das ist der überlaufenste Winterkurort – und überhaupt ist es gräßlich da!«

»Gibt es eine sehr gute Hotel, Putzikam. Habe ich da gegessen herrliche Wiener Schnitzel – ganz dünn und knusprig gebraten!«

»Jossi, ich fahre nicht weg, um dünne, knusprig gebratene Wiener Schnitzel zu essen.«

»Brauchen wir nicht dorthin zu fahren«, beeilt sich Jossi, die Gefahr abzuwenden. »War nur ein Vorschlag. Können wir hinfahren, wo immer du willst.«

»Na schön«, sage ich, »warum nicht gemeinsam wegfahren? Mischa wird begeistert sein. Er liebt es zu verreisen, und er ist ganz wild auf männliche Gesellschaft – der arme Junge.«

Jossi schaut mich an. Seine Augen schimmern feucht. Sein Gefühl schlägt hohe Wogen.

»Werden wir eine schöne Reise zusammen machen«, versichert er. »Wirst du es nicht bereuen.«

Ich nicke und denke: Dem Jungen wird es bestimmt Spaß machen.

»Und brauchst du mal frische Luft, Putzikam. Wirst du gleich nicht mehr so schlääächt aussehen.«

Da ich auf dieses Thema nicht unbedingt zurückkommen möchte, stehe ich auf: »Ich muß gehen, Jossi, wirklich.«

»Haben wir aber noch vieles zu besprechen. Willst du heute abend mit mir Nachtmahl essen?«

»Ja«, sage ich lustlos.

»Werde ich dich abholen um acht.«

Er steht auf, küßt mir die Hand und setzt sich wieder hin. Ich wende mich ab.

»Putzikam!«

»Ja?«

»Bitte, mach dich ein bißchen hüüübsch!«

»Seh' ich so schlimm aus?«

»Na ja . . .«, sagt er und zuckt die Schultern.

»Also schön, ich werde versuchen, dir keine Schande zu machen.«

Beim Hinausgehen überfällt mich mit einemmal gräßliche Angst. Vielleicht, denke ich, bin ich ebenso plötzlich häßlich geworden wie der arme Jossi alt. Ich bleibe wie gelähmt stehen. Neben mir an der Wand hängt eine Ausstellungsvitrine. Auf nachtblauem Samt leuchten Goldmünzen. In dem spiegelnden Glas entdecke ich mein Gesicht – ein müdes, verwischtes Gesicht unter einem Wust unordentlicher Haare. Ich kneife die Augen zusammen, drehe mich um und laufe wie gejagt aus der Bank.

Neben meinem Auto steht ein Polizist und füllt eifrig den mir wohlbekannten Strafzettel aus. Es ist ein schrankgroßer Kerl mit einem roten, brutalen Gesicht.

Das ist einer von der widerlichsten Sorte, denke ich und marschiere in der Haltung eines steuerzahlenden Bürgers, eines Menschen also, der im Recht ist, auf ihn zu. Ich habe Erfahrung mit Polizisten und weiß, daß man sich ihnen mit kühler Herablassung, keinesfalls mit Unterwürfigkeit nähern muß. Ein Polizist, der Unsicherheit oder gar Schuldbewußtsein wittert, wird frech.

Jetzt reißt der brutale Kerl den Zettel ab, beugt sich zum Auto nieder und greift nach dem Scheibenwischer. Ich glaube in seinem Gesicht einen Ausdruck von Genugtuung zu entdecken und sage in patzigem Ton: »Die Mühe können Sie sich sparen!«

Er dreht sich gemächlich um, blickt seelenruhig in mein Gesicht und bemerkt: »Da schau her, da ist ja die Sünderin.«

»Von Sünderin kann wohl hier nicht die Rede sein«, erkläre ich würdig und zücke mein Portemonnaie.

»Na schön, wenn Ihnen das besser gefällt, dann machen wir aus der Sünderin eine Verkehrssünderin.«

Er grinst.

Ich stelle fest, daß sein Gesicht gar nicht brutal ist, sondern gutmütig-bieder. Ich muß weiterhin feststellen, daß seine ganze Art nicht meiner Vorstellung entspricht. Aber da ich mich nun einmal auf einen böswilligen Polizisten eingestellt habe, bleibe ich dabei.

»Ich nehme an, daß mich die Angelegenheit fünf Mark kostet«, sage ich und öffne mein Portemonnaie.

Mit einer Mischung aus Nachsicht und Ermahnung schüttelt er den Kopf. »Wissen S' eigentlich, Fräulein, daß Sie das viel mehr hätt' kosten können als fünf Mark?«

»Ja«, sage ich bockig, »ich weiß.«

»Na, und dann parken S' trotzdem vor einem Halteverbotsschild?«

»Das war der einzige Platz, der noch frei war.«

»Da seh'n S' mal«, sagt er und lacht, »wie gut das ist, daß nicht alle die Verkehrsregeln mißachten wie Sie. Da haben S' doch wenigstens ein Platzerl gehabt, nicht wahr?«

Diesem Polizisten mit seiner entwaffnenden Bierruhe ist wahrhaftig nicht beizukommen. Widerwillig fühle ich meine kühle Herablassung in zaghaftes Entgegenkommen umschlagen.

»Was hätte ich denn tun sollen?« klage ich. »In ganz München findet man keinen Parkplatz! Und wenn man so in Eile ist wie ich, dann läßt man's halt drauf ankommen.«

»Die ganze Welt ist heutzutag in Eile«, philosophiert der Polizist, »und niemand mag mehr ein paar Schritte zu Fuß gehen. Und dabei, was meinen S', wie gesund das ist – keine Eile, ein bisserl Bewegung und frische Luft.«

Jetzt höre ich ihm schon bereitwillig zu und nicke eifrig mit dem Kopf.

»Tja, Fräulein, da kann ich Ihnen nicht helfen. Die fünf Markel hätten S' besser anbringen können, jetzt vor Weihnachten, aber Strafe muß sein.«

Ich gebe ihm ein Fünfmarkstück und erhalte dafür eine Quittung. »So, und das nächstemal«, mahnt er und hebt eine dicken blauroten Zeigefinger, »machen S' mir einen großen Bogen um die Halteverbotsschilder, gell?«

»Ganz bestimmt«, sage ich, und dann entschlüpft mir in einer spontanen Sympathiekundgebung der Satz: »Und ein recht frohes Weihnachten wünsche ich Ihnen.«

»Danke, gleichfalls.«

Er nickt freundlich, wendet mir seinen breiten Rücken zu und stapft zum nächsten falsch geparkten Auto, um es mit einem Strafzettel zu versehen.

Ich setze mich in den Wagen und fahre zum Kaufhaus.

Das klingt unkompliziert, wenn man die Komplikationen nicht kennt. Das Kaufhaus liegt am Stachus, und der Stachus ist der Nabel Münchens. An diesem Nabel prallt der Verkehr aus allen vier Himmelsrichtungen aufeinander und verursacht eine Art Darmverschlingung, die trotz verschiedener Eingriffe keine Aussicht auf Lösung zeigt. Die Polizisten fuchteln wie wild gewordene Hampelmänner mit den Armen, die Ampeln hüpfen in hektischem Tanz von einem Licht aufs andere, die Straßenbahnen versuchen, sich mit irrem Geklingel Platz zu schaffen, und die Autofahrer drehen die Fenster herunter und brüllen sich gegenseitig an.

Auch ich, die ich mit List, Tücke und einer guten Portion Unverschämtheit vorwärts zu kommen versuche, werde einige Male angebrüllt. Ich tue das Beste, was man in solchen Fällen tun kann: Ich lächle mit satanischer Freundlichkeit. Das allerdings bringe ich nur fertig, indem ich mich einer berauschenden Vorstellung hingebe: Ich sehe mich auf einem Panzerwagen den Stachus überqueren. Die Autos spritzen nach allen Seiten, die Straßenbahn springt vor Schreck aus den Schienen, Polizisten und Fußgänger ergreifen die Flucht, und ich habe uneingeschränkt freie Bahn.

Von dieser Phantasie beflügelt, gelingt es mir verhältnismäßig schnell, auf die andere Seite des Platzes zu kommen. Aber damit ist es noch lange nicht geschafft. Jetzt brauche ich einen Parkplatz, und den findet man an diesem Ort seltener als eine Perle in der Auster. Ich fahre zunächst einmal in eine Einbahnstraße, dann, als ich den Fehler bemerke, rückwärts wieder hinaus; dann um die nächste Ecke, dann von der verkehrten Seite in eine verstopfte Parkgarage; dann durch eine verbotene Einfahrt wieder hinaus; dann um die nächste Ecke; dann auf einen besetzten Parkplatz; dann um die dritte Ecke in eine Straße hinein, auf der ein Halteverbot neben dem anderen steht. Einen Moment lang denke ich an meinen menschenfreundlichen Polizisten, sehe seinen erhobenen blauroten Zeigefinger, höre seine mahnenden Worte: »... und das nächstemal machen S' mir einen großen Bogen um die Halteverbotsschilder, gell?«

»Gell, ja«, sage ich, schalte den Motor ab und steige aus.

Das Kaufhaus, ein riesiger achtstöckiger Kasten, ist über und über mit Sternen bespickt. Die Sterne bestehen aus vielen kleinen Glühbirnen, die bei Tag ein kränklich blasses Licht verbreiten. Die Schaufenster sind penetrant weihnachtlich dekoriert. Eine Unmenge Weihnachtsmänner, Christkinder, Engel und Krippengestalten tummeln sich in Tannengrün und Watteschnee herum. Selbst Geschirr – ein preiswertes weihnachtliches Sonderangebot – wird sinnigerweise von den Heiligen Drei Königen dargereicht. Ich überlege, ob Maria und Joseph über dieses Präsent erfreut gewesen wären.

Vor dem Haupteingang steht schon wieder ein Weihnachtsmann, diesmal ein lebendiger. Er hat ein junges rosa geschminktes Gesicht, den törichten hüftlangen Bart und Wattebrauen, von denen die rechte nur noch an einem dünnen Faden Klebstoff hängt. Ich warte einen Moment, hoffend, daß sie sich gleich ganz löst und die Kinder, die sie bereits mit skeptischem Interesse beäugen, zu verfänglichen Fragen verleitet. Aber leider tut mir die Braue den Gefallen nicht. Ich nehme also meinen Mut zusammen, dränge mich in die rotierende Menge und lasse mich vom Kaufhaus einsaugen.

Der erste Augenblick ist immer ein Schock. Ich überwinde ihn, indem ich mir einige Dinge aufzähle, die noch schlimmer sind: Zahnziehen zum Beispiel, ein Autounfall, bei dem man schwer verletzt wird, oder ein Erdbeben, bei dem sich der Boden öffnet. Dagegen ist dieses Kaufhaus mit seinen unübersehbaren Menschenmassen, seinem Lärm und seinen penetranten Gerüchen ein wahrhaft kleines Übel.

Ich halte nach dem Stand mit dem Christbaumschmuck

Ausschau. Zunächst, indem ich mich auf die Zehenspitzen stelle und den Kopf recke. Dann, als sich das als hoffnungslos herausstellt, wage ich mich ein paar Schritte in das Getümmel hinein. Ich scheine mich dabei besonders ungeschickt anzustellen, denn ich werde andauernd angerempelt oder ganz einfach zur Seite geschoben. Die anderen dagegen lassen sich nicht aufhalten. Sie steuern mit Entschlossenheit die Stände an, betasten die Ware, wühlen in Haufen preisgünstiger Pullover, wählen mit Bedacht und Kennerblick ein paar handfeste Männersokken oder einen lachsfarbenen Schlüpfer, der sich wie Kaugummi in die Länge ziehen läßt.

Ich irre durch dieses Labyrinth von Menschenleibern und Textilien, Pfefferkuchenbergen und Waschschüsseln mit sauren Gurken, Papierblumen und Plastikwaren und entdecke alles, nur keine Weihnachtskugeln. Schließlich wende ich mich an eine der Verkäuferinnen.

»Der Christbaumschmuck«, erhalte ich die präzise Auskunft, »der ist da hinten«.

»Wo hinten?«

»Beim Stand mit den Lederwaren.«

»Und wo ist der?«

Meine Begriffsstutzigkeit ermüdet sie.

»Ja mei«, seufzt sie und macht eine vage Handbewegung in den Raum hinein, »da gehen S' jetzt erst mal geradeaus, dann rechts und bei dem Stand mit den hygienischen Artikeln links ab.«

»Danke«, sage ich und bleibe stehen.

Da sie mich jetzt loswerden möchte, schwingt sie sich zu einem neuen Hinweis auf: »Wenn S' jetzt immer gerad'aus schauen, dann sehen S' doch da hinten einen Christbaum, nicht wahr?« Ich schaue immer geradeaus, sehe tatsächlich einen Christbaum und nicke eifrig.

»Na, und da tut's doch auch glitzern, oder?«

»Ja«, sage ich erleichtert, »es glitzert.«

Ich folge diesem Glitzern und stehe bald darauf vor dem ersehnten Stand.

Nun bin ich, wie schon gesagt, kein Weihnachtsfest liebender Mensch. Es kann mir mitsamt seinen inneren Werten und seinem äußeren Firlefanz gestohlen bleiben. Mit einer einzigen Ausnahme: dem Christbaumschmuck. Ich kann mich einfach nicht satt sehen an diesen bunt schillernden, zerbrechlichen Kugeln.

Ich bestaune sie wie ein Kind und male mir mit immer neuer Begeisterung aus, in welcher Farbzusammenstellung sie am eindrucksvollsten zur Geltung kommen könnten: violette und silberne Kugeln zum Beispiel oder blaue und goldene oder grüne, rote und gelbe. Es gibt da die verschiedensten Möglichkeiten, aber Mischa liebt einen kunterbunten Baum, und danach habe ich mich zu richten.

Ich trete näher an den Stand heran, mustere Schachtel für Schachtel und treffe dann eine umfassende Auswahl. Zuerst kaufe ich eine schlanke, silberne Spitze, dann Trompeten, dann Glocken, dann Vögel, dann Weihnachtsmänner, dann Schneemänner, dann vergoldete Nüsse, dann Pilze, dann Ketten aus kleinen Kugeln, dann viele Schachteln mit prachtvollen großen Kugeln, dann zahllose Päckchen Lametta und natürlich Wunderkerzen. Ich gerate in einen wahren Christbaumschmuckrausch. Die Verkäuferin macht zunächst ein freundliches, dann ein bedenkliches und schließlich ein verstimmtes Gesicht. Ich vermute, daß sie die zerbrechlichen Dinger nicht gern verpackt, und glaube ihr eine Erklärung schuldig zu sein.

»Unser Weihnachtsbaum ist voriges Jahr umgefallen«, sage ich, »und dabei ist leider sehr viel kaputtgegangen.«

»Dann sollten Sie lieber die unzerbrechlichen Kugeln kaufen«, belehrt sie mich.

Die Belehrung fällt auf fruchtbaren Boden, denn daß es unzerbrechliche Kugeln gibt, wußte ich bisher nicht.

»Haben Sie solche Kugeln?«

»Na freilich haben wir die!«

Sie deutet auf eine Ecke des Standes, an der, wie mir jetzt auffällt, reger Betrieb herrscht. Offensichtlich werden die unzerbrechlichen Kugeln gern gekauft. Ich trete neugierig näher und betrachte die Wunderdinger. Sie sehen nicht anders aus als die zerbrechlichen, und das macht mich mißtrauisch. Ich habe das unwiderstehliche Bedürfnis, mich von ihrer Unzerbrechlichkeit zu überzeugen. Eine Weile stehe ich unschlüssig da, dann halte ich es nicht mehr aus, greife nach einer der großen roten Kugeln und zwicke sie. Die Kugel gibt nach, bekommt da, wo ich sie gezwickt habe, eine kleine Delle, zerbricht aber nicht. Vor Schreck lasse ich sie in die Schachtel zurückfallen.

Die Menschen sind dem Experiment in stummem Erstaunen gefolgt. Jetzt lachen sie und äußern sich lobend über die gewaltigen Fortschritte in der Christbaumschmuck-Industrie. Ich kann ihre Begeisterung nicht teilen. Ich finde es widerlich, daß eine Kugel, die man zusammendrückt, nicht zerbricht. Es paßt überhaupt nicht zu diesen schönen ätherischen Dingern.

Die Verkäuferin sieht mich triumphierend an: »Die sind praktisch, nicht wahr?«

»Praktisch«, sage ich verächtlich, »ist das richtige Wort!«

»Sie können Ihre noch umtauschen.«

»Danke, nein.«

Behutsam nehme ich die Tragetüte mit meinen zerbrechlichen Kugeln, werfe noch einen düsteren Blick auf die unzerbrechlichen und wende mich ab.

Ich begebe mich zur Rolltreppe, rolle in den ersten Stock hinauf, befinde mich in der Haushaltswarenabteilung und überlege mir, was ich da will. Auf meiner Liste steht nichts von Haushaltswaren, aber irgend etwas kann man ja schließlich immer gebrauchen. Ich stelle fest, daß ich sehr vieles gebrauchen kann. Ich kaufe einen Büchsenöffner, eine Schachtel mit Reißnägeln, einen Schlauch für den Wasserhahn, ein sehr scharfes Küchenmesser und ein Instrument, mit dem man alles, was einem in die Hände fällt, zerschneiden, zerhacken, zerdrücken und zermalmen kann.

Mit diesen unentbehrlichen Gegenständen bewaffnet, rolle ich in die zweite Etage und direkt in ein Menschenknäuel hinein, das, von einer Attraktion gefesselt, weder weicht noch wankt. Da mir die Attraktion durch eine Rückenwand verborgen bleibt, muß ich mich ausschließlich auf die heiser schreiende Frauenstimme verlassen, die einen Artikel von höchster Güte anpreist: »Keiner von Ihnen, meine Damen und Herren, sollte an diesem preiswerten Sonderangebot vorübergehen! Es handelt sich hier nicht nur um eine bezaubernde modische Neuheit, sondern auch um einen unerhört zweckmäßigen Kopfschutz. So eine Mütze, meine Damen, schont die Frisur, wärmt den Kopf, meine Herren! Und außerdem paßt sie sich jeder Gelegenheit, jedem Gesicht, jedem Alter an. Bei dem einen wirkt sie elegant, bei dem anderen kokett und bei dem dritten – darf ich sie Ihnen einmal aufsetzen, mein Herr – so – was sagen Sie dazu – sieht der Herr jetzt nicht aus wie ein russischer Großfürst?«

Ich möchte den russischen Großfürsten unbedingt sehen und stelle mich auf die Zehenspitzen. Ich erblicke einen kleinen, knorrigen Mann mit dem einfältigen Gesicht eines niederbayerischen Bauern und dem verlegenen Grinsen eines unvorbereiteten Schülers, der vor versammelter Klasse ein Gedicht von Schiller vortragen soll. Auf seinem kleinen Eierkopf thront eine wuchtige Mütze aus braunem Plüsch. Das Publikum staunt. Einige kichern. Ein junger Bursche neben mir schüttelt mißbilligend den Kopf und brummt: »Mit so was tat i mi net auf d' Straßen trau'n.«

Der kleine mißbrauchte Mann hebt zaghaft den Arm, greift mit spitzen Fingern nach der Mütze und zieht sie sich vom Kopf. Die Verkäuferin, eine lange Hagere mit einem Ziegengesicht, nimmt sie ihm aus der Hand und hält sie hoch: »Sehen Sie einmal genau her, meine Damen und Herren, und sagen Sie mir, ob Sie diese vorzügliche Kunstfaser von einem echten Nutria unterscheiden können? Nein, Sie können es nicht! Weder bei dieser feschen

Mütze noch bei den anderen. Hier...« Sie greift wie eine Zauberin in den Korb und zieht etwas Geflecktes hervor, »Ozelot! Hier – Persianer! Und hier – die Krönung dieser modischen Schöpfung: eine Nerzkappe! Nun, meine Damen, das wäre doch etwas für Sie! Elegant, warm und – abwaschbar!«

Jetzt reicht es mir. Eine abwaschbare Nerzimitation ist fast so schlimm wie eine unzerbrechliche Weihnachtskugel. Ich wende mich ab und bahne mir einen Weg durch die gebannte Menge. Die heisere Stimme der Frau verfolgt mich noch eine Weile: »Sie nehmen einen Schwamm, meine Damen, eine milde Seifenlauge und streichen sanft, so wie ich es jetzt mache, von oben nach unten. Nur keine Angst, der Mütze passiert nichts! Kaum getrocknet, ist sie genauso schön wie vorher...«

Kopfschüttelnd gehe ich weiter. Komische Menschen, denke ich. Da stehen sie gebannt vor einem Korb mit Mützen und lassen sich einreden, Plüsch sei Nerz. Sie lassen sich alles einreden, wenn man nur lange und laut genug auf sie einschreit.

Ich bleibe vor einem Stand mit Kinderschlafanzügen stehen und kaufe einen roten, einen gelb getupften und einen mit Teddybären darauf. Dann erinnere ich mich, daß ich noch Schienen für Mischas Eisenbahn brauche.

Die Spielwarenabteilung ist im dritten Stock. Außerdem befindet sich da auch noch das Restaurant. Es ist voll besetzt. Die Tische sehen wie Schlachtfelder aus. Auf den Tellern türmen sich Bratkartoffeln, Würstchen, Sauerkraut, Kuchen, Schlagsahne. Die Menschen essen mit einer Gier, als hätten sie tagelang nichts bekommen. Andere wieder sitzen satt und zufrieden vor ihren bereits leeren Tellern. Es riecht nach heißem Fett, nach Kaffee und Bier und nassen Mänteln. Mein Magen revoltiert, und ich flüchte mich in die weitaus angenehmere Atmosphäre der bunten, bizarren Kinderwelt. Hier ist alles in Bewegung – hüpft, fährt, wackelt, rollt, zischt, rasselt, quietscht, knallt. Ich gehe vorbei an starren Puppen und wolligen

Stofftieren, an kleinen Panzern und Spielzeugpistolen, an Cowboy-Ausrüstungen und Schlitten.

Am hinteren Ende des Raumes ist eine Eisenbahnanlage aufgebaut. Kinder stehen drum herum und verfolgen mit großen, blanken Augen einen Zug, der durch eine verschneite Berglandschaft rollt. Auch ich schaue ihm einen Moment nach, entzückt über den Ernst, mit dem das kleine Ding eine ausgewachsene Eisenbahn nachahmt. Dann wende ich mich an eine der Verkäuferinnen und verlange mit weiblicher Unkenntnis ein paar Schienen. Das junge, etwas schmuddelige Mädchen streift mich mit teilnahmslosem Blick. Sie hat braune hochtoupierte Haare, die aussehen, als hätten Vögel drin genistet. Ihre Lider sind mit einem dicken schwarzen Strich beschmiert, und ihre Mundwinkel ziehen sich verdrossen nach unten.

»Was für Schienen sollen's denn sein?« fragt sie und räumt ein paar Sachen zusammen, die auf dem Tisch liegen.

Ich wußte, daß es Schwierigkeiten geben würde. Ich habe keine Ahnung, was es für Schienen sein sollen. Ich kenne mich in diesen Dingen nicht aus.

»Schienen«, sage ich, »mit denen man den Kreis erweitern kann.«

Sie läßt mich durch ein indigniertes Hochziehen der Brauen wissen, daß ich mich sehr dilettantisch ausgedrückt habe. »Wie groß ist denn Ihre Anlage?« fragt sie nach einer längeren Pause.

»Mittelgroß – und jetzt möchte ich eine große oder größere – ich weiß eben auch nicht ...«

»Das müssen Sie aber wissen«, weist sie mich zurecht. »Jede Anlage hat eine bestimmte Anzahl von Schienen, und wenn Sie Ihre vergrößern wollen, dann müssen Sie angeben, was für Zusatzschienen Sie brauchen.«

»Und wie kann ich das herauskriegen?«

»Was?«

»Was ich für Zusatzschienen brauche.«

»Sie nehmen sich den Katalog vor, suchen sich die Anlage, die Sie haben wollen, heraus und schreiben die Nummern der fehlenden Schienen auf.«

»Das kann ich nicht«, sage ich, »wirklich, ich kann es nicht.«

Der Blick, der mich trifft, läßt mich an meiner Daseinsberechtigung zweifeln. Ich würde ihr gern beweisen, daß auch ich ähnliche Blicke auf Vorrat habe, aber ich brauche die Schienen und dazu wiederum ihre Hilfe. Also mache ich mich ganz klein und erkläre: »Ich verstehe nichts von technischen Dingen, und ich habe niemand ...« Ich hebe in einer trostlosen Gebärde die Schultern. Damit habe ich ins Schwarze getroffen. Das Mädchen ist gerührt. Ihre Augen unter den dicken schwarzen Strichen werden teilnahmsvoll. Ihr Mund verzieht sich zu schwesterlichem Lächeln. Jetzt bin ich nicht mehr die schwierige Kundin, sondern die hilfsbedürftige Geschlechtsgenossin.

»Schauen S' her«, sagt sie und schlägt einen Katalog auf, »jetzt gehen wir das mal gemeinsam durch. Sie zeigen mir die Anlage, die Sie bereits haben, und dann die, die Sie haben möchten. Ich stelle sie Ihnen zusammen, und Sie brauchen sie dann nur noch aufzubauen. Ist's so recht?«

»Ja«, sage ich und verschweige, daß ich die Anlage auch nicht aufbauen kann.

Wir machen uns also gemeinsam über den Katalog her und entscheiden uns schnell und sicher für eine besonders komplizierte Anlage. »Die ist Klasse«, beteuert das Mädchen und stapelt Dutzende von Schienen vor mir auf.

»Und Sie glauben, daß das Aufbauen keine Schwierigkeiten macht?« frage ich zaghaft.

Solche Fragen erregen jetzt nicht mehr Unwillen, sondern Besorgnis. Sie schaut mich einen Augenblick nachdenklich an und rückt dann mit einem rührenden Vorschlag heraus: »Mein Verlobter«, erklärt sie, »könnte Ihnen ja die Eisenbahn aufbauen. Er kennt sich in solchen Dingen prima aus, und außerdem würde es ihm sicher Spaß machen.«

Sie ist ein schmuddeliges kleines Geschöpf. Ihre Haare

sehen aus, als hätten Vögel drin genistet. Ihre Lider sind verschmiert. Ihre Mundwinkel haben den Hang, sich verdrossen nach unten zu ziehen. Aber in diesem Moment ist sie ein liebenswerter Mensch, und ich entdecke, daß sie schöne dunkelbraune Augen hat. »Tausend Dank«, sage ich, »aber das ist wirklich nicht nötig. So, wie Sie mir die Anlage zusammengestellt und erklärt haben, schaffe ich's bestimmt allein.«

Wir lächeln uns an und wünschen uns »ein frohes Fest«. Ich nehme die Tragetüte mit den Schienen, und sie wendet sich der nächsten Kundin zu. Ihre Mundwinkel ziehen sich verdrossen nach unten, ihre Stimme ist barsch.

Alles im Leben ist nur ein Aufflackern, denke ich. Ein verdrossener Mund, der sich sekundenlang in einem Lächeln löst. Ein paar menschliche Worte zwischen zwei Strafzetteln. Ein Augenblick, in dem verletzende Härte in eine flüchtige zärtliche Umarmung übergeht. Sekunden, die in verödeten Tagen eine winzige Spur hinterlassen. Gefühle, die man mehr ahnt als erfährt. Beziehungen, die zerfließen, kaum daß sie sich gerundet haben. Ich gehe den Weg wieder zurück – vorbei an den starren Puppen und wolligen Stofftieren; an den kleinen Panzern und Spielzeugpistolen; an den Cowboy-Ausrüstungen und Schlitten. Mischa, fällt mir ein, wünscht sich zu Weihnachten einen Schlitten. Ich bleibe stehen, drei Tragetüten in der rechten, zwei Tragetüten und meine Tasche in der linken Hand, im Gesicht einen ratlosen Ausdruck. Ein Verkäufer stellt sich neben mich. Er mißversteht meine Unschlüssigkeit und erklärt: »Die Schlitten sind erste Qualität, meine Dame. Das Holz ist außerordentlich stabil, die Ausführung ...«

»Ich glaube Ihnen aufs Wort«, unterbreche ich ihn, »aber ich habe leider nur zwei Hände, und die sind voll besetzt.« Er ist ein eifriger Verkäufer, der unbedingt einen Schlitten anbringen will. »Wir können ihn Ihnen ohne weiteres zuschicken«, versichert er.

Das allerdings ist eine gute Idee. Nach längerer Musterung wähle ich einen besonders schönen Schlitten, der sich durch nichts von all den anderen unterscheidet. Dann gebe ich meine Adresse an, die der junge Mann zweimal falsch versteht und beim drittenmal falsch aufschreibt. Schließlich verlange ich noch einen Strick.

»Einen Strick«, sagt der Verkäufer und tut unberechtigterweise erstaunt, »haben wir nicht.«

»Aber an einen Schlitten«, entrüste ich mich, »gehört doch ein Strick!«

Darüber denkt er eine Weile nach. Dann gibt er zu, daß ein Strick wohl dazu gehöre, aber in diesem Falle nicht inbegriffen sei.

»Und woher, wenn ich fragen darf, kriege ich nun einen Strick?«

»Höchstwahrscheinlich im Parterre, und wenn nicht da, dann in der Haushaltswarenabteilung.«

Ich schlage die Augen gen Himmel, raffe die Tüten zusammen und fahre in die Haushaltswarenabteilung. Ich eile von Stand zu Stand. Alles gibt es, nur keinen Strick. Schließlich frage ich einen Verkäufer. Meine Stimme ist wohl schon recht schwach, denn er versteht mich nicht.

»Was möchten Sie bitte?« fragt er und neigt mir ein großes rotes Ohr entgegen.

»Einen Strick«, sage ich mit betonter Deutlichkeit, »einen Strick zum Aufhängen.«

Der Verkäufer wiehert. Einen Strick jedoch hat er nicht.

Ich gebe auf. Man soll seine Kraft und Geduld nicht überziehen, schon gar nicht, wenn es sich um einen albernen Strick handelt. Ich lasse den immer noch lachenden Verkäufer stehen und gehe zu den Fahrstühlen. Dort warten viele Menschen und tauschen Erfahrungen über nicht kommende Fahrstühle aus. Endlich kommt einer, hält aber nicht. Hätte ich die Treppe benutzt, ich wäre längst unten. Aber der Augenblick ist verpaßt. So etwas tut man entweder sofort oder nie. Also warte ich weiter.

Eine dicke, biedere Frau steuert geschäftig auf mich zu: »Fraule«, sagt sie voller Missionseifer, »i wollt Eahna nur darauf aufmerksam macha, daß Ihre Handtasch'n auf ist.«

»Ich weiß«, sage ich.

Die Frau schaut verblüfft.

»Sie ist voll«, erkläre ich, »sie läßt sich nicht mehr schließen.«

»Na dann passen S' nur auf, daß ma Eahna nix rausnimmt.«

Jetzt hält doch noch ein Fahrstuhl. Die Türen öffnen sich. Zwei Menschenknäuel stehen einander gegenüber, drängen von innen nach außen, von außen nach innen und verheddern sich. Man hört empörte Ausrufe und deftige Schimpfworte. Ich werde von zwei hinter mir stehenden Frauen in den Lift geschubst und mit der Vorderseite an eine Spiegelwand gedrückt. Ich befinde mich in einer ausweglosen und unerfreulichen Position. Ob ich will oder nicht, ich kann meinem Anblick nicht mehr entkommen. Wir starren uns an, ich und mein Spiegelbild, mit dem ich mich nicht identifizieren will und es daher wie etwas Fremdes betrachte. Da sind strähnige Haare und müde, braun umränderte Augen, spitz hervortretende Backenknochen und aufgesprungene Lippen. Keine Spur von Farbe oder Freude ist in diesem Gesicht. Nur Unlust, Bitterkeit und Resignation. Ich hauche auf den Spiegel. Die untere Hälfte des Gesichts verschwindet, die Augen bleiben. Sie sehen mich an: müde, braun umrändert, anklagend.

Ich spüre einen Druck in meinem Inneren, ein jähes Aufwallen zorniger Rebellion. Meine Augen beginnen zu leben, füllen sich mit einem harten, entschlossenen Glanz: Tu endlich etwas, sage ich mir, laß dich, verdammt noch mal, nicht so gehen!

Der Fahrstuhl hält. Diesmal lasse ich mich nicht stoßen, sondern stoße selber. Ich habe es sehr eilig. Ich werde zum Friseur gehen. Ich werde in einem anderen Spiegel ein anderes Gesicht sehen.

Der Friseursalon Höcherl, zu dessen erlesenem Kundenkreis ich mich seit drei Jahren zählen darf, ist ein alteingesessenes Münchner Unternehmen von Rang und Namen. In den zu engen, zu dunklen Räumlichkeiten hat sich seit Jahrzehnten nichts geändert. Die Spiegel sind aus dickem geschliffenem Glas, die Waschbecken aus rötlichem Marmor. Vor den hohen, schmalen Fenstern hängen geraffte Stores und von der Decke Kristallüster. Es ist verständlich, daß eine so gediegene, traditionsgebundene Atmosphäre auch eine gediegene, traditionsgebundene Kundschaft anlockt. Die reifen und überreifen Damen, die sich dort in Scharen einfinden, haben einiges vorzuweisen: gute Kinderstube zum Beispiel, prägnante Gesichter, englischen handgeschneiderten Tweed, kostbaren, unauffällig gefaßten Schmuck, einen erstklassigen ererbten oder erheirateten Stammbaum und natürlich Titel. Da gibt es Gräfinnen, Baroninnen, sogar Prinzessinnen. Da gibt es eine Frau Geheimrat, eine Frau Professor, eine Frau Minister. Es ist überwältigend, und man muß schon sehr viel Selbstbewußtsein oder sehr viel Geld haben, um sich gegen diesen Ansturm an klangvollen Titeln behaupten zu können.

Frau Höcherl ist die Seele, oder besser gesagt die Furie des Unternehmens. Sie weiß, was sie ihrer vortrefflichen Klientel schuldig ist. Sie ist eine kleine sehnige Person mit hartem, sorgfältig geschminktem Gesicht und scharfen Habichtaugen. Ihre Stimme, die bis in die hermetisch geschlossenen Kabinen für bevorzugte Kundinnen dringt, ähnelt dem gellenden Warnruf eines Raubvogels. Sie ist in ständiger hektischer Erregung und hat die unangenehme Eigenart, immer dort aufzutauchen, wo sie am wenigsten erwartet wird. Sie ahnt jede Ungeschicklichkeit, jede Nachlässigkeit ihres Personals voraus. Sie treibt es an, verlangt ein Höchstmaß an Tempo, droht mit Ohrfeigen und Kündigung. Die Angestellten – acht Mädchen und ein Mann – fürchten und hassen die Chefin wie Rekruten ihren Feldwebel. Kaum hat sie ihnen den Rücken zugekehrt, schneiden sie abfällige Grimassen. Mehr wagen sie nicht. Frau Höcherl hat sie unter ihrer Fuchtel, sie hat sie gedrillt und zu einem gehorsamen, erstklassigen Arbeitsstab herangezogen.

Ich zähle im Salon Höcherl zu den Ausnahmen, die weder Titel noch viel Geld oder gar starkes Selbstbewußtsein besitzen. Wie und warum ich überhaupt in diese illustre Gesellschaft hineingeraten bin, weiß ich nicht mehr. Daß ich mich seit vier Jahren immer wieder hinwage, ist allein das Verdienst von Fräulein Betty. Fräulein Betty, ein schwerknochiges Mädchen, das die Wärme und Ruhe eines Kuhstalls ausstrahlt, ist in jeder Beziehung eine Perle. Sie ist gewissenhaft, emsig, versteht ihr Handwerk und beherrscht die Kunst zu schweigen. Diese außerordentliche Kunst findet man bekanntlich selten und fast nie in einem Frisiersalon. Es ist daher begreiflich, daß ich Fräulein Betty, ihren geschickten Händen und ihrer wohltuenden Wortkargheit treu bleibe.

Als ich kurz vor halb eins, unangemeldet, den Friseursalon betrete, verdanke ich es natürlich nur Fräulein Betty, daß ich sofort einen Platz bekomme, einen Aschenbecher, einen Stoß illustrierter Zeitungen und Brigitte, ein Lehrmädchen, das für das Kopfwaschen zuständig ist. Ich fühle mich wie nirgends verstanden und betreut, lehne mich in meinem Stuhl zurück, schließe die Augen und lasse mir voll Wohlbehagen die Haare waschen. Brigitte macht es wirklich ausgezeichnet, und darum verdient sie auch einen lobenden Blick. Ich öffne die Augen, als ich jedoch ihr Gesicht aus der Nähe sehe, schlägt mein Lob in Tadel um.

Ich kenne Brigitte ein gutes Jahr, und ich hatte immer viel für sie übrig. Sie war eins von jenen sehr jungen, appetitlichen Mädchen, die man gern anschaut. Mit ihrer hohen kräftigen Figur, ihrem festen Fleisch und ihren frischen Farben stach sie angenehm von den Damen ab, denen sie den Kopf zu waschen hatte. Aber jetzt plötzlich, über Nacht sozusagen, ist aus dem reizvollen Geschöpf ein dürftiger, bemalter Dutzendtyp geworden. Die frischen Farben sind unter einer dicken Schicht sonnenbraunen Make-ups verschwunden, die Lippen sind leichenblaß geschminkt, die Brauen kühn verlängert, die Wimpern mit Tusche verklebt und die Lidränder mit jenem häßlichen schwarzen Strich verziert, der den Augen einen starren Vogelblick verleiht. Der Schmelz der Sechzehnjährigen ist dahin. Geblieben ist die harte, leblose Maske, der man in millionenfacher Ausführung überall begegnet. Brigitte merkt, daß ich sie interessiert mustere. Sie ahnt den Grund, nicht aber meine Gedanken. Sie lächelt ein neu erworbenes Reklamelächeln, blickt in den Spiegel und berauscht sich an ihrem Gesicht. Eine Seifenflocke landet dicht neben meinem Auge.

»Passen Sie bitte auf«, sage ich schroff, »ich habe ungern Seife im Auge.«

»Oh, entschuldigen S', Frau Amon.«

Sie tupft den Schaum mit betonter Sorgfalt ab, spült mein Haar aus und windet mir ein Handtuch um den Kopf.

Ich würde ihr gern sagen, sie solle den Kleister vom Gesicht wischen, aber dazu habe ich weder das Recht noch das Herz. Als ich mich mit siebzehn Jahren das erstemal geschminkt im Spiegel sah, war ich genauso begeistert von meinem Anblick gewesen wie jetzt Brigitte von dem ihren.

Ich zünde mir eine Zigarette an, schlage eine Illustrierte auf und lese: »Zerstückelte Frauenleiche in der Gepäckaufbewahrung des Münchener Hauptbahnhofs abgegeben worden.«

Zunächst finde ich diese Nachricht so komisch, daß ich laut auflache. Gleichzeitig kommt mir jedoch mein Heiterkeitsausbruch unmenschlich vor, und ich verwarne mich streng: So etwas ist nicht komisch, sondern grauenhaft! Ich will mich nun ernsthaft der Lektüre zuwenden, da sehe ich Fräulein Betty quer durch den Raum auf mich zusteuern. Sie schiebt einen kleinen runden Tisch mit ihren Arbeitsutensilien vor sich her. Über den Tisch hat sie ein makellos weißes Tuch gebreitet, und dieser Anblick erinnert mich prompt an die zerstückelte Leiche. Ich beiße mir auf die Lippen, um nicht erneut zu lachen.

Betty ist hinter mich getreten. Sie nimmt das Handtuch vom Kopf; dabei fällt ihr Blick auf die fettgedruckte Überschrift.

»Ein entsetzliches Verbrechen«, sagt sie.

»Entsetzlich«, sage ich.

»Ach Gott, was es alles gibt!«

»Ja, wirklich.«

»Und den Mörder hat man noch immer nicht gefunden.«

»Ts, ts, ts.«

Damit ist der ungewöhnlich rege Wortwechsel beendet.

Betty macht sich an die Arbeit. Ihr Gesicht ist konzentriert, ihre Bewegungen sind bedächtig. Sie nimmt das weiße Tuch vom Tisch, faltet es sorgfältig zusammen und legt es beiseite. Dann heftet sie einen durchdringenden Blick auf die sauber geschichteten Lockenwickler. Betty hat eine leidenschaftliche Beziehung zu ihren Wicklern. Sie hegt und pflegt sie und wird rabiat, wenn sich eine ihrer Kolleginnen daran vergreift. Zum Glück sind heute alle vollzählig. Betty wendet sich beruhigt ab, holt einen Kamm aus ihrer Schürzentasche, pustet ihn einmal durch und zieht mir dann einen prächtigen geraden Scheitel. Ich sehe idiotisch aus mit den nassen angeklatschten Haaren und dem hellen Strich an der linken Seite.

»Wollen wir es nicht mal mit einer neuen Frisur versuchen?« frage ich vorschnell.

Fräulein Betty macht ein bestürztes Gesicht. Seit drei Jahren legt sie mir immer die gleiche Frisur, von abrupten Änderungen hält sie nichts.

»Ja mei«, sagt sie, »an was für eine Frisur haben Sie denn gedacht, Frau Amon?«

Ich habe an gar keine Frisur gedacht. Ich habe lediglich daran gedacht, daß ich einmal ganz anders aussehen möchte und umwerfend schön.

»Vielleicht sollte man die Haare schneiden«, sage ich vage.

»Kurz oder nur ein kleines Stück?«

Ich zucke die Achseln, und wir schauen uns ratlos im Spiegel an. »Ich kann mich so nicht mehr sehen«, erkläre ich schließlich. Betty greift mir ins Haar, lockert es, wirft es von rechts nach links, von links nach rechts, hebt es ein wenig an, hält es im Nacken zusammen. Dann schüttelt sie entmutigt den Kopf. »Ich weiß nicht, Frau Amon, ich finde, das glatte lange Haar steht Ihnen am besten.«

Betty ist eine von den wenigen Friseusen, die einem keine modischen Frisuren aufzuschwatzen versucht. Sie schneidet nur auf ausdrücklichen Befehl oder wenn sie ganz sicher ist, daß das Gesicht dadurch gewinnt. Ich habe diese Eigenschaft immer an ihr geschätzt, aber heute macht sie mich unwillig. Ich wünsche mir plötzlich einen Friseur, der die Initiative ergreift, der blindlings drauflos schneidet und mich kraft seines Enthusiasmus überzeugt, daß eine neue Frisur auch einen neuen Menschen aus mir macht.

»Dann schneiden Sie wenigstens vorn eine Strähne ab«, murre ich.

»Überlegen Sie sich's lieber noch mal, Frau Amon. Wenn sie ab ist, ist sie ab, und bis sie wieder nachgewachsen ist, dauert's ein halbes Jahr.«

»Ich hab' es mir genau überlegt.«

»Ich hoffe, Sie bereuen's nicht.«

Sie beugt sich zu mir herab, nimmt in die eine Hand die Strähne, in die andere die Schere und macht Anstalten zuzuschneiden.

»Bitte, aber nicht zu kurz«, sage ich und hätte den ganzen undurchdachten Entschluß gern wieder rückgängig gemacht. Aber dazu scheint es jetzt zu spät zu sein.

Betty schneidet gut fünf Minuten an der Strähne herum, dann tritt sie beiseite und gibt mir den Blick in den Spiegel frei. Ein Büschel Haare hängt mir in Stirn und Auge, und ich kann nicht behaupten, daß das mein Aussehen wesentlich verbessert. Ich schweige mürrisch, und auch Betty schweigt. Sie beginnt, das Haar aufzudrehen, und ich überfliege den Bericht von der zerstückelten Leiche. Als Betty ihre Arbeit beendet hat, habe ich noch drei weitere Berichte überflogen: einen über das tödliche Autounglück eines Schauspielers; einen über die Hochzeit einer Kellnerin mit einem Millionär; einen über einen Sittenskandal in Augsburg. Jetzt bin ich über das Weltgeschehen informiert und wende mich einem Kreuzworträtsel zu. Die nordische Meeresgöttin und das afrikanische Huftier machen mir Kopfzerbrechen. Ich sehe nicht ein, warum ich mich so strapazieren soll, schlage die Illustrierte zu und mäßige die Temperatur der Haube. Dann schaue ich in den Spiegel und entdecke zu meiner Freude Herrn Alfred, der neben mir einer wohlbeleibten Dame das dünne, blond gefärbte Haar aufdreht. Herr Alfred vermittelt mir immer das angenehme Gefühl, daß es ihm noch viel schlechter geht als mir selbst. Er ist der einzige Mann im Friseursalon Höcherl, und man hat den Eindruck, daß er da irrtümlich und ganz gegen seinen Willen hineingeraten ist. Er ist eine kuriose Erscheinung – ein dünner, etwa vierzigjähriger Mann mit gesträubtem Haar und verzweifelten Augen. Sein Ekel gegen das weibische Getue um ihn herum, gegen alles, was er anfassen, sehen, hören und riechen muß, ist förmlich spürbar. Sein Lächeln, obgleich er es nie ablegt, ist derart gequält, daß es jeden Augenblick in eine Grimasse mordlustigen Ingrimms umzuschlagen droht.

Die wohlbeleibte Dame, der es vermutlich an einem Titel mangelt, nicht aber an aufsehenerregendem Schmuck, bewegt pausenlos Lippen und Hände. Herr Alfred wickelt in rasender Geschwindigkeit dünne Haarsträhnen um dicke Wickler und lächelt mit hektisch glitzernden Augen. Als er mit dem Einlegen fertig ist, greift er nach der Trockenhaube, schaltet sie ein und stülpt sie seiner Kundin über den Kopf. Er tut es mit gefährlichem Schwung und so, als wolle er sie ein für allemal darunter begraben. Dann hinkt er lächelnd davon. Herr Alfred hinkt, und das Hinken paßt ausgezeichnet zu seinem Lächeln.

Ich schaue auf die Uhr. Nach Fräulein Bettys Berechnung muß ich noch fünfzehn Minuten unter der Haube bleiben, nach meiner eigenen knappe zehn. Ich versuche, mich zu entspannen und an nichts zu denken, aber das gelingt mir natürlich nicht. Kaum habe ich ein paar Minuten, in denen nichts geschieht und nichts getan werden muß, stürzen sich meine Gedanken auf diese verdammte positive Liebesszene. Das schlimme daran ist, daß sie einem Puzzlespiel gleichen, dessen mißgestaltete Teile sich nicht ineinanderfügen lassen.

Woran liegt das, frage ich mich verzweifelt. Warum kann ich nicht eine Szene erfinden, in der die Liebe und das Leben nicht in Frage gestellt werden. In der sich Mann und Frau gegenüberstehen und unbeirrbar daran glauben, daß Liebe etwas Haltbares und Leben etwas Sinnvolles ist. Es gibt doch Menschen, die daran glauben, und vielleicht haben sie sogar einleuchtendere Gründe dafür als ich dagegen. Also Thomas und Lisa sind Menschen, die glauben. Und jetzt versetze ich mich einmal in die beiden und lasse den Mann ganz schlicht und einfach sagen – Ja was, zum Teufel, sagt denn so ein Trottel? Ich denke angestrengt nach, aber mir fallen nur Sätze ein, die an Banalität und Verkrampftheit nicht zu übertreffen sind. Nein, solche Sätze sagen meine Figuren nicht. Sie haben über 281 Seiten in einem klaren, natürlichen Ton geredet, sie werden nicht plötzlich auf der letzten Seite in törichtes Geschwafel verfallen. Es tut mir leid, Dr. Krüger, aber ohne mich!

Die zehn Minuten sind um. Ich verscheuche Thomas und Lisa und winke Fräulein Betty herbei.

»Es fehlen noch fünf Minuten, Frau Amon.«

Es fehlen jedesmal noch fünf Minuten, und trotzdem sind die Haare immer trocken. Betty ist das bisher noch nicht aufgefallen. Sie ist der unerschütterlichen Ansicht, daß mein Haar dreißig Minuten zum Trocknen braucht, und der schlagende Gegenbeweis berührt sie gar nicht.

»Ich habe keine Zeit mehr, Fräulein Betty.«

»Ja, aber wenn das Haar noch naß ist?«

»Es ist nicht mehr naß, Fräulein Betty.«

Dieser Dialog gehört zu den langjährigen Spielregeln. Fände er nicht statt, würde Betty mich jedesmal zu weiteren fünf Minuten Trockenhaube verdammen. So aber fügt sie sich meinem dringenden Ton. Sie entfernt das Netz und einen Wickler, befühlt die Haarsträhne mit der Miene eines Weinkenners, der den ersten Schluck die Kehle hinunterrinnen läßt, nickt dann und erklärt: »Jawohl, wir können's wagen.«

»Fein«, sage ich und unterdrücke einen ungeduldigen Seufzer. Ich möchte endlich wissen, ob das Frisieren Wunder gewirkt hat, ob ich den Salon frisch und schön wie einen Gesundbrunnen verlassen werde.

Betty nimmt sich Zeit. Es geht hier schließlich um ihre Wickler, die vorsichtig behandelt werden müssen. Aber endlich ist es soweit. Betty setzt die Bürste an. Mit ein paar festen, geschulten Strichen bringt sie das Haar in eine lockere Façon, und plötzlich lockern sich auch meine Züge. Mein Gesicht scheint weicher zu werden, runder, jünger. Die Haut strafft sich und beginnt von innen heraus zu leuchten. Ja, selbst die kleine senkrechte Furche zwischen den Braunen weicht der Magie frisch gewaschenen und geschickt gebürsteten Haares.

Während Betty einen Kamm zur Hand nimmt und sich mit außerordentlicher Konzentration an die Feinarbeiten begibt, lächele ich mir dankbar im Spiegel zu. Meine Zuversicht, mein Selbstvertrauen wächst mit jeder sorgfältig frisierten Haarsträhne. Plötzlich kommt mir der Tag leicht, ja sogar verlockend vor. Ich bin nicht mehr müde und zerschlagen. Ich fürchte weder das naßkalte Wetter noch den bevorstehenden Besuch beim Zahnarzt. Ich freue mich auf das Mittagessen mit Walter, auf das Wiedersehen mit Sascha, auf den Abend mit Jossi. Jetzt wäre ich fast imstande, eine positive Liebesszene zu schreiben. Betty richtet sich auf, tritt einen Schritt zurück, betrachtet kritisch ihr Meisterwerk und erklärt: »Schön ist's 'worden.«

»Wunderschön«, sage ich. »Sie haben mich gerettet, Fräulein Betty.« Ich schenke ihr ein herzliches Lächeln und ein beachtliches Trinkgeld, werfe einen letzten anerkennenden Blick in den Spiegel und verlasse die Kabine.

Brigitte hilft mir in den Mantel, Frau Höcherl eilt mir voraus zur Kasse. Dort wartet bereits eine große hagere Dame mit graumeliertem Haar und strengem Profil.

»Oh, Frau Baronin!« ruft Frau Höcherl im Ton höchster Bestürzung, »ich habe Sie nicht hinausgehen sehen. Entschuldigen Sie bitte!«

Die Frau Baronin winkt lässig ab und verlangt dann ein Stück Seife. »Haben Sie einen speziellen Wunsch, Frau Baronin?«

Da sie keinen speziellen Wunsch hat, wird ihr eine umfassende Auswahl vorgelegt. »Wenn ich Ihnen etwas empfehlen darf, Frau Baronin, diese französische Seife hier ist köstlich. Allerdings etwas stark parfümiert.«

»Dann auf keinen Fall. Ich möchte etwas Herbes, Frisches.«

Ich schaue nervös auf die Uhr. Es ist gleich halb zwei. Die Frau Baronin, fürchte ich, wird sich noch lange nicht entscheiden.

»Darf ich mal telefonieren?« frage ich Frau Höcherl.

»Aber selbstverständlich, Frau Amon.«

Ich rufe Mischa an. Er meldet sich mit dem knappen »Ja«, das er mir abgelauscht hat.«

»Häschen«, sage ich, »ich bin gerade beim Friseur fertig geworden und gehe jetzt essen. Bestell dir bitte ein Taxi – du hast ja die Nummer –, und laß dich in das italienische Restaurant in der Herzogstraße fahren.«

»Kann ich vorher noch was zu Ende lesen?«

»Was liest du denn?«

»Ich hab' da eine Illustrierte gefunden und ...«

»Mischa, ich hab' dich schon tausendmal gebeten, die Illustrierten in Ruhe zu lassen!«

»Aber Mami, ich schau' mir doch nur die Bilder an!«

»Das ist genauso schlimm.«

»Und nur die, die ich darf.«

»Sehr interessant! Welche glaubst du dir denn nicht anschauen zu dürfen?«

»Die unanständigen.«

Einen Moment bin ich sprachlos. Dann sage ich in strengem Ton: »Mischa, leg jetzt sofort die Illustrierte beiseite.«

»Ja, gut.«

»Wasch dir Gesicht und Hände, kämm dir die Haare und zieh dich anständig an – den dicken Anorak, die Pelzstiefel und die schwarze Mütze.«

»Ja, ja, ja, ja ...«

»Weißt du noch die Adresse?«

Mischa wiederholt sie.

»Schön, also bis gleich, mein kleiner Affe.«

Die Baronin hat sich für englische Seife entschieden. Frau Höcherl wickelt sie in Weihnachtspapier und versucht, ein rotes Bändchen darumzuknüpfen. Das Bändchen rutscht immer wieder ab.

»Nun lassen Sie das schon«, sagt die Baronin irritiert, und das macht sie mir sympathisch.

Frau Höcherl überreicht ihr das unfertige Päckchen. Ihr Mund dehnt sich in einem automatischen Lächeln. In ihrem Make-up entstehen kleine Risse wie in harter, ausgedörrter Erde.

»Und ein recht frohes Fest wünsche ich Ihnen, Frau Baronin.«

»Danke, gleichfalls.«

Ich lege meinen Kassenzettel auf den Tisch. Frau Höcherl setzt eine schwarz gerahmte Brille auf und rechnet genau nach.

»Fünfzehn Mark fünfzig, Frau Amon, und ein Telefongespräch, das wären fünfzehn Mark achtzig.«

Ich ärgere mich, daß sie das Telefongespräch nicht vergessen hat, gebe ihr das Geld und wende mich ab, bevor sich ihr Mund dehnen und ihr Make-up absplittern kann.

»Und ein recht frohes Fest wünsche ich Ihnen«, ruft sie mir nach.

Ich Ihnen nicht, denke ich und sage: »Danke, gleichfalls.«

Mit zehn Minuten Verspätung betrete ich das italienische Restaurant. Es ist ein ungemütliches Lokal, dessen schwacher Versuch, sich einer Trattoria anzugleichen, mißlungen ist. Walter, den Rücken mir zugewandt, steht an der Bar. Neben ihm, auf einem hohen Hocker, sitzt eine abenteuerliche Gestalt in einem auffallend engen, großkarierten Anzug und einem kleinkarierten Stoffhut. Ich bleibe unschlüssig stehen. Der karierte Mann spricht heftig auf Walter ein, der mit dem Ausdruck tiefer Verwirrung zu ihm aufblickt.

Ich mache mich durch ein Räuspern bemerkbar.

Walter wirft mir einen raschen Blick über die Schulter zu, rollt die Augen, zuckt die Achseln. Dann, mit einem verlegenen Lächeln und einer Art Verbeugung, bei der er den Rücken krümmt und den Kopf zwischen die Schultern zieht, verabschiedet er sich von dem Fremden und läuft eilig auf mich zu.

»Wer, um Himmels willen, war denn das?« frage ich.

»Pst«, macht Walter, wirft noch einen entgeisterten Blick auf den karierten Rücken des Mannes, packt mich am Arm und zieht mich zu einem entlegenen Tisch.

»Das war ein Verrückter«, erklärt er, nachdem er sich den Mantel ausgezogen und gesetzt hat.

»Woher kennen Sie ihn denn?«

»Ich kenne ihn ja gar nicht.«

»Sondern?«

»Als ich in das Restaurant komme, tritt dieser Irre auf mich zu, nimmt mich am Arm und flüstert: Vendetta.«

»Ach hören Sie auf! Das ist doch alles wieder erfunden!«

»Nein, Ehrenwort nicht!«

»Na schön, und was geschah dann?«

»Er hat mich an die Bar gezerrt und mir einen eindringlichen Vortrag über die Blutrache gehalten. Schließlich hat er mich gefragt, ob ich dafür bin.«

»Und was haben Sie geantwortet?«

»Natürlich, daß ich dafür bin. Der Mann hat einen absolut gefährlichen Eindruck gemacht.«

»So was kann nur Ihnen passieren. Sie ziehen solche Typen an.«

»Glauben Sie wirklich?« fragt er beinahe ängstlich.

»Na sicher, schauen Sie mich an.«

»Sie halten sich doch nicht etwa für einen gefährlichen Typ«, sagt er mit spöttisch herabgezogenen Mundwinkeln. »Sie sind eine durch und durch bürgerliche Frau, bei der sich alles auf einem schnurgeraden, schmalspurigen Gleis abspielt. In eine unübersichtliche Kurve gehen oder gar aus dem Gleis springen würden Sie nie.«

»Dafür entgleisen Sie andauernd«, versuche ich wütend zurückzuschlagen. Aber ich merke sofort, daß es kein Schlag ist, sondern nur ein kümmerlicher kleiner Hieb, nicht einmal wert, abgefangen zu werden. So ist es immer – er zielt, trifft und verletzt. Ich ziele zurück, treffe daneben und errege nichts anderes als hämische Heiterkeit. Es ist ein ungleicher Kampf, dem ich nicht gewachsen bin. Er beherrscht ihn mit scharfem Verstand, ich dagegen werfe mich mit wenig Kopf und viel Gefühl hinein. Seine Worte sind treffsichere Geschosse, meine Gefühle knallende Platzpatronen. Es kommt nichts anderes dabei heraus als Wut und Schmerz, Trennungen und Versöhnungen. Doch dem kurzen Waffenstillstand folgt unweigerlich ein neuer Kampf.

Meine Freude und Zuversicht waren von kurzer Dauer. Mit einem einzigen Stoß hat er mich wieder in jenen Zustand zurückversetzt, in dem es nur Trostlosigkeit gibt. Ich sitze da, stumm und verbissen, und hasse ihn aus ganzem Herzen.

»Was haben Sie denn?« fragt er ungeduldig.

»Nichts.«

»Sie machen ein Gesicht, als hätte Sie jemand um fünfzig Mark angepumpt und Sie, in einer schwachen Minute, hätten den Schein auch noch hergegeben.«

Ich beiße die Zähne zusammen und schweige.

»Sitzen Sie nicht so da«, fährt er mich an, »ich mag das nicht!«

»Sie können ja gehen. Ich wäre ausgesprochen froh, wenn Sie gingen.«

»Vera ...« Jetzt kommt ein bittender Ton in seine Stimme, »seien Sie doch nicht so unangenehm. Sagen Sie mir, was plötzlich mit Ihnen los ist.«

»Wenn Sie das nicht wissen!«

»Nein, ich weiß es nicht, ich weiß es wirklich nicht.«

»Kaum sitzt man eine Minute mit Ihnen zusammen, sagen Sie gemeine Dinge – Dinge, die verletzen und nicht stimmen.«

»Dinge, die verletzen, stimmen immer. Übrigens, auf was für Dinge spielen Sie jetzt an – auf die bürgerliche Frau?« Er grinst und streicht mir über den Arm: »Liebste Vera, ich wußte nicht, daß Sie das derart trifft.«

»Die bürgerliche Frau trifft mich überhaupt nicht. Ich weiß ganz genau, daß ich keine bin, und Sie wissen es auch.«

Er zieht die Brauen in die Höhe und schüttelt den Kopf.

»Ich schlage Ihnen ins Gesicht, wenn Sie so weitermachen«, sage ich außer mir. »Ihr Urteil über mich hängt von Ihrer jeweiligen Laune ab, und meistens sind Sie in der Laune, mich zu beleidigen. Ich weiß nicht, womit ich das herausfordere. Ich bin weder überheblich noch selbstzufrieden. Ich habe es verdammt nötig, daß man mir ab und zu mal etwas Angenehmes sagt.«

»Sie haben heute eine bezaubernde Frisur, und der blaue Pullover steht Ihnen ausgezeichnet.«

»Also gut, lassen wir es. Wenn Sie es für unmöglich halten, ein normales Gespräch mit mir zu führen, dann eben nicht.«

»Oh, ich würde gern ein normales Gespräch mit Ihnen führen, aber das geeignete Thema fällt mir nicht ein.«

»Rufen Sie doch bitte den Kellner.«

»Ah, jetzt fällt mir ein Thema ein!«

»Ich habe Sie gebeten, den Kellner zu rufen.«

»Es würde mich reizen, mit Ihnen über Ihre Werke zu sprechen.«

»Werke! Das sieht Ihnen mal wieder ähnlich. Warum sagen Sie nicht Schmiererei?«

»Dieses Urteil kann ich mir nicht erlauben, denn Sie haben mir verboten, Ihre Werke zu lesen. Ich weiß zwar nicht warum ...«

»Weil Ihr Urteil derart vernichtend gewesen wäre, daß ich nie wieder eine Zeile hätte schreiben können.«

»Das allerdings wäre schade gewesen. Eins fasziniert mich nämlich an Ihnen: Ihr Mut zu schreiben.«

»Der fasziniert mich auch.«

»Nein ehrlich! Ein Mensch, der sowenig Phantasie hat wie Sie – pardon, ich wollte Sie jetzt nicht verletzen, im Gegenteil, ich wollte Ihnen ein Kompliment machen. Also hören Sie: Ein phantasieloser Mensch, der Bücher schreibt, Bücher, die gedruckt, verlegt und auch noch verkauft werden, das ist in der Tat ungewöhnlich.«

»Ein reizendes Kompliment.«

»Na, halten Sie sich etwa für phantasievoll?«

»Nein.«

»Aber für begabt.«

»Ich wünschte, das Mittagessen wäre schon vorüber und ich säße auf dem Zahnarztstuhl. Der Bohrer scheint mir noch erträglicher als Sie.«

Er lacht und zündet sich eine Zigarette an.

»Wozu das alles?« frage ich und fühle mich ausgewrungen wie ein nasser Lappen.

»Wozu was?«

»Wozu sprechen wir überhaupt miteinander, essen miteinander, schlafen miteinander?«

»Weil man die kleineren Übel wie sprechen, essen, schlafen lieber zu zweit hinter sich bringt.«

»Eine einleuchtende Erklärung«, sage ich, hole einen Spiegel aus der Tasche und schaue hinein. Die kleine senkrechte Furche zwischen den Brauen ist wieder da, auch der harte Zug um den Mund, die Mutlosigkeit in den Augen. Die Frisur, die ich kurz zuvor noch bewundert habe, kommt mir jetzt vor wie eine lächerliche Perücke. Ich lasse den Spiegel in die Tasche zurückfallen und sage: »In zwei, drei Tagen bin ich nicht mehr da.«

»Haben Madame wieder einmal vor, sich umzubringen« fragt Walter mit höflichem Interesse.

»Nein, mein Lieber, das habe ich nicht. Ich werde mit meinem Sohn verreisen.«

Er schaut mich forschend an: »Ist das Ihr Ernst?«

»Mein voller Ernst.«

»Nein!« Er greift spontan nach meiner Hand und umklammert sie. Sein Gesicht, das sich so abrupt verändern kann, ist plötzlich hilflos: »Sie dürfen nicht wegfahren«, sagt er in beschwörendem Ton.

»Was heißt, ich darf nicht?«

»Sie dürfen mich nicht allein lassen.«

»Sie bleiben ja nicht allein. Sie haben Ihre Marianne, die, um mit Ihren eigenen Worten zu sprechen, eine prächtige Frau und ein guter Mensch ist – und dann haben Sie noch ein halbes Dutzend andere.«

»Was reden Sie da«, fährt er auf, »ist es bei Ihnen vielleicht anders?«

»Nein, nein«, sage ich, »es ist nicht anders, und aus diesem Grund sollten wir uns auch an die Spielregeln halten und nicht mit solchen großen Worten um uns werfen. Wir brauchen uns vielleicht ab und zu, aber auch das nicht unbedingt.«

»Das stimmt nicht. Ich brauche Sie! Wenn Sie nicht da sind, fühle ich mich restlos verloren.«

»Was Sie brauchen, ist ein kräftigendes Mittagessen.«

»Warum müssen Sie immer falsch reagieren? Wenn ich Ihnen sage, daß ich Sie liebhabe, sehr lieb, viel zu lieb, dann fällt Ihnen bestimmt nur eine dämliche Antwort ein.«

»Sie sagen es immer dann, wenn der Vorhang schon gefallen ist.«

Er drückt seine halb gerauchte Zigarette aus und greift sich ans Herz.

»So«, sagt er mit drohender Genugtuung, »jetzt ist es wieder soweit!«

»Soll ich einen Krankenwagen rufen?«

»Machen Sie nicht so dumme Witze! Verhindern Sie lieber, daß ich mich aufrege und daß ich rauche.«

»Das kann ich ebensowenig verhindern, wie ich verhindern kann, daß in drei Tagen dieses deprimierende Weihnachtsfest stattfindet.«

»Es tut weh«, jammert Walter. »Der Schmerz zieht sich bis in den linken Arm hinein.«

»Ein typisches Zeichen von Angina pectoris.«

»Tatsächlich?« Er starrt mich mit angstvoll aufgerissenen Augen an.

»Sie sind ein Hypochonder, das ist alles.«

»Sie wissen ganz genau, daß ich vor einem halben Jahr einen Kreislaufkollaps hatte.«

»Ich hatte vor einem halben Jahr eine Lungenentzündung.«

»Eine Lungenentzündung kann man ausheilen, aber nach einem Kreislaufkollaps ist und bleibt man ein kranker Mann.«

»Ach Unsinn! Sie steigern sich da in eine Einbildung hinein, die absolut lächerlich ist.«

»Ich steigere mich in gar nichts hinein! Ich habe Stiche im Herzen, ich habe Schwindel- und Schwächeanfälle. Ich werde bald wieder einen Kollaps haben – ich spüre es.«

»Ich weiß nie, wann Sie Theater spielen und wann Sie es wirklich ernst meinen«, seufze ich.

»Sie sind eben eine instinktlose Frau.«

»Und Sie ein Komödiant, dem man nie trauen kann.«

»Mag sein. Sehe ich blaß aus?«

»Nein, Sie sehen frisch und gesund aus. Nehmen Sie die Hand vom Herzen und rufen Sie den Kellner.«

Er nimmt die Hand vom Herzen, schlägt damit auf den Tisch und ruft: »Herr Ober, nun kommen Sie doch endlich!«

Der Kellner, ein Italiener, kennt Walter schon zu gut, um sich von ihm aus der Ruhe bringen zu lassen.

»Komme gleich, Signore«, ruft er zurück und wendet sich dann wieder einem Gast zu, mit dem er sich schon seit längerem unterhält.

»Wo bloß der Junge bleibt«, sage ich nervös.

»Welcher Junge?«

»Mein Sohn – oder was dachten Sie?«

»Nun, Sie hätten ja auch einen Ihrer jungen, charmanten Freunde erwarten können.«

»Ach ja, richtig ... Sagen Sie, wieviel Uhr ist es eigentlich?«

»Ich habe meinen Küchenwecker heute zu Haus gelassen.«

»Dann erkundigen Sie sich doch bitte. Ich muß pünktlich um halb drei beim Zahnarzt sein.«

»Und ich muß pünktlich um halb drei in der Universität sein und eine Vorlesung halten, auf die ich mich nicht vorbereitet habe. Können Sie mir nicht sagen, worüber ich sprechen soll?«

»Über Weihnachten ... Gott sei Dank, da ist ja der Junge.«

Mischa betritt das Lokal und läßt die Tür hinter sich sperrangelweit offen. Er steht unschlüssig da, die Hände in den Jackentaschen vergraben, die schwarze Strickmütze bis zu den Brauen hinabgezogen, das Gesicht gefleckt wie das eines Leoparden. Ich stehe rasch auf, nehme meine Tasche und gehe zu ihm.

»Mami, ich hab' dich gar nicht gesehen und gedacht, du bist nicht da.«

»Dummchen, wenn ich sage, ich bin da, dann bin ich da.«

»Ja, 'türlich – du, unterwegs haben wir einen Verkehrsunfall gesehen!«

»Nicht möglich.«

»Und das Taxi kostet vier Mark siebzig.«

Er streckt mir eine kleine schmutzige Hand entgegen.

»Du siehst aus, Mischa«, sage ich kopfschüttelnd.

»Wie denn?«

»Unmöglich, mein Sohn – hier hast du fünf Mark. Lauf hinaus und gib sie dem Fahrer.«

»Und dreißig Pfennig bring' ich dir zurück.«

»Nein, einem Taxifahrer gibt man Trinkgeld.«

»Warum?«

»Weil das so üblich ist – und nun mach schon.«

Er rennt hinaus und kehrt gleich darauf mit tief befriedigtem Gesicht zurück: »Der Mann hat sich aber sehr gefreut«, erklärt er. »Ich hab' ihm gesagt: ›Das ist Ihr Trinkgeld‹, und er hat gesagt: ›Danke schön, Bub, und laß dir vom Christkindl recht viele Geschenke bringen und ...‹, au Mami, da sitzt ja der Onkel Walter.«

»Ja.«

»Ob er wieder so verrückt ist?«

»Mischa, ich bitte dich!«

»Ich mein' ja nur, ob er wieder so viele Witze macht.«

»Ich fürchte, ja.«

»Salue«, sagt Walter, als wir an den Tisch treten.

»Was heißt das?« fragt Mischa.

»Guten Mittag.«

»Das gibt's ja gar nicht.«

»In der Sprache, in der ich zuweilen spreche, gibt's das.«

»Was ist das für eine Sprache?«

»Die Nashornsprache.«

Mischa grinst und wirft mir einen vielsagenden Blick zu.

»Zieh dich aus, Mischa«, sage ich.

Zunächst einmal holt er ein kleines rotes Auto aus der Tasche und stellt es auf den Tisch.

Walter greift danach: »Sehr nett, daß du mir ein Weihnachtsgeschenk mitgebracht hast«, sagt er. »Vielen Dank.«

»Das ist gar kein Weihnachtsgeschenk für dich«, erklärt Mischa beunruhigt.

»Nein?« Walter tut sehr überrascht. »Wozu hast du es dann mitgebracht?«

»Um damit zu spielen, wenn ich mich beim Mittagessen langweile.«

»Das kann ich natürlich verstehen. Ich langweile mich auch meistens beim Mittagessen. Komm, wir spielen zusammen.«

Mischa entledigt sich eilfertig seines Anoraks, wirft ihn über einen Stuhl und setzt sich hin. Die Mütze hat er vergessen. Ich ziehe sie ihm vom Kopf, nehme ein Taschentuch und gehe damit auf sein Gesicht los.

»Nicht doch, Mami!« sagt er ungehalten.

»Malträtieren Sie doch das Kind nicht«, mischt sich Walter ein.

»Sie sollten sich lieber um den Kellner kümmern. Wenn er nicht auf der Stelle kommt, können wir gehen, ohne gegessen zu haben.«

Walter springt auf, legt beide Hände wie ein Sprachrohr um den Mund und ruft: »Haaallllooo!«

Die Gäste, es sind zum Glück nicht viele, werfen strafende Blicke zu unserem Tisch hinüber. Mischa quietscht vor Vergnügen und zappelt auf seinem Stuhl hin und her wie ein Fisch an Land.

»Ihr benehmt euch wie die Irren«, bemerke ich achselzuckend.

Der Kellner tritt an unseren Tisch, betrachtet das kleine rote Auto und erklärt dann mit nationalem Stolz: »Das ist eine italienische Wagen, eine sehr gute, ein Fiat.«

»Das ist gar kein Fiat«, widerspricht Mischa, »das ist ein …«

»Vielleicht können wir diese Diskussion auf später verlegen«, fährt Walter dazwischen. »Wir müssen in fünf Minuten das Essen haben und in zehn Minuten gegangen sein.«

»Bitte schön, Signore, und was möchten Sie essen?«

Mit dieser Frage bringt uns der Kellner in arge Verlegenheit, denn die Speisekarte zu lesen hatten wir bisher keine Zeit. »Also, was möchtest du essen?« frage ich Mischa in meiner Bedrängnis.

»Och, ich weiß nicht«, gibt er zur Antwort.

»Ein Kalbsschnitzel mit einem schönen Salat?« ermuntere ich ihn.

»Nein.«

»Oder ein Stück Huhn – das ißt du doch so gern.«

»Heute nicht.«

»Na dann vielleicht eine Suppe, die brauchst du wenigstens nicht zu kauen.«

Er rümpft die Nase.

»Zum Donnerwetter noch einmal!« fahre ich auf.

»Was möchten Sie denn haben?« fragt Walter mit scheinheiligem Gesicht.

»Einen Liter Rotwein!«

»Bitte, einen Liter Rotwein«, sagt Walter zum Kellner.

»Und einen Apfelsaft«, ruft Mischa.

Danach schweigen wir und starren uns lauernd an. Der Kellner summt leise vor sich hin.

»Bei diesem Gesumme kann ich mich nicht konzentrieren«, sagt Walter. »Also machen wir's kurz. Wir essen das, was als erstes auf der Speisekarte steht. Das ist immer ungenießbar, aber billig.« Er schlägt die Karte auf, liest und erklärt: »Die Strafe ist gerecht. Herr Ober, bitte schön drei Pizzas.«

»Und was für eine Pizza soll sein?«

»Das ist vollkommen gleichgültig. Hauptsache, sie ist in fünf Minuten fertig.«

Der Kellner entfernt sich mit indigniertem Gesicht.

»Spielen wir jetzt mit dem Auto?« fragt Mischa erwartungsfreudig.

»Ja, los«, sagt Walter, stellt ein Glas an den Rand des Tisches und erklärt: »Das Spiel besteht darin, daß man versuchen muß, das Glas vom Tisch zu fahren. Du bist als erster dran.«

»Au ja!« ruft Mischa und setzt wirklich das kleine Auto in Positur.

»Mischa«, sage ich mit drohender Ruhe, »du weißt genau, daß man so etwas nicht tut.«

»Aber wenn er's doch auch tut!«

»Er tut es nicht, verlaß dich drauf.«

Walter sieht mir in die Augen, hebt langsam den Arm, greift nach dem Auto.

»Mischa«, sage ich am Rande meiner Geduld, »da hinten in dem Bassin sind Fische. Geh einmal hin, und schau sie dir an.«

»Ich will erst sehen, wie er das Glas runterfährt.«

»Du sollst dir die Fische anschauen!« explodiere ich.

Er macht ein beleidigtes Gesicht und trottet murrend zum Bassin.

»Das Theater, das Sie da aufführen, ist leider nicht sehr amüsant«, sage ich.

»Ihren Sohn amüsiert es offensichtlich.«

»Meinen Sohn würde es auch amüsieren, wenn ich Ihnen einen Teller an den Kopf würfe. Und mich würde es maßlos erleichtern.«

»Was sich liebt, das neckt sich«, kichert Walter, nimmt meine Hand und küßt sie.

»Sie sind ein unerträglicher Hanswurst«, sage ich, kann aber nicht umhin zu lächeln.

Der Kellner bringt den Wein. Kaum hat er die Kanne abgesetzt, gieße ich mir ein Glas ein und trinke es zur Hälfte aus.

»Jetzt ist mir besser«, atme ich auf.

Walter hält meine Hand. »Wenn du nicht da bist«, sagt er, »sehne ich mich nach dir, und wenn du dann da bist, treibst du mich zur Verzweiflung. Das kommt, weil du in meinen Gedanken ein Mensch bist, in realitas aber ein Unmensch. Du bist unfähig, dich hinzugeben, geschweige denn aufzugeben. Aber das gehört zum Menschsein, mein Kind. Bei dir muß alles Ordnung, Zeit und Maß haben. Du rechnest mit kleiner Münze, du zählst immer wieder nach und gibst nur soviel, wie du zu erhalten glaubst. Du kennst nicht die große Gebärde des Wegwerfens. Du bist unfrei, Vera. Deine Angst vor einem eventuellen Verlust wird dich nie zu einem wahren Gewinn kommen lassen. Das sind die Dinge, die mich an dir wahnsinnig machen, die mich immer wieder reizen ...«

Mischa kommt in höchster Erregung auf unseren Tisch zu gerannt: »Mami«, ruft er, »komm mal schnell mit, da ist ein ganz dicker Karpfen, und der will einen anderen Karpfen immer in den Schwanz beißen!«

»Das sind keine Karpfen«, belehrt Walter, »sondern Forellen.«

»Das sind Karpfen«, entrüstet sich Mischa, »dicke, dumme Karpfen so wie du!«

»Was bin ich?«

»Ein dicker, dummer Karpfen!«

»Na warte, das wirst du mir büßen!«

Walter steht langsam auf und nimmt eine drohende Haltung an. Der Junge, schrill lachend, versucht unter den Tisch zu kriechen. Zum Glück kommt in diesem Augenblick der Kellner mit den Pizzas.

Walter setzt sich wieder hin, ergreift die Gabel und beginnt, hastig zu essen. Ich packe Mischa und drücke ihn auf seinen Stuhl: »So, mein Junge«, sage ich, »und wenn du dich jetzt nicht benimmst und anständig ißt ...«

»Mich darfst du nicht als Vorbild nehmen«, unterbricht Walter, »ich esse nämlich nie anständig.«

»Aber schnell«, stellt Mischa fest und beginnt, in der Pizza herumzustochern.

»Das schmeckt aber komisch«, bemerkt er nach dem ersten Bissen.

»Das kann man wohl sagen«, stimmt Walter zu. »Ich hoffe nur, daß ich die Vorlesung nicht unterbrechen muß.«

»Was ist eine Vorlesung?« will Mischa wissen.

»Das laß dir mal von deiner Mutter erklären«, grinst Walter, »sie weiß über solche Dinge ungewöhnlich gut Bescheid.«

Mischa schaut mich achtungsvoll an, und sein Blick verpflichtet natürlich.

»Du weißt doch, was eine Universität ist«, beginne ich.

»Ja.«

»Na siehst du. Und auf einer Universität werden Vorlesungen gehalten. Das ist dann so ähnlich wie bei euch in der Schule. Der Lehrer erzählt und erklärt euch etwas.«

»Ist Onkel Walter denn Lehrer?«

»Ja, Lehrer auf einer Universität. Man nennt das dann aber nicht Lehrer, sondern Dozent.«

»Und was bringt er den Schülern da bei?«

»Philosophie«, sage ich, »das ist ...«

»Um Himmels willen«, unterbricht mich Walter, »versuchen Sie ihm jetzt bloß nicht zu erklären, was Philosophie ist. Das wäre, als wenn ein Stummer einem Blinden das Meer erklären wolle.«

»Waaas?« fragt Mischa und blickt von einem zum anderen.

»Onkel Walter meint, daß die Philosophie kein geeignetes Thema für uns sei. Du bist nicht alt und ich nicht klug genug.«

»Aha«, sagt Mischa und dann mit einem abschätzenden Blick auf Walter: »Und er ist alt und klug genug?«

»Jawohl, das bin ich«, versichert Walter, schiebt das letzte Stück Pizza in den Mund, gießt ein Glas Wein hinterher, wischt sich mit der Serviette die Stirn ab und steht auf.

Mischa schaut gebannt zu ihm hoch: »Und was tust du jetzt?« fragt er, neuen Unfug erhoffend.

»Jetzt gehe ich, mein Junge, und überlasse dich den Erziehungskünsten deiner Mutter.«

Er nimmt einen Zwanzigmarkschein aus der Tasche und legt ihn mir hin: »Das ist für das ausgezeichnete Mittagessen«, sagt er, »und das« – er schnappt Mischa sein kleines Auto weg – »für den dicken, dummen Karpfen. Auf Wiedersehen, meine Lieben.«

Er entfernt sich gemächlich wie ein Schauspieler, der sich seines Erfolges sicher ist.

»Mami«, seufzt Mischa und sieht mich beklommen an, »das war gerade mein Lieblingsauto.«

»Keine Angst, Häschen, du wirst es schon wieder zurückbekommen.« Kaum habe ich das gesagt, eilt der Kellner herbei und überreicht Mischa auf einem Teller das kleine Auto.

»Hier ist der Fiat«, sagt er, »mit einem schönen Gruß vom Karpfen.«

Mischa lacht erleichtert, versenkt das Auto in seiner Hosentasche und erklärt: »Mami, jetzt hab' ich mich doch so sehr erschreckt, daß ich nicht mehr essen kann.«

»Na schön«, kapituliere ich, »lassen wir es bei dieser Ausrede und gehen wir.«

»Wohin?« fragt der Junge unternehmungslustig.

»Dich bringe ich zu deinem Freund Thomas.«

»Und was machst du?«

»Ich stürze mich ins Vergnügen und gehe zum Zahnarzt.«

Fritz Peltzers Praxis befindet sich im Stadtzentrum, in einem alten, stattlichen Haus. Es ist eine beachtliche Praxis, mit drei Behandlungsräumen, einem Labor, einem großen komfortablen Wartezimmer, zwei Assistenten und drei Sprechstundenhilfen. Man merkt sofort, daß man es hier nicht mit irgendeinem Zahnarzt zu tun hat, sondern mit einer Kapazität. Fritz Peltzer, so behaupten seine Patienten, sei ein Genie unter den Dentisten. Seine Brücken wären die haltbarsten, seine falschen Gebisse von den echten nicht zu unterscheiden. Ich bin in der glücklichen Lage, weder das eine noch das andere beurteilen zu können. Was mich mit Fritz Peltzer verbindet, ist lediglich ein vereiterter Weisheitszahn, von dem er mich vor Jahren mit einem geschickten Ruck erlöste. Da es eine ungeheure Erlösung war, wurde es auch eine tiefgehende Verbindung, die weder Angst noch Schmerz zu erschüttern vermochten. Ich hielt ihm die Treue, eine Treue, die er mir mit prachtvollen Plomben und Kronen und zuweilen sogar mit einem Glas Sekt lohnte. Denn Fritz Peltzer ist nicht nur ein Genie unter Dentisten, er ist überdies ein Mann von Welt, ein Kenner der Frauen und des Sektes.

Trotz all dieser Vorzüge kann ich nicht behaupten, daß ich gern zu Fritz Peltzer gehe. Besonders heute, an diesem mißglückten Tag, kostet es mich große Überwindung, in die zweite Etage emporzusteigen und auf den kleinen goldenen Klingelknopf zu drücken. Dabei hoffe ich inständig, daß irgendein glücklicher Zufall eingetreten, Fritz Peltzer zum Beispiel gestorben oder die Praxis ausgebrannt sein möge. Aber an mißglückten Tagen gibt es derart glückliche Zufälle nicht. Die Tür wird mir von Maria, der hübschesten der drei Sprechstundenhilfen, geöffnet. Sie ist ein zartes, brünettes Geschöpf, das den Eindruck erweckt, beim ersten Tropfen Blut in Ohnmacht zu fallen. Aber der Eindruck täuscht. Die Gier, mit der dieses Mädchen den Martern einer Zahnbehandlung folgt, läßt auf eine sadistische Ader schließen.

»Grüß Gott, Fräulein Maria«, sage ich und entdecke einen rostbraunen Fleck auf ihrem blütenweißen Kittel.

»Grüß Gott, Frau Amon.«

Ihre Stimme ist weich, ihr Lächeln sanft und die Gebärde, mit der sie mich ins Vorzimmer lockt, graziös.

»Sind viele Patienten da?« frage ich hoffnungsvoll.

»Nein«, sagt sie und schließt unerbittlich die Tür hinter mir.

»Wenn nämlich viele da sind, muß ich gleich wieder gehen.«

Darauf läßt sie sich gar nicht mehr ein. Sie nimmt mir

den Mantel ab, geht voraus zum Wartezimmer und öffnet mir die Tür: »Es dauert keine zehn Minuten, Frau Amon.«

Es sind nur ein Herr und eine Dame da. Der Herr steht am Fenster, wippt von den Fußspitzen auf die Fersen, von den Fersen auf die Fußspitzen. Er hat eine hünenhafte Figur und einen runden Kopf mit einer grau umkräuselten Glatze. Die Dame ist schmächtig und nicht mehr ganz jung. Sie sitzt auf dem Sofa, die schwarzbestrumpften Beine zierlich übereinandergeschlagen, das spitze Gesicht von einer gewaltigen Rotfuchsmütze überschattet. In ihrem Schoß liegt ein zitterndes weißes Knäuel, das ich erst nach einem zweiten Blick als Zwergpudel identifiziere.

Ich setze mich in der entlegensten Ecke in einen Sessel und versuche abzuschalten. Aber der wippende Mann, der zitternde Pudel und die Rotfuchsmütze verbreiten eine Atmosphäre flattriger Nervosität, der ich sofort zum Opfer falle. Ich drehe das Gesicht zur Wand und betrachte einen alten Stich, der eine Schlacht darstellt, Pferde, Menschen, Schwerter – ein irrsinniges Getümmel. Ein Motiv, dem ich nichts abgewinnen kann.

Der Hüne pfeift jetzt leise durch die Zähne. Der Zwergpudel winselt. Die Dame flüstert: »Was hat denn mein Schätzchen? Frauchen ist doch bei ihm.«

Ich schaue zu Schätzchen und Frauchen hinüber. Sie sitzen da, Nase an Nase. Jetzt zittert nicht nur der Hund, sondern auch die Fuchsmütze.

Ich überlege, ob ich nicht doch lieber gehen soll. Der Zahn tut nur weh, wenn ich etwas Süßes esse oder etwas sehr Kaltes trinke. Und darauf kann ich ja schließlich ein paar Tage lang verzichten.

Ich stehe auf, und Maria – als hätte sie es geahnt – öffnet die Tür. »Frau Fürst und Frau Amon, bitte«, sagt sie und dann zu dem Herrn, der sich mit einem heftigen Schlenker vom Fenster abgewandt hat: »Herr Direktor, Sie müssen sich noch etwas gedulden. Ihre Röntgenaufnahmen sind noch nicht fertig.«

Rotfuchsmütze und Zwergpudel werden in dem ersten

Behandlungsraum untergebracht, ich im zweiten. Fritz Peltzer hat die irritierende Angewohnheit, immer zwei Patienten abwechselnd zu bearbeiten. Bei dieser Methode schwebe ich ständig in Angst, daß er mir beispielsweise den schlechten Zahn des anderen Patienten zieht.

»Nehmen Sie bitte schon Platz«, sagt Maria, die mir gefolgt ist. Sie lächelt mir aufmunternd zu und weist mit der Gebärde einer charmanten Gastgeberin auf den Folterstuhl.

»Na schön«, brumme ich und setze mich.

Sie bindet mir eine Serviette um, füllt ein Glas mit Wasser und drückt es mir in die Hand: »Bitte spülen, Frau Amon.« Ich spüle, spucke und komme mir vor wie ein Kind, das man zum Schlafengehen fertig macht.

»Kommt Herr Peltzer bald?«

»Er muß jeden Augenblick kommen«, sagt das Mädchen, tritt ans Fenster und schaut gelangweilt hinaus.

Im Zimmer ist es unerträglich still. Ich betrachte den Bohrer, der vor meiner Nase hängt und mich an das eingeknickte Bein einer Grille erinnert. Dann studiere ich die kleinen Marterinstrumente, die funkelnd auf dem Porzellantischchen liegen.

Ich bin gerade dabei, mir die Schmerzen auszumalen, die all diese Werkzeuge hervorrufen können, als die Tür auffliegt und der Zahnarzt ins Zimmer fegt.

»Ah, da sitzt sie ja schon, meine heimliche Liebe«, zwinkert er mir zu.

Fritz Peltzer – ich schätze ihn auf Ende Vierzig – ist der sogenannte sportliche Typ – mittelgroß, kräftig, muskulös. Er hat einen Schopf karottenroter Haare, hellgraue, pfiffige Augen und die rosige Haut eines neugeborenen Schweinchens. Alles in allem ist er ein sympathischer Mann mit einer mittelmäßigen Intelligenz und einem primitiven Charme, der ihm viele weibliche Patienten eingebracht hat.

»Na, und wie geht's denn der gnädigen Frau heute?« fragt er, während er sich die Hände wäscht und einen prüfenden Blick in den Spiegel wirft.

»Ausgesprochen schlecht«, sage ich in der geheimen Hoffnung, doch noch zu entkommen. »Ich bin todmüde und habe Kopfschmerzen.«

»Aha, wieder mal zuviel getrunken, zuviel geraucht, zuviel geliebt.«

Ich schweige. Fritz Peltzer ergeht sich oft und gern in anzüglichen Bemerkungen, und ich habe gelernt, sie zu überhören.

Er tritt jetzt an meinen Stuhl, stützt mit entwaffnender Selbstverständlichkeit eine Hand auf meinen Oberschenkel und schaut mir forschend ins Gesicht.

»Mein liebes Kind«, sagt er, die Hand auf meinem Bein durch einen väterlichen Ton ausgleichend, »dein Blutdruck ist mal wieder tief unter Null.«

»Das ist er immer.«

»Und was tun Sie dagegen?«

»Gar nichts.«

»Das sollten Sie aber! Glauben Sie mir, ich verstehe etwas davon. Ich habe normalerweise auch einen schwachen Blutdruck, aber ich weiß ihn auf Trab zu bringen. Ich schwimme, ich reite, ich spiele Tennis. In unserem überdrehten Jahrhundert ist Sport der einzige Ausgleich. Ach, Mariechen« – jetzt nimmt er endlich die schwere, warme Hand von meinem Bein und richtet sich auf –, »schau doch mal nach, ob die Röntgenaufnahmen von Direktor Schatz fertig sind.«

Das Mädchen verläßt das Zimmer, und Fritz Peltzer ergreift einen beängstigend spitzen Gegenstand und tritt nahe an mich heran.

»Mein Herzblatt, machen Sie bitte mal den Mund auf!«

Ich öffne den Mund, wobei ich jeden einzelnen Muskel in meinem Körper anspanne. Der spitze Gegenstand tastet sich von Zahn zu Zahn, begleitet von meiner wachsamen Zunge, die immer bereit ist, in dem Moment des Schmerzes dazwischenzufahren.

»Und dann sollten Sie nicht rauchen«, fährt er indessen mit seinen guten Ratschlägen fort, »und wenn Sie trinken, dann nur Champagner. Ich trinke jeden Tag ein paar Gläser davon, und auf meinen Partys gibt es überhaupt nichts anderes. Man kann den Champagner jetzt in Zwanzig-Liter-Flaschen kaufen – sagen Sie, wo tut es nun eigentlich weh?«

»Rechts oben. Ich glaube, am vorletzten Backenzahn.«

Er nimmt einen kleinen runden Spiegel, schiebt ihn mir in den Mund und betrachtet die Innenseite des Zahnes.

»Ah ja, der Zahnhals – ein hübsches kleines Loch. Machen wir's ohne Spritze?«

»Nur über meine Leiche!«

»Na, das wäre eine schöne Bescherung! Ihre Leiche in meiner Praxis! Man würde sofort auf Lustmord tippen. Stellen Sie sich die Schlagzeile vor: ›Pornographische Schriftstellerin von perversem Zahnarzt geschändet und erdrosselt ...‹« Er lacht schallend.

Maria kommt mit einem Röntgenbild ins Zimmer zurück. Fritz Peltzer nimmt es, hält es gegen das Licht und sieht es kurz an: »Habe ich mir gedacht«, sagt er ungerührt, »alles hin. Der alte Schatz wird nichts zu lachen haben.«

Ehe ich's mich versehe, ist er an der Tür: »Ich muß den Herrn Direktor schonend vorbereiten«, ruft er zurück. »Mariechen mach inzwischen ein Spritze fertig – ich bin in einer Minute zurück.«

Aus der einen Minute werden mindestens zehn. Maria steht wieder am Fenster. Die aufgezogene Spritze hat sie neben die anderen Instrumente auf das Porzellantischchen gelegt. Vom Wasserhahn fällt in regelmäßigen Abständen ein Tropfen ins Waschbecken. Das monotone plopp, plopp, plopp scheint lauter und lauter, die Nadel der Spritze länger und länger zu werden. Ich kann jetzt immer noch aufstehen und gehen, überlege ich. Ein Loch am Zahnhals ist unangenehm, aber keineswegs gefährlich. Wenn ich es nach Weihnachten ... Fritz Peltzer kehrt zurück. Er macht einen noch vergnügteren Eindruck als zuvor. Wahrscheinlich hat er sich ausgerechnet, was ihm dieser Direktor Schatz einbringen wird.

»Eine hübsche Minute«, sage ich vorwurfsvoll.

»Ich mußte der Frau Fürst noch die Tampons aus dem Mund nehmen, damit sie sich mit ihrem hysterischen Spielzeughund unterhalten kann.«

»Warum müssen Sie immer zwei Patienten auf einmal behandeln?«

»Es ist abwechslungsreicher – hier, schauen Sie mal, was man mir zugeschickt hat!« Er hält mir ein dünnes, farbenprächtig bedrucktes Heft hin: Auf schwarz-violettem Hintergrund reckt sich eine gewaltige Feuersäule empor. Über ihr schwebt, der Fuchsmütze der Frau Fürst nicht unähnlich, eine bauschige Explosionswolke. »Und trotzdem ...!« steht in großen, grünen Buchstaben quer über dem Bild.

»Und trotzdem was?« frage ich.

»Und trotzdem gibt es eine Sicherheit«, grinst Fritz Peltzer, nimmt mir das Heft aus der Hand, schlägt es auf und liest: »Brauchen wir Schutzraumbauten? Darauf gibt es nur eine Antwort: Ja!«

»Ach hören Sie auf«, sage ich angewidert, aber er läßt sich den Spaß nicht verderben und liest weiter: »Jawohl, es gibt eine Chance, zu überleben und den schrecklichen Wirkungen atomarer Waffen zu widerstehen. Die Anschaffung eines Bunkers ist Ihre beste Lebensversicherung!«

Jetzt lacht sogar Maria.

»Soll das ein Witz sein?« frage ich.

»Ein Witz? Aber liebes Kind, das ist blutigster Ernst! Das ist ein Prospekt für Schutzraumbauten, und jeder zahlungskräftige Bürger wird hiermit aufgefordert, sich einen solchen anzuschaffen. Ich habe ein großes Grundstück und also die Chance zu überleben. Ein Bunker an Stelle eines Schwimmbassins! Das ist doch mal was Neues! Hier ...« Er blättert um und legt mir den Prospekt in den Schoß. »Das ist ein sogenannter Luxusbunker. Gemütlich, nicht wahr? Und nur 50000 Mark. Sie können sich natürlich auch einen schlichten Volksbunker zulegen. Der ist wesentlich billiger, aber auch nicht so sicher.«

Ich starre auf das Bild hinab, das bunt und putzig das Innere eines Bunkers offenbart. Da gibt es einen Vorratsschrank mit Konservendosen angefüllt, eine Toilette, eine Waschvorrichtung, eine Kochnische, dreistöckige Betten, eine gemütlich eingerichtete Wohnecke und zufriedene Menschen. Die Kinder schlafen, die Frauen bereiten einen leckeren Imbiß zu, die Männer spielen Karten, und ein ganz Verwegener späht aus dem Notausstieg in eine blumengeschmückte Landschaft.

»Reizend«, sage ich, »wirklich ganz reizend!«

»Ja«, sagt Fritz Peltzer, »nur der Fernseher fehlt. Ich habe schon an den Verein geschrieben und erklärt, ohne Fernsehen schaff' ich mir so ein Ding nicht an ... Maria, bitte die Spritze.«

»Ein hübsches Leben«, sage ich, und damit meine ich sowohl den Bunker als auch die über mir schwebende Spritze. »Wird's weh tun?«

»Nein, keine Angst. Wie kann ich Ihnen weh tun?«

»Natürlich wird's weh tun«, sage ich und öffne den Mund.

Maria beugt sich vor und starrt mir aufmerksam in den Rachen. Es macht mich nervös, daß sie, die in diesem Moment ganz überflüssig ist, so intensiv an dem Geschehen teilnimmt.

»Es gibt da ganz verschiedene Arten von Schutzraumbauten«, erklärt Fritz Peltzer. Er hebt die Spritze prüfend gegen das Licht, drückt ein wenig auf den Kolben und läßt einen Tropfen herausrinnen.

»Zum Beispiel einen Luftstoß-Schutzbau, einen Strahlungs-Schutzbau, einen ...«

Ich sehe die lange dünne Nadel auf mich zukommen, dann fühle ich das Kitzeln der Spitze an meinem Zahnfleisch. Meine Augen suchen irgendeinen festen Punkt und bleiben schließlich an dem Gesicht der Sprechstundenhilfe hängen. Ich sehe es in diesem Moment in jeder Einzelheit – die feinsten Schattierungen und Unebenheiten der Haut, die ersten Spuren kaum wahrnehmbarer Fältchen um die Augen, den zarten Flaum auf Oberlippe und Backenknochen.

Ob sie einen festen Freund hat? frage ich mich. Ob sie schwarze, weiße oder rosa Unterwäsche trägt? Ob sie gern mit einem Mann schläft, oder ob sie es nur aus einem der zahllosen anderen Gründe tut, aus denen eine Frau mit einem Mann ins Bett geht?

»Sie brauchen Maria gar nicht so flehend anzuschauen«, lacht Fritz Pelzer. »Sie kann Ihnen auch nicht helfen.«

Er sticht zu. Beim Einstich kneife ich mich mit aller Kraft in den Arm. Das lenkt den Schmerz von der eigentlichen Stelle ab und läßt mich das Eindringen der Nadel nicht so spüren. Ich fürchte gar nicht so sehr den Schmerz als das Gefühl, daß ein Fremdkörper tief in meinem Fleisch steckt und sich – so habe ich den Eindruck – bis auf den Knochen vorbohrt.

Der Zahnarzt drückt langsam den Kolben nieder. Jetzt spüre ich nicht mehr die Nadel, sondern nur noch einen schmerzlosen stumpfen Druck. Das Schlimmste ist überstanden. Mein Körper entspannt sich. Ich lege die Hände auf den Prospekt in meinem Schoß und schließe die Augen.

»Und wenn Sie ganz sichergehen wollen«, sagt Fritz Peltzer, »dann schaffen Sie sich einen Schutzraum mit Rettungsweg, Lüftungsanlage und Gasschleusen an.«

Er zieht mit einem Ruck die Nadel aus dem Zahnfleisch und greift nach meinem Puls.

»Alles in Ordnung, mein Schatz?«

»Ja«, sage ich, »alles in bester Ordnung.«

So unwohl mir war, als ich die Treppen zum Zahnarzt emporstieg, so wohl ist mir jetzt, als ich sie wieder hinabsteige. Ich habe das befriedigende Gefühl, etwas Wichtiges erledigt zu haben. Ich hätte mich ja auch drücken und weiterhin mit einem Loch im Zahn herumlaufen können. Die meisten drücken sich vor einem Besuch beim Zahnarzt und gehen erst hin, wenn sie unerträgliche Schmerzen haben. Aber ich, trotz Angst und Widerwillen, gehe immer schon vorher. Ein Loch im Zahn beunruhigt mich ebenso stark wie eine Laufmasche im Strumpf oder ein abgebrochener Fingernagel. Ich mag keine Nachlässigkeiten, ich brauche Ordnung. Und jetzt ist alles in Ordnung! Ich habe eine Plombe im Zahn, ich habe eine ordentliche Frisur, ich habe Geld in der Tasche, ich habe Weihnachtsschmuck, Schienen, ja sogar einen Schlitten. Ich habe erledigt, was zu erledigen ich mir vorgenommen habe. Ab jetzt beginnt der angenehmere Teil des Tages, den ich mit einer Tasse Kaffee und einer Zigarette einleiten werden.

Mit diesen angenehmen Gedanken betrete ich die Straße und steuere – geradezu leichtfüßig – auf mein Stammlokal zu.

Mein Stammlokal ist ein Espresso, das ich aus langer Gewohnheit, aus Trägheit und Indifferenz immer wieder besuche. Im Grunde ist es mir zuwider, sowohl die häßliche, neonlichtüberflutete Einrichtung als auch die Menschen, die dort verkehren – Müßiggänger, die sich für Lebenskünstler halten; schmalspurige Playboys bundesdeutschen Formats; aufgetakelte Starlets und Flittchen und ein paar sogenannte Künstler und Literaten, von denen man seit Jahren behauptet, sie seien unwahrscheinlich begabt, ohne daß sie jemals den Beweis geliefert hätten. Aber da das Espresso so bequem liegt, da es da drinnen warm ist und der Kaffee gut, trete ich ein.

Es ist voll, stickig, laut. Ich bleibe an der Tür stehen und halte nach einem leeren Tisch Ausschau. Mein Blick wischt über hübsche leere Gesichter, steif toupierte Haare, lange schmale Hosenbeine und spitze Schuhe. Schließlich bleibt er an einem Tisch am Ende des schlauchartigen

Raumes hängen. Ich mache mich auf den Weg dorthin. Man schaut mir entgegen, man schaut mir nach. Man lächelt, nickt, ruft mir ein Begrüßungswort zu. Viele dieser Menschen kenne ich vom Sehen. Viele habe ich flüchtig kennengelernt. Ein paar kenne ich näher. Einer von denen, die ich näher kenne, erhebt sich jetzt von seinem Stuhl. Er ist ein junger, blendend aussehender Mann, der Sohn reicher Eltern.

»Grüß dich, Vera«, sagt er und legt einen Arm um meine Schultern, »warum sieht man dich so selten?«

»Ich hab' eine Menge zu tun«, sage ich und nehme den Arm wieder weg.

»Aha ...« Sein Mund verzieht sich zu einem anzüglichen Grinsen. »Und wer ist zur Zeit der Glückliche?«

Ich schaue ihm schweigend in die schönen dicht bewimperten Sammetaugen.

»Besser als ich?« fragt er.

»Vielleicht nicht besser, aber auf jeden Fall amüsanter.«

»Ich hatte nicht den Eindruck, daß es dir mit mir langweilig war.«

»Ich bin ein höflicher Mensch.«

»Spaß beiseite, Vera, hast du heute abend Zeit?«

»Nein, mein Lieber, leider nicht.«

Ich klopfe ihm mit freundlicher Herablassung auf die Schulter und lasse ihn in all seiner Pracht stehen.

Der Tisch, an den ich mich setze, ist winzig und rund und hat eine schwarzgelackte Kunststoffplatte. Das Stuhlpolster ist lila und ebenfalls aus Kunststoff. Alles in diesem Café ist aus Kunststoff, selbst die Menschen scheinen es zu sein!

Ich bestelle eine Tasse Kaffee, zünde mir eine Zigarette an und betaste mit der Zunge den frisch plombierten Zahn. Dann gebe ich mich dem Genuß des ersten Zuges, des ersten Schluckes und der wohlverdienten Ruhepause hin.

Die Ruhepause ist leider von kürzer Dauer und endet mit dem Ein- oder besser gesagt Auftritt eines neuen Gastes. Diesen Gast – ein mittelgroßer, schmalgebauter Mann Ende Dreißig – kenne ich schon seit vielen, vielen Jahren. Das heißt, ich weiß nicht, ob ich ihn nur vom Sehen kenne oder ob ich ihm schon irgendwann, irgendwo einmal vorgestellt worden bin. Wenn wir uns begegnen, grüßt er mich jedesmal mit eindringlich ernstem Blick, so als erwarte er, daß endlich ein Erkennen in meinen Augen aufleuchten werde. Er ist ein seltsamer Kauz, dieser Mann, auffallend modisch gekleidet und stets darum bemüht, einen kessen, draufgängerischen Eindruck zu machen. Jetzt steht er an der Tür, knöpft seinen schikken Kamelhaarmantel auf und hält nach einem Platz Ausschau. Er hat ein kleines, zerdrücktes Gesicht mit tief umschatteten, nahe beieinanderliegenden Augen. Es sind Augen, die hart und sicher erscheinen wollen und doch nur Unruhe widerspiegeln. Jetzt haben sie mich, den freien Stuhl an meinem Tisch und damit eine einmalige Gelegenheit entdeckt. Eine Sekunde zögert er noch, dann kommt ein entschlossener Ausdruck in sein Gesicht. Er greift sich an die Krawatte, rückt sie, obgleich sie nicht gerader sitzen könnte, zurecht und steuert mit kurzen, gockelartigen Schritten auf mich zu. Ich senke schnell den Blick, rühre in meinem Kaffee und tue, als habe ich seine Vorbereitungen nicht bemerkt. Erst als er vor mir steht, schaue ich auf.

»Gestatten Sie?« fragt er in forschem Ton.

»Aber bitte«, sage ich.

Er hängt den Kamelhaarmantel sorgfältig an einen Haken, dann reißt er schwungvoll den Stuhl zurück. Bevor er sich setzt, zieht er die Hosenbeine ein wenig hoch, um die Bügelfalten zu schonen. Danach schaut er mit einer Konzentration, die der Entschärfung einer Mine angemessen gewesen wäre, an seinem Jackett herab und entfernt etwas, das in seiner Winzigkeit von keinem außer von ihm selbst entdeckt werden kann. Als das geschehen ist, wirft er den Kopf hoch, strafft das Kinn und schaut sich mit scheinbarer Ungeduld nach dem Kellner um.

Diesen Moment nehme ich wahr, um einen interessierten Blick auf seine Krawatte zu werfen. Es ist eine dunkelbraune Krawatte, sehr diskret und normal bis auf vier kleine untereinandergenähte Perlmuttknöpfe, die offenbar keinem anderen Zweck dienen als dem einer höchst albernen Zierde. Versunken in den Anblick dieser vier Knöpfchen fühle ich mich plötzlich bei meiner Betrachtung ertappt. Ich schaue schnell auf und lächle etwas verlegen. Sofort macht er sich dieses Lächeln zunutze.

»Gnädige Frau«, sagt er, »wissen Sie eigentlich, wie lange ich schon auf die Gelegenheit warte, Sie offiziell kennenzulernen?«

»Wie lange?«

»Zwölf Jahre.«

»Zwölf Jahre?«

»Ja. Das erste Mal sah ich Sie in Garmisch, im Hotel Hintersee, das damals noch von den Amerikanern okkupiert war. Sie waren fast noch ein Kind und saßen in einem zweiteiligen, türkisgrünen Badeanzug auf dem Bootssteg. Ich habe sie heimlich fotografiert. Das Foto habe ich noch.«

»Mein Gott«, sage ich überrascht, »ich habe tatsächlich eine Zeitlang im Hotel Hintersee gewohnt, und einen türkisgrünen Badeanzug hatte ich auch.«

»Sehen Sie! Und dann erinnere ich mich noch ganz genau an ein aufregendes weißes Kleid. Es hatte ein enganliegendes, tief dekolletiertes Oberteil und einen sehr weiten Rock. In diesem Kleid rauschten Sie eines Abends an der Seite Ihres Mannes in den amerikanischen Offiziersclub in München. Sämtliche Offiziere, ich inbegriffen, haben Sie mit den Augen verschlungen. Was habe ich Ihren Mann damals beneidet!«

»Sie sind Amerikaner?«

Er lacht ein lautes, gezwungenes Lachen: »Was dachten denn Sie?«

»Ehrlich gesagt, ich habe mir darüber keine Gedanken gemacht.«

»Also ich bin Amerikaner. Ich habe sogar eine Zeitlang mit Ihrem Mann, Pardon, Exmann, bei der CIC zusammengearbeitet. Ich kannte ihn sehr gut. Wußten Sie das alles nicht?«

»Nein«, sage ich, »nein, das wußte ich nicht.«

Ein dumpfes Unbehagen steigt in mir hoch, und ich greife nach einer neuen Zigarette.

Er zündet sie mir an und blickt dabei finster in mein Gesicht.

»War ein feiner Kerl, Ihr Mann«, sagt er in beinahe drohendem Ton. »Sehr verschlossen zwar, aber unerhört zuverlässig und verantwortungsvoll. So etwas findet man heutzutage selten ...«

»Ja«, sage ich, »so etwas findet man heutzutage selten.«

Ich schaue vor mich hin ins Leere, und plötzlich, unverhofft, steht die Vergangenheit vor mir: das Hotel Hintersee, dieser große, scheußliche Kasten am Rande eines kleinen, fast schwarzen Sees; Scharen feriengestimmter Amerikaner – biertrinkende Männer in farbenfreudigen Hemden, gelangweilte Frauen mit grellen Stimmen, impertinente Kinder mit Kaugummi zwischen den Zähnen; Bingo-Abende, Cocktail-Stunden, Kostümfeste und Barbecue-Parties; das damals so verlockende PX, in dem ich mir all meine Wünsche erfüllte: noch eine Flasche Chanel Nr. 5, goldene Sandalen, saloppe Pullover, Pall-Mall-Zigaretten und Nylonstrümpfe; der amerikanische Offiziersclub in München – riesige, trostlose Räume, eine düstere Bar, dürftige Floor Shows am Samstagabend, große Tanzkapellen, bunte, schaumgekrönte Cocktails, überdimensionale Steaks, Offiziere in gutsitzenden Uniformen, Frauen in den knöchellangen Kleidern des New-Look; und ich, in dem aufregenden weißen Kleid, das Gesicht glatt, schön und sehr blaß gepudert, die Haare hochgesteckt, die Augen hungrig ...

»Darling, would you like to dance?«

»Sure!«

Mein Mann, Pardon, mein Exmann, war ein guter Tänzer, ein mustergültiger Ehemann, ein vortrefflicher Mensch. Er hatte für alles gesorgt. Er hatte mir Sicherheit gegeben. Er hatte mich auf Händen getragen. Es hätte immer so bleiben können.

»Eine verrückte Zeit war das damals«, sagt der Mann mit dem kleinen, zerdrückten Gesicht und den unruhigen Augen, »aber trotzdem ganz schön, nicht wahr?«

»O ja«, sage ich, »schön war sie.«

Ich hatte sie damals nicht schön gefunden, aber jetzt, in einem Anfall von Melancholie, in dem Verlangen nach Sicherheit und Fürsorge, finde ich sie schön. Ich möchte mich noch einmal ganz hineinfallen lassen in die Vergangenheit, möchte sie noch einmal sehen, hören, riechen, fühlen: die tote Atmosphäre eines Militärclubs, die antiseptischen Gerüche, die Stimme Bing Crosbys, den Geschmack eines Old Fashioned und einer Pall-Mall-Zigarette.

»Gibt es in München eigentlich noch einen Offiziersclub?« frage ich.

»Natürlich. Im amerikanischen Militärzentrum.«

»Würden Sie mit mir dort hingehen?«

»In den Offiziersclub – jetzt?«

»Ja.«

»Was wollen Sie denn da?«

»Einen Old Fashioned trinken. Ich habe so lange keinen richtigen mehr getrunken.«

»Also gut«, sagt er und schaut mir dabei verwegen in die Augen, »für Sie bin ich zu allem bereit.«

»Wie heißen Sie eigentlich?« frage ich.

»Ich heiße Manfred ... Manfred Newman.«

»Fein«, sage ich, »dann können wir jetzt wohl gehen.«

Als ich die Bar des amerikanischen Offiziersclub betrete, schlägt die Vergangenheit vollends über mir zusammen. Es ist dieselbe Bar wie in all den anderen amerikanischen Offiziersclubs, in denen ich unzählige Stunden meines

Lebens totgeschlagen habe. Hier ist die Zeit stehengeblieben – eine zähe, morastige Zeit, die keinen Anfang hat und kein Ende. Mir ist, als hätte ich diesen schummrig beleuchteten Raum nie verlassen, diesen Raum, der keine Fenster zu haben scheint, keine Tür, kein Luftloch. Mir ist, als hätte ich Jahre in einem dieser schweren Clubsessel verbracht und mein vergangenes Leben nur geträumt. Ich stehe da und habe das gruselige Gefühl, daß nicht ich da stehe, sondern ein Geschöpf meiner Phantasie, das sein wahres Ich in einem dieser vielen dunklen Ecken und Winkel sucht. Ich würde gern wieder hinauslaufen – hinaus in die Gegenwart, in frische Luft und fließende Zeit, aber der Griff der Vergangenheit ist stärker.

»Wollen Sie sich an einen Tisch setzen oder an die Bar?« fragt Manfred Newman.

Ich schaue die runden, mit einer dicken Glasplatte bedeckten Tische an, dann die hufeisenförmige Bar.

»An die Bar«, entscheide ich.

Ich klettere auf einen der hohen, ledergepolsterten Hocker, die mir in ihrer Unbequemlichkeit so wohlvertraut sind. Hinter der Bar ist eine in Quadrate geschnittene Spiegelwand. Davor sind Regale aus dunkelbraunem Holz, angefüllt mit einer reichen Auswahl an Flaschen. Das Radio, auf ›American Forces Network‹ eingestellt, sendet ein typisch amerikanisches Programm: ein paar Schlager, dazwischen die kehlige Stimme eines Unterhalters, der mit infantilen Witzchen und moralischen Phrasen aufwartet. An der Bar sitzen zwei Amerikaner in Zivil, die ein Gespräch offenbar für überflüssig halten. Sie haben die Arme auf die Theke gelegt und lassen die kurzgeschorenen Köpfe vornüber hängen. Ein paar Hocker weiter betrinkt sich eine magere, etwa 40jährige Amerikanerin in grünem Kleid und rosa gerahmter Brille. Sie führt eine schleppende Unterhaltung mit dem deutschen Barkeeper, der, so sieht man auf den ersten Blick, schon viele Jahre hinter amerikanischen Bars steht und mit den dort herrschenden Sitten vollauf vertraut ist. Mein Begleiter winkt ihn gebieterisch herbei: »Bring us an Old Fashioned and a beer.«

»Please«, ergänze ich leise.

»Glauben Sie mir«, sagt Manfred Newman, nachdem sich der Barkeeper entfernt hat, »dem Mann ist mit einem guten Trinkgeld mehr gedient als mit dem Wörtchen ›please‹.«

»Ah so«, sage ich und mustere ihn mit unverhohlener Neugier. Ich würde gern dahinterkommen, was mit ihm los ist. Ich bin ganz sicher, daß er nicht ist, wie er sich gibt. Er hat sich eine Rolle zurechtgelegt und spielt sie mit der Vordergründigkeit eines Schmierenkomödianten, der glaubt, starke Gefühle mit wilden Gebärden ausdrükken zu müssen. Er ist mir unsympathisch, dieser großspurige Mann, und trotzdem tut er mir leid. Da sitzt er nun stocksteif auf seinem Barhocker, bürstet unsichtbare Stäubchen von den Aufschlägen seines Jacketts, rückt die Krawatte zurecht, zupft an seinen Hosenbeinen. Ob er sitzt, geht oder steht, ob er redet oder schweigt, immer ist er mit sich, seinem Aussehen, seiner Haltung, seiner Wirkung beschäftigt.

Mein forschender Blick macht ihn sichtlich nervös.

»Warum sehen Sie mich so an«, fragt er und schaut beunruhigt an sich hinab, »ist etwas nicht in Ordnung?«

»Doch«, sage ich, »es ist alles in Ordnung.«

Der Barkeeper bringt das Bier und den Old Fashioned. Ich starre in die bernsteinfarbene Flüssigkeit. Ein paar Eiswürfel schwimmen darin, eine halbe Orangenscheibe und zwei blasse Maraschinokirschen.

»People who pray together, stay together ...«, sagt die kehlige Stimme des Radiounterhalters. Dann singt eine Frau einen sentimentalen Schlager. Ich fische mir eine Kirsche aus dem Cocktail und stecke sie in den Mund. Sie schmeckt nach Marzipan und Vergangenheit.

»Damals«, sagt Manfred Newman, »war ich hoffnungslos in Sie verliebt. Ich sah Sie oft, aber Sie sahen mich nie! Einmal in Salzburg entdeckte ich Sie auf der Straße und ging Ihnen nach. Sie verschwanden in einem Hotel. Ich wartete Stunden, aber Sie kamen nicht mehr heraus. Ich war außer mir, wie ein betrogener Ehemann!«

»Sie sind wirklich ein merkwürdiger Mensch«, sage ich kopfschüttelnd.

»Sie waren so schön«, entschuldigt er sich, »Sie waren das schönste Mädchen, das ich jemals gesehen habe!«

»Ach was«, sage ich und bin eifersüchtig auf das schöne Mädchen, »ich hatte ein junges, glattes, ausdrucksloses Gesicht – eine Maske! Was hat das mit Schönheit zu tun?«

»Sie waren schön«, beharrt er, »Sie waren eine schöne, gefährliche Hexe. Ihr Mann, den ich so beneidet habe, war eigentlich nur zu bedauern. Einmal, als er zuviel getrunken hatte, hat er mir unter Tränen seine Schwierigkeiten mit Ihnen anvertraut. ›Sie ist nicht zu halten‹, hat er immer wieder gesagt, ›sie ist einfach nicht zu halten!‹ Er ist mit Ihnen hineingerasselt, wie Tausende von Amerikanern, die Frauen vom Kontinent heirateten. Es geschieht uns tolpatschigen Amerikanern ja auch ganz recht. Wie konnten wir uns einbilden, daß ihr europäischen Frauen mehr in uns sehen würdet als ein paar Stangen Zigaretten und einen amerikanischen Paß.«

»Ich habe mehr in meinem Mann gesehen als ein paar Stangen Zigaretten und einen Paß«, sage ich.

»Den Ausspruch kenne ich und weiß, daß er schwer zu widerlegen ist. Wer kann schon in euch Frauen hineinschauen und feststellen, was ihr wirklich wollt: den Mann oder nur das, was er euch zu bieten hat. Bei meiner eigenen Frau ist es mir nicht gelungen. Ich weiß nicht, ob sie mich jemals geliebt hat. Ich hatte dieselben Scherereien mit ihr wie Ihr Mann mit Ihnen. Sie war auch sehr schön – blond, herrlich gewachsen und sanft wie ein Engel. Und wie ein Schutzengel trat sie auch in mein Leben, damals im Jahre 45, ein paar Wochen nach Kriegsschluß ...«

Er preßt die schmalen Lippen zusammen und betastet den Knoten seiner Krawatte. Ich schaue gedankenverloren zu der Amerikanerin hinüber, die dem Barkeeper gerade ein paar Fotos zeigt: »And that's my nogood husband«, erklärt sie mit schwerer Zunge. »Should divorce him for mental cruelty – but you know how it is...«

Ich trinke einen großen Schluck von meinem Old Fashioned, dann wende ich mich wieder Manfred Newman zu: »Erzählen Sie doch«, fordere ich ihn auf.

»Was?«

»Die Geschichte, wie Sie Ihre Frau kennenlernten.«

»Interessiert Sie denn das?«

»Ich würde Sie sonst nicht darum bitten.«

»Also gut. Es war, wie ich schon sagte, ein paar Wochen nach Kriegsschluß. Die Deutschen veranstalteten damals ein Mozartkonzert. Es fand im Freien statt, im Innenhof eines Schlosses. Ich also hin, und zwar in voller Kriegsbemalung – Stahlhelm und Pistole –, das war Vorschrift ... Natürlich war ich der einzige Amerikaner da, und die Menschen konnten es einfach nicht fassen. Mein Anblick versetzte sie derart in Angst und Schrecken, daß ich das Gefühl hatte, sie wären am liebsten alle wieder fortgelaufen. Mir war sehr unbehaglich zumute, aber das Konzert wollte ich unbedingt hören. Also setzte ich mich schüchtern auf meinen Platz, klemmte den Helm zwischen die Knie und faltete unschuldsvoll die Hände darüber. Ich war todmüde, und irgendwann schlief ich ein. Ich erwachte von einem Höllenlärm. Mein Helm war mir zwischen den Knien durchgerutscht und auf dem gepflasterten Boden gelandet. Wäre das Orchester wenigstens in vollem Schwung gewesen, aber nein! Es mußte mir ausgerechnet während eines Violinsolos passieren. Es klang wirklich bedrohlich, und die Menschen, zu Tode erschrocken, waren aufgesprungen. Die Violine schwieg, der Helm schepperte, und ich saß wie gelähmt auf meinem Stuhl. Irgend jemand sagte: ›Dieser verdammte Ami!‹, und das war wie ein Kommando zu allgemeiner Entrüstung. Ich wagte nicht, mich zu rühren. Ich hatte das Gefühl, wenn ich jetzt auch nur eine Bewegung mache, dann packen sie zu und lynchen mich. In diesem Moment höchster Not bahnte sich ein wunderschönes Geschöpf einen Weg auf mich zu. Sie stellte sich neben mich, legte eine Hand auf meine Schulter und rief mit unwahrscheinlich klarer Stimme: ›Ich halte es für kein Verbrechen, wenn einem Soldaten der Helm runterfällt!‹ Die Menschen verstummten schlagartig. Es war eine Stille, als hätte der liebe Gott persönlich zu ihnen gesprochen. Das Mädchen beugte sich zu mir hinab und sagte: ›Kommen Sie.‹

So war Helga – so war sie damals. Später betrog sie mich, betrog mich am laufenden Band. Ich habe sie geliebt wie ein Besessener, ich habe gelitten wie ein Held. Es ging mir hundsmiserabel. Heute ist es umgekehrt: Mir geht es gut, ihr geht es schlecht. Ich empfinde keine Genugtuung darüber. Wir sind befreundet, und ich helfe ihr, wo ich kann. Neulich habe ich ihr sogar ein kleines Auto gekauft – na ja, ich kann es mir schließlich leisten!«

Mit den letzten Sätzen hat sich sein Gesicht verändert. Ein selbstgefälliges Lächeln verengt seine Augen, dehnt seinen Mund. Die Sicherheit ist jetzt nicht mehr gespielt, sie ist echt und stößt mich ab.

»Sind Sie noch bei der Armee?« frage ich.

»Gott bewahre, da bin ich, zum Glück, schon lange nicht mehr. Ich arbeite jetzt für eine der größten amerikanischen Investment-Firmen. Ein einmaliger Job! Man kann dabei verdienen, was man will. Man kann reich werden, vorausgesetzt, daß man clever ist und immer hinterher.«

»Und das sind Sie?«

»Und wie! Was Geld betrifft, bin ich tatsächlich clever und hinterher wie der Teufel hinter der armen Seele.«

»Liegt Ihnen so viel daran?«

»Mehr als an allem anderen!« erklärt er feindselig.

»Nun ja«, sage ich mit einem Achselzucken, »das ist auch eine Einstellung und vielleicht sogar eine sehr vernünftige.«

»Die einzig vernünftige, wenn man erlebt hat, was ich erlebt habe!«

»Und was haben Sie erlebt?« frage ich.

»Ich habe zum Beispiel als 15jähriger in Südamerika gesessen – gottverlassen, halbverhungert, ohne einen Menschen, ohne einen Pfennig Geld.«

»Wieso denn das?«

»Ja, wieso wohl ...!« Er greift nach seinem Glas, dreht es zwischen den Fingern, scheint einen Moment zu überlegen. Dann sagt er: »Ich bin Jude – in Berlin geboren und aufgewachsen.«

»Das hätt' ich mir auch gleich denken können«, sage ich.

»Warum?« fährt er auf. »Finden Sie etwa, daß ich jüdisch aussehe?«

»Bis jetzt habe ich mir noch nicht die Mühe gemacht, Sie daraufhin anzuschauen. Aber wenn Sie Wert darauf legen ...«

»Na, was haben Sie denn dann gemeint?«

»Da Sie perfekt Deutsch sprechen, da Sie Manfred heißen und in Mozartkonzerte gehen, hätte ich eigentlich darauf kommen müssen, daß Sie zum Beispiel nicht in Kentucky aufgewachsen sind.«

Er grinst mich an, erleichtert und zutraulich.

»Ein Paar jüdische Augen hätten Ihnen nur gutgetan«, knurre ich.

»Sie müssen nicht glauben, daß ich mein Judentum verleugne«, ereifert er sich. »Ganz im Gegenteil. Hier in Deutschland sage ich immer schon im voraus, daß ich Jude bin. Das erspart mir und anderen mitunter peinliche Situationen.«

Jetzt werde ich wütend.

»Vielleicht könnten Sie peinliche Situationen mal auf eine andere Art bereinigen«, fauche ich ihn an. »Zum Beispiel mit einem Tritt in den Hintern oder einem kühlen, wohlgezielten Schlag ins Gesicht!«

»Ich bin der Ansicht, daß sich damit überhaupt nichts

bereinigen läßt, und außerdem, man hat mich ja nicht gebeten zurückzukehren. Ich habe es aus freiem Willen getan, und dafür muß ich dann wohl auch unangenehme Situationen in Kauf nehmen.«

»Sehen Sie, und das verstehe ich nicht! Ich an Ihrer Stelle hätte dieses Land verflucht, hätte es nie wieder betreten! Warum, um Gottes willen, sind Sie zurückgekommen? Warum leben Sie hier?«

»Ich habe mich in Amerika nicht wohl gefühlt!«

»Und in Deutschland fühlen Sie sich wohl?«

»Nein. Aber ich kann hier sehr viel Geld verdienen.«

»Was haben Sie vom Geld, wenn Sie sich nicht wohl fühlen?«

»Eines Tages werde ich genug haben, um dahin zu gehen, wo ich mich wohl fühle.«

Ich schweige. Ich bezweifle, daß sich dieser komplexbeladene Mann noch jemals irgendwo wohl fühlen kann. Ich möchte ihm gern etwas Nettes sagen, aber mir fällt nichts ein. Es würde in jedem Fall nach Mitleid aussehen und nichts in ihm hervorrufen als Abwehr und Aggressivität.

Er läßt sich durch mein Schweigen nicht irritieren. Er ist jetzt in seinem Element und vollauf von sich überzeugt.

»Glauben Sie mir«, sagt er in eindringlich belehrendem Ton, »zuerst kommt das Geld, dann das Sich-wohl-Fühlen. Ohne Geld fühlt man sich nirgends wohl. Ohne Geld ist man nichts und niemand. Ich habe das Leben gründlich kennengelernt. Ich weiß, wie man angeschaut wird, wenn man die Hand leer aus der Tasche zieht, und wie, wenn man ein Bündel Geld zwischen den Fingern hält. Ich habe mich Jahre und Jahre abgerackert – erst im Elend, dann in Mittelmäßigkeit. Es soll mir keiner weismachen, daß es nicht aufs Geld ankommt! Das gilt vielleicht für ein paar geniale Menschen, aber nicht für unseresgleichen und schon gar nicht für einen Juden!«

»Wie können Sie so reden?« gehe ich hoch.

»Beruhigen Sie sich – ich kann so reden! Ich bin ein Realist und sehe die Dinge so, wie sie sind. Ich mache mir nichts mehr vor, verstehen Sie!«

»Ich mache mir auch nichts vor, und trotzdem ...«

Er unterbricht mich mit seinem kurzen harschen Lachen.

»Sie machen sich noch eine ganze Menge vor! Oder wollen Sie mir etwa einreden, daß Sie mit Ihrem Leben einverstanden sind, daß Sie es gut und richtig finden? Ich habe Sie lange genug beobachtet und gesehen, wie Sie mit jedem Jahr ein bißchen müder, ein bißchen verzagter, ein bißchen vergrämter wurden. Damals, als Sie sich scheiden ließen und Ihren unglückseligen Mann zum Teufel jagten, da glaubten Sie noch, die Welt erobern zu können. Und heute sind Sie schon froh, wenn Sie einen Tag über die Runden bringen. Lassen Sie sich eins gesagt sein: Wenn man schon springt, dann soll man richtig springen und nicht wie Sie in ein leeres Bassin.«

Ich starre in mein Glas. Ich wage nicht aufzuschauen, aus Angst, meine Unsicherheit zu verraten.

»Unter ›richtig springen‹ verstehe ich etwas anderes als Sie«, sage ich schließlich leise.

»Ach was«, widerspricht er, »ich sagte ja schon, Sie machen sich noch eine ganze Menge vor. Eine Frau wie Sie! Sie müßten heute in New York und morgen in Paris sein! Sie müßten in Hotels, in Flugzeugen, in D-Zügen zu Hause sein und auf einer Jacht das Mittelmeer durchkreuzen. Sie müßten morgens am Strand von Nizza liegen und abends über die Via Veneto flanieren. Sie müßten – ach, mein Gott ...! Und statt dessen leben Sie in einer Provinzstadt wie München! Sie gehen ins Prinzregentenbad oder an den Starnberger See. Sie laufen durch die Theatinerstraße oder über den Marienplatz. Sie sitzen bei einer Tasse Kaffee im Espresso. Sie sitzen bei einem Old Fashioned im amerikanischen Offiziersclub, wühlen in der Vergangenheit und suchen nach einer Rechtfertigung, aus der Vergangenheit ausgebrochen zu sein. Wozu das alles? Brechen Sie doch aus der Gegenwart aus, tun Sie es endlich! Nicht morgen, sondern heute! Wenn Sie noch länger warten, dann wird nichts mehr draus. Sie sind nicht mehr zwanzig! Ihre Zeit ist nicht mehr unbegrenzt!«

Ich starre Manfred Newman an – die scharfen Bügelfalten in seinen Hosen, die vier Perlmuttknöpfe auf seiner Krawatte, den erloschenen Zigarettenstummel zwischen seinen schmalen, blassen Lippen. Schließlich hebe ich den Blick zu seinen Augen. Ich hoffe Unsicherheit zu finden, aber ich finde nur Härte und Wissen. Er hat mich mit dem sicheren Instinkt des Juden durchschaut. Er hat in banalen, schonungslosen Worten das ausgesprochen, was mir schon oft und oft durch den Kopf gegangen ist. Ich muß hier raus – raus aus der Enge, der Mittelmäßigkeit, der Tretmühle. Ich muß das Leben wieder spüren, die Kraft, die nicht an den Trott des Alltags gefesselt ist. Ich weiß, daß ich schleunigst springen muß, aber ich weiß nicht wohin.

Plötzlich habe ich das Gefühl zu ersticken, das Bedürfnis zu schreien. Ich fürchte mich entsetzlich – fürchte mich vor dem Leben, dem Tod und vor der Angst, die mich ganz ausfüllt. Mir ist, als säße ich in meinem eigenen Grab. Die Vergangenheit ist um mich herum – in greifbarer Nähe –, und trotzdem ist sie tot. Sie ist nur noch ein Aufflackern – ein Cocktail, ein Schlagerfetzen, die Form eines Glases, der Geschmack einer whiskygetränkten Maraschinokirsche. Und die Gegenwart – wo ist sie denn? Im Kaufhaus, beim Friseur, beim Zahnarzt oder in dem Loch in meiner holzgetäfelten Decke? Ist sie nicht auch tot – begraben unter den Schlacken des Alltags? Bleibt also nur noch die Zukunft, der Sprung ins volle Bassin, der Sprung ins volle Leben. Springt man, indem man sich kopfüber hineinfallen läßt oder indem man sich die Nase zuhält und senkrecht hinuntergeht? Und wo landet man? In einem Hotel in New York, auf einer Straße in Rom, an einem Strand am Mittelmeer? Ist es das, was man das volle Leben nennt? Nein, ich kann nicht denken mit dieser Angst in mir. Sie nimmt mir die Kraft, die Luft, den Verstand!

»Verzeihen Sie mir«, sagt Manfred Newman, »ich wollte Ihnen nicht weh tun, ich wollte Ihnen nur Mut machen.«

Ich nehme mich zusammen, nicke, lächle sogar.

»Wollen Sie noch etwas trinken?«

»Nein danke, ich muß gehen. Ich muß zum Flugplatz.«

»Zum Flugplatz?« Jetzt grinst er über das ganze Gesicht. »Donnerwetter, das ging aber schnell! Wohin fliegen Sie denn? Nach Hongkong oder lieber erst nach Paris?«

Um 17.33 Uhr betrete ich die Flughalle. Sollte die Maschine pünktlich landen, bleiben mir zwei Minuten, um mich auf Sascha vorzubereiten. Bei diesem Gedanken gerate ich in Panik. Ich kann mich auf keinen Menschen in zwei Minuten vorbereiten und schon gar nicht auf einen Menschen wie Sascha. Ich bin nicht in der Verfassung, mich unbefangen zu freuen und aus der kläglichen halben Stunde ein himmelhochjauchzendes Erlebnis zu machen. Aber gerade das erwartet Sascha. Sie nämlich hat die unglaubliche Veranlagung, aus allem ein himmelhochjauchzendes Erlebnis zu machen. Jeder Tag, jede Stunde erfüllen sie mit freudiger Erwartung. Für sie gibt es nichts, das nicht eine Bedeutung, einen Sinn, eine gute Seite hätte. Als ihre zweite Ehe geschieden wurde, verkündete sie mit ihrem hellen, fröhlichen Lachen: »Es waren keine schlechten Ehen, aber ich hatte immer das Gefühl, daß noch etwas Besseres hinterher kommt«; als sie sich bei einem Autounfall die Wirbelsäule verletzte, sagte sie: »Jetzt komme ich wenigstens zum Lesen«; und als sie Deutschland während der Nazizeit verlassen mußte, erklärte sie: »Ich verliere mein Zuhause, aber ich werde ein neues und besseres finden.« In allen drei Fällen und in vielen anderen mehr hatten sich ihre optimistischen Vorhersagen bestätigt. Denn für Sascha ist das Leben voller Wunder – Wunder, die nur darauf warten, als solche erkannt und genutzt zu werden.

Ich liebe Sascha – nicht die Freundin, mit der man Gedanken, Erfahrungen und Geheimnisse austauscht, sondern das weiche zärtliche Geschöpf, das einen wärmt wie das Fell eines Tieres. Für mich ist sie der Inbegriff der Frau.

Ich gehe ruhelos auf und ab, versuche mich auf Sascha zu konzentrieren, versuche, mich auf das Wiedersehen zu freuen. Aber es gelingt mir nicht. Die Halle ist voller Menschen, die die verbilligten Weihnachtsflüge und das Heilige Fest zum Anlaß nehmen, kreuz und quer durch die Luft zu fliegen und im Schoße ihrer jeweiligen Familien zu landen. Die Aufregung und Kopflosigkeit dieser Leute, die hektischen Begrüßungen und wehmutsvollen Abschiede, die verschleierten Blicke und gezückten Taschentücher, das Aufheulen der startenden und das Dröhnen der landenden Flugzeuge – all das verstimmt und verwirrt mich. Wie soll ich mich in diesem Hexenkessel mit Sascha unterhalten. Was soll ich ihr in einer knappen halben Stunde sagen. Ich habe sie zwei Jahre nicht mehr gesehen, und ein Gespräch, so wie ich es mir wünsche, würde Stunden, ja Tage in Anspruch nehmen. Es ist ein Wahnsinn, dieses Wiedersehen zwischen Tür und Angel. Es wäre besser, es würde nicht stattfinden.

»KLM gibt ihren Abflug nach New York bekannt«, meldet die hohl klingende Lautsprecherstimme: »Alle Passagiere werden gebeten ...«

Ich will sie nicht hören, diese dauernden Ansagen. Sie zwingen mich, an Manfred Newmans Worte zu denken: »Eine Frau wie Sie! Sie müßten heute in New York, morgen in Paris sein – Sie müssen springen – wenn Sie noch lange warten, wird's nichts mehr – Sie sind nicht mehr zwanzig ...«

Ich schaue auf die Uhr. Es ist 17.40 Uhr.

»Komm jetzt, Sascha«, sage ich leise, »ich halte es hier

nicht aus, verstehst du! Nein, du verstehst es nicht. Du findest Flugplätze aufregend und ein Wiedersehen mit mir herrlich, und die Hölle würdest du zweifellos als angenehm warm empfinden.«

Ich gehe zum Zeitungskiosk; betrachte die Titelseiten der Illustrierten; betrachte Busen verschiedener Größe, Beine verschiedener Länge, Haare verschiedener Farbe; gehe weiter zum nächsten Kiosk; beobachte eine junge Frau, die lange zwischen einer Rolle Zitronen- und einer Rolle Orangendrops schwankt; kaufe einen Beutel Erdnüsse. Die Erdnüsse beginne ich sofort zu essen, abwesend, eine nach der anderen. Sie schmecken ranzig, und ich ziehe eine Grimasse und esse weiter.

Der Lautsprecher knackt, schweigt, knackt wieder. Dann endlich folgt die Ansage: »Pan American, Flug 242, aus Rom, ist soeben gelandet. Die Passagiere kommen durch Ausgang eins.« Jetzt ist es soweit. Ich begebe mich zu Ausgang eins, der für die Ankunft der Auslandspassagiere bestimmt ist. Vor der Glaswand zum Zollabfertigungsraum stehen schon viele Menschen und starren gespannt die Tür an, durch die der Einmarsch der Fluggäste erfolgen wird. Ich stelle mich ebenfalls vor die Glaswand, die mich an die Besichtigungsscheibe in einer Säuglingsabteilung erinnert. An Stelle eines Neugeborenen kann ich jedoch nur einen strammen, grünbejackten Zollbeamten besichtigen, der ebenso uninteressant ist wie ein Säugling. Ich wünschte, die Fluggäste würden nun bald kommen! Wenn ich Sascha erst sehe, dann wird ihre Freude auf mich überspringen, dann werde ich glücklich sein, daß sie da ist. Man braucht Sascha nur zu sehen, um sich zu freuen. So war es immer. Als ich sie das erstemal sah – ich muß etwa fünf Jahre alt gewesen sein, Sascha zwölf –, da erklärte ich, immer bei ihr bleiben zu wollen. Ich war fasziniert gewesen, hingerissen von ihren schmalgeschnittenen Augen, die die Farbe und den Glanz schwarz-violetter Kirschen hatten, von ihrem spontanen Gelächter, das mit einem ganz hohen Ton anfing und mit einem tiefen endete, von ihrer warmen übersprudelnden Vitalität. Dann, als ich älter wurde und Sascha längst zu einer grazilen jungen Frau herangewachsen war, wünschte ich sehnlich, so zu sein wie sie. Ich bewunderte ihre Natürlichkeit, ihre Unbefangenheit, ihre Lebensfreude, die einfach nicht umzubringen waren. Als ich sie nach dem Kriege wiedersah, da war sie immer noch genauso strahlend. Zwar war ihr Gesicht schwerer geworden und ihre Figur rundlich, aber sonst hatte sich nichts an ihr verändert. Da waren der Glanz in ihren Kirschaugen, das Blauschwarz ihrer Haare, das unnachahmliche Lachen; da waren ihre Zärtlichkeit, ihre Fröhlichkeit, ihr unerschütterlicher Optimismus. Und so war es geblieben über all die Jahre, in denen wir uns sporadisch und immer nur für allzu kurze Zeit wiedersahen. Jetzt ist sie bereits Mitte Vierzig, hat drei Söhne und ein turbulentes Leben hinter sich. Aber ihr Wesen ist unberührt geblieben und ihre Ausstrahlung die eines jungen Mädchens.

Endlich taucht der erste Passagier in der Tür auf – ein kleines exotisch aussehendes Männlein mit einer Pelzmütze auf dem Kopf. Ihm folgt – der Aufmachung nach zu schließen – eine Amerikanerin mit Kind an der Hand und der dazugehörige Mann mit Kind auf dem Arm. Und dann entdecke ich ein leuchtend rotes Kopftuch, eine heftig winkende Hand, und daran erkenne ich Sascha. Gleich darauf drängt sie sich an der vierköpfigen Familie vorbei, überholt das eilig trippelnde exotische Männlein und wird erst von dem Zollbeamten zum Stehen gebracht. Sie spricht mit ihm, wobei sie mich nicht aus den Augen läßt und mir mit eindringlichen Zeichen ihre Freude kundtut. Ich bin zu befangen, ihre Zeichen zu erwidern, aber ich lächle, ein Lächeln, wie ich es höchstens noch meinem Sohn schenke. Meine Freude, sie zu sehen, ist durchsetzt mit der Trauer, sie so schnell schon wieder zu verlieren. Mein Magen, ein unbestechliches Barometer meiner Gefühle, ist schwer wie ein Stein, und meine Augen füllen sich sekundenlang mit Tränen. Wie damals als Fünfjährige habe ich das Verlangen, für immer bei ihr zu bleiben.

Endlich gibt der Zollbeamte Sascha frei. Sie stürzt zur Tür. Alles an ihr ist in Bewegung – kommt wie eine hohe schäumende Woge auf mich zu. Ich laufe ihr entgegen, lande in ihren ausgebreiteten Armen, drücke mein Gesicht fest an ihren Hals.

Einen Moment lang verschlägt ihr die Rührung die Sprache. Dann aber sprudelt es aus ihr hervor, eine wahre Sturzflut an unzusammenhängenden Sätzen und dringlichen Fragen: »Veruschka. Kleine, wie herrlich, dich endlich mal wiederzusehen! Du, ich bin dir ehrlich böse! Warum kommst du nie nach New York? Wir warten auf dich, lüften andauernd das Gästezimmer, alarmieren die charmantesten Junggesellen – mein Daniel, stell dir vor, will heiraten – wo ist eigentlich dein Sohn? Ich wollte ihn doch unbedingt sehen! Du, der Zollbeamte, dieser Laubfrosch, wollte mich nicht zu dir lassen, aber keine zehn Pferde hätten mich zurückhalten können – wie geht es dir, Kleine? Komm, laß dich doch endlich mal anschauen!«

Saschas Hals ist ein so schönes, warmes Versteck. Wenn ich es verlasse, dann muß ich mich ihren Fragen und Blicken stellen, und das tue ich ungern. Man kann ihr nichts vormachen. Ihre Fragen und Blicke bohren alles aus einem heraus.

»Also jetzt sieh mich mal an und sag mir klar und deutlich, wie es dir geht!«

Ich hebe widerwillig den Kopf, ziehe eine alberne kleine Grimasse und sage: »Es geht mir wie immer prächtig.«

»Und wie geht es dir wirklich?«

»Ach, Sascha, nun laß mich doch erst mal zur Besinnung kommen. Es geht mir – nicht schlecht, und das andere erzähle ich dir später.«

»Hm, das klingt nicht gerade sehr beruhigend.« Sie schiebt mich ein Stück von sich ab und mustert mich von Kopf bis Fuß: »Aber aussehen tust du wie immer wunderbar!«

»Ich sehe miserabel aus, aber du dafür blühend. Wie machst du das bloß! Du bist die einzige Frau, die sich in keiner Weise verändert!«

»Aber Veruschka! Seit wir uns das letztemal gesehen haben, bin ich eine dicke Matrone geworden. Da schau mal!«

Sie schlägt ihren grauen Persianermantel auseinander, blickt an sich hinab und bricht in fröhliches Lachen aus: »Na, was sagst du nun?«

Sie ist tatsächlich um einige Pfund schwerer geworden, und das beigefarbene Jerseykleid unterstreicht, was eigentlich getarnt werden sollte. Aber was spielt das bei Sascha für eine Rolle! Sie könnte zwei Zentner wiegen, ein weißes Plisseekleid tragen und dazu einen grünen Filzhut. Ihr Charme würde jeder noch so grotesken Verkleidung standhalten.

»Jetzt bist du baff, nicht wahr, Kleine?«

»Weil du mal wieder zugenommen hast? Aber Sascha, bei deinem hemmungslosen Appetit war das zu erwarten. Wenn du nicht so viel essen würdest...«

»Aber ich ess' doch so gern und bewege mich so ungern!«

»Dann solltest du wenigstens keine hellen Jerseykleider tragen.«

»Wenn du wüßtest, wie praktisch die sind! Und dann, du weißt ja, ich habe gar kein Gefühl für Eleganz. Neulich habe ich mir ein sündhaft teures Cocktailkleid gekauft, und trotzdem sehe ich darin aus, als käme ich geradewegs von einer Überland-Party.«

Ich trete auf sie zu, umarme sie noch einmal und sage: »Bleib wie du bist, Sascha, denn so bist du genau richtig.«

»Das meint auch Gregor, und solange es ihn nicht stört, daß ich dick und unelegant bin – übrigens, ich habe eine ganz große Neuigkeit: Gregor ist zum Ehrenpräsidenten der Yale-Academy ernannt worden. Mein Mann ein Ehrenpräsident – ist das nicht wunderbar?«

»Wunderbar!« rufe ich mit der von Sascha erwarteten

Begeisterung. Auszeichnungen, ganz gleich, ob es sich dabei um Ehrenämter, Orden oder Preise handelt, erfüllen sie mit ähnlicher Bewunderung wie meinen Mischa ein Feuerwehrmann.

»Und meine Söhne – also Veruschka, ich muß dir unbedingt erzählen ...«

»Aber erst, wenn wir in Ruhe sitzen. Komm, gehen wir ins Restaurant.«

Der riesige ungemütliche Speisesaal ist ebenso voll wie die Halle. Von »ruhig sitzen« kann gar nicht die Rede sein. Der einzige freie Tisch – kein Wunder, daß er freigeblieben ist – steht direkt neben dem Eingang der Küche. Ich komme mir vor wie auf einem Schiff bei hohem Seegang. Pausenlos schwingt die Tür auf und zu. Kellner mit grimmigen Gesichtern und voll beladenen Tabletts stürzen hinaus und hinein. Immer neue Gerichte werden vorbeigeschleppt, immer neue Gerüche steigen mir in die Nase. Ab und zu klirrt ein Besteck zu Boden, oder zwei Kellner rempeln zusammen und beschimpfen sich.

»Kein sehr schöner Platz«, bemerkt Sascha, »aber das soll uns jetzt nicht stören. Wir müssen uns ganz schnell ganz viel erzählen – also fang an, Kleine!« Sie rückt ihren Stuhl näher an mich heran und schaut mir gespannt ins Gesicht.

Plötzlich ärgere ich mich über Sascha, über die Unkompliziertheit, mit der sie sich jeder Situation anpaßt, über die Selbstverständlichkeit, mit der sie von mir verlangt, daß ich ihr an diesem chaotischen Ort ganz schnell ganz viel erzähle. Was erwartet sie eigentlich? Daß ich im Telegrammstil die wichtigsten Punkte zusammenfasse: »Gesundheit mangelhaft; Beruf unbefriedigend; Liebe nicht vorhanden; Gemütszustand tief unter Null. Nun, das wäre ein außerordentlich schneller Bericht, aber nicht nach meinem Geschmack. Ich sitze da, steif und verschlossen und habe die Augen auf die schwingende Tür geheftet. Die Minuten laufen uns davon. Der Trotz schnürt mir die Kehle zu. Wenn Sascha wieder fort ist, werde ich bereuen, ihr nicht mein Herz ausgeschüttet zu haben. Sie ist der einzige Mensch, mit dem ich mich aussprechen kann. Ich sollte Ort und Zeit vergessen, ich sollte diese verdammte Starre in mir brechen. Vielleicht wenn sie den Anfang macht, wenn ich sie sprechen und lachen höre ...

»Sascha«, sage ich, »du wolltest mir vorhin etwas von deinen Söhnen erzählen.«

Man braucht bei Sascha nur die Söhne zu erwähnen, um sie alles andere vergessen zu lassen.

»Meine Söhne!« ruft sie, »ach Vera, die müßtest du sehen! Es sind Prachtstücke – einer immer besser geraten als der andere! Davy ist meiner Meinung nach ein technisches Genie« – sie lacht –, »obgleich Gregor immer behauptet, mit dieser Meinung stünde ich allein, weil ich von technischen Dingen keine Ahnung habe. Na ja, und Daniel hat jetzt angefangen, Kunstgeschichte zu studieren. Er ist das Gegenteil von Davy, ein unglaublich musischer Mensch. Außerdem hat er sich bis über beide Ohren in ein ganz bezauberndes Mädchen verliebt. Bildhübsch, weißt du, aber apart hübsch, nicht irgendein dummes Püppchen! Er will sie heiraten, und ich bin sehr dafür. Ich möchte doch endlich Enkel haben!«

»Aber Sascha«, sage ich, und jetzt ist sie mir wieder ganz nah, »das hat doch wirklich noch Zeit! Ist dir denn deine Familie immer noch nicht groß genug?«

»Die kann mir nie groß genug sein! Alle um sich versammelt zu haben – Mann, Kinder, Enkel –, mein Gott, was kann sich eine Frau mehr wünschen!«

Ich schweige, und das Schweigen ist intensiver als der Lärm um uns herum.

Sascha sieht mich besorgt an. Dann legt sie ihre Hand auf meine und sagt: »Du bist nicht glücklich, nicht wahr?«

»Nein«, sage ich, »ich bin nicht glücklich!«

»Was ist denn los, Kleine?«

»Ach, immer das gleiche.«

»Was heißt ›immer das gleiche‹?«

»Ich bin nun mal allein. Ich rackere mich mit Kleinkram ab und weiß nicht wozu.«

»Du hast einen Sohn.«

»Ja, und ich liebe ihn. Aber ich gehöre nicht zu den Frauen, die behaupten, ihr Leben, das sei das Kind oder die Kinder. Abgesehen davon halte ich eine solche Behauptung in den meisten Fällen für glatten Selbstbetrug. Kinder sind ein wundervoller Zusatz, aber...« Ich zucke die Achseln.

»Du hast recht«, sagt Sascha. »Kinder sind ein wundervoller Zusatz, aber das Fundament ist der Mann. Und darum, Vera, solltest du unbedingt...«

»Ich weiß, ich weiß«, winke ich ab, und dann nach einem Moment des Überlegens, »und ich hätte ja auch gar nichts dagegen. Dieses verdammte selbständige Leben steht mir bis obenhin. Aber ein Fundament muß doch wohl halten, sonst bricht alles wieder zusammen. Und bis jetzt habe ich keins gefunden, das hält.«

»Das begreife ich einfach nicht! Unter all den Männern, die du in deinem Leben kennengelernt hast, muß doch wenigstens einer gewesen sein, bei dem du dir hättest vorstellen können, daß es klappt.«

»Es gab sogar ein paar, bei denen ich es mir hätte vorstellen können. Aber die waren entweder fest verheiratet oder aber nur auf der Durchreise. In anderen Worten, es blieb bei einer Vorstellung, die der Praxis sowieso nicht standgehalten hätte.« Ich lache ein etwas klägliches Lachen.

»Ich fürchte, Kleine, du schraubst deine Vorstellungen so hoch, daß sie kein Mann auf die Dauer erfüllen kann.«

»Auf die Dauer – damit triffst du den Nagel auf den Kopf. Ich kann nicht ertragen, wenn etwas abstumpft und zur Routine wird. Ich weiß, daß das kindisch ist, denn es gibt nichts, das sich mit der Zeit nicht abgreift. Aber ich kann es trotzdem nicht ertragen!«

»Es gibt Ehen, und ich spreche da aus Erfahrung, in

denen vieles zur Routine wird, dabei aber nicht abstumpft. Ich bin jetzt fünf Jahre mit Gregor verheiratet, und jeden Sonntagmorgen bringt er mir das Frühstück ans Bett: zwei Rühreier, die er mir selber zubereitet hat – nur er kann das so gut –, zwei Scheiben Toast, Butter und Kaffee. Immer dasselbe – die Rühreier, die Bewegung, mit der er mir das Tablett auf die Knie stellt, die Art, in der er sich dann quer über das Bett legt, den Kopf auf meinen Füßen, eine Zigarette im Mund. Wenn das fünfhundertundsieben Mal geschieht, dann kann man nicht mehr behaupten, daß es neu sei. Aber für mich ist es deswegen in keiner Weise abgegriffen. Ich finde dieses Sonntagsfrühstück nach wie vor himmlisch!«

»Sascha, du sprichst hier von einem Ausnahmefall, nämlich von dir, Gregor und einer glücklichen Ehe. Aber ich bin leider nicht du, dem richtigen Mann bin ich noch nie begegnet, und an eine glückliche Ehe ist bei mir kaum zu denken!«

»Jetzt hör mir mal zu!« sagt Sascha, und um ihren Worten mehr Nachdruck zu verleihen, richtet sie sich kerzengerade auf: »Wenn du die Dinge von vornherein anzweifelst, dann wird auch nichts draus! Du mußt daran glauben, verstehst du! Sicher, ich gebe zu, Männer wie Gregor gibt es sehr selten, aber manchmal findet man sie doch. Und du, Vera, wirst einen solchen Mann finden, das weiß ich! Plötzlich ist er da, steht dir an irgendeiner Ecke gegenüber, sitzt neben dir im Kino. Oder, wer weiß, wenn du jetzt vom Flugplatz nach Hause fährst ...«

»Überfahre ich ihn versehentlich«, sage ich lachend. Aber Sascha bleibt ernst. Sie hat es sich in den Kopf gesetzt, mich zu überzeugen. »Das wichtigste ist«, fährt sie fort, »du mußt daran glauben. Der Glaube zieht die Dinge an. Ich habe immer an mein Glück geglaubt, und darum bin ich glücklich geworden ...«

»Das bezweifle ich nicht einmal«, versichere ich, »aber da ich den Glauben nun mal nicht habe, kann ich die Dinge auch nicht anziehen. Das, was ich pausenlos anziehe, sind keine Fundamente, sondern Fallgruben. Aber auch das habe ich mir selber zuzuschreiben. Sie reizen mich. Ich muß immer alert sein, um nicht hineinzufallen, und das macht die Geschichte etwas interessanter.«

»Ach Kleine«, seufzt Sascha, »laß doch diese interessanten Geschichtchen und konzentriere dich auf den richtigen Mann. Ein Mann, der für dich sorgt, der immer für dich da ist, der dich schön findet, auch wenn du miserabel aussiehst, der dir am Sonntagmorgen das Frühstück ans Bett bringt. Du brauchst das, Veruschka, ich sehe es dir an!«

Sascha, in ihrem Eifer und ihrer Naivität, ist bezaubernd, aber auch etwas ermüdend. Es ist unmöglich, ihr klarzumachen, daß es keinen richtigen Mann für mich geben kann, solange ich keine richtige Frau bin. Daß ich aber wiederum keine richtige Frau werden kann, solange nicht der richtige Mann da ist – kurzum, die ganze Angelegenheit ist eine Schlange, die sich in den Schwanz beißt.

»Also was meinst du dazu?« fragt Sascha beharrlich.

»Hoffen und warten wir«, sage ich lahm, und dann, um sie auf andere Gedanken zu bringen: »Möchtest du nicht irgend etwas trinken?«

»Ja, eine Tasse Kaffee und dazu ein Stück Käsekuchen.«

»Käsekuchen ist genau das richtige für deine Figur.«

»Ach Vera, verdirb mir doch nicht die Freude! Ich möchte ja nur ein ganz kleines Stück – ein Stück Kindheit, weißt du. Käsekuchen, Berlin, Matrosenkleidchen, der Bolle-Milchwagen, die Avus – das gehört alles zusammen.«

»Denkst du oft an die Berliner Zeit?«

»Natürlich, es war eine schöne Zeit.«

»Aber du trauerst ihr nicht nach?«

»Nein, ich freue mich, sie erlebt zu haben. Berlin war eine phantastische Stadt, die Menschen, mit denen ich damals befreundet war, waren herrliche Menschen. Deine Eltern, zum Beispiel – ich habe sie sehr verehrt. Eine Schande, daß es gerade sie treffen mußte!«

»Es hat Millionen getroffen – an der Front, in den Konzentrationslagern, unter den Trümmern ihrer Häuser. Meine Eltern waren zwei unter Millionen.«

»Du sagst das mit so harter Gleichgültigkeit.«

»Ja, findest du? Vielleicht nehme ich es ihnen immer noch übel, daß sie mich damals in Sicherheit brachten und sich nicht. Was habe ich gehabt von der verdammten Sicherheit, als sie tot waren? Ich wäre viel lieber mit ihnen gestorben, anstatt sie zu verlieren. Außerdem«, sage ich und lache, »wäre mir eine Menge erspart geblieben.«

Saschas sanftes, heiteres Gesicht ist starr vor Bestürzung: »Aber Vera«, sagt sie vorwurfsvoll, »du hast keinen Grund, so zu reden!«

»Mag sein, daß ich keinen ersichtlichen Grund habe. Aber die unersichtlichen sind viel quälender. Sie lassen sich nicht fassen und nicht klären. Man schleppt sie mit sich herum und weiß eigentlich nicht, worunter man leidet. Schließlich stellt man dann fest, daß man unter nichts Bestimmtem leidet, sondern unter allem!«

»So kann das nicht weitergehen«, erklärt Sascha mit großer Entschiedenheit, »du kommst mit Mischa zu uns nach New York!«

Ich nicke.

»Du sollst nicht nicken, sondern mir dein Ehrenwort geben. Los!« Sie streckt mir ihre hübsche kleine Hand hin. Ich entdecke einen auffallend schönen Brillantring und damit ein gutes Ablenkungsmanöver: »Was hast du da für einen herrlichen Ring!« sage ich.

Sie springt sofort darauf an: »Nicht wahr!« ruft sie, hebt ihre Hand hoch und betrachtet ihn mit schief geneigtem Kopf und innigem Stolz: »Ein wahres Prachtstück! Gregor hat ihn mir letztes Jahr zum Geburtstag geschenkt. Ich war einfach sprachlos. Er ist so wunderbar – der Ring und Gregor und alles –, du, Kleine, kommt hier eigentlich jemals ein Kellner?«

»Freiwillig nicht«, sage ich und stehe auf.

»Bleib hier, wir haben nur noch eine Viertelstunde!«

»Vorher sollst du aber noch deinen Käsekuchen haben – ich rufe nur schnell einen Kellner!«

Von da an kommt keine richtige Unterhaltung mehr zustande. Alles geht unter in Nichtigkeiten, in Lärm, im Druck der Zeit. Der Kellner bemüht sich tatsächlich an unseren Tisch, und Sascha bestellt Käsekuchen, Kaffee und – mit einem verschämten Blick zu mir hinüber – eine kleine Portion Schlagsahne. Menschen schieben sich durchs Restaurant, Kellner flitzen vorbei. Die Küchentür schwingt auf und zu, auf und zu. Flugzeuge landen und starten, landen und starten. Der Lautsprecher ist pausenlos in Betrieb; gibt An- und Abflüge bekannt, ruft Personen zur Information, deren Namen mir fester im Gedächtnis bleiben als das, was Sascha zu mir spricht. Ich entdecke, daß ich keine Zigaretten mehr habe, und laufe zu einem Automaten. Kaffee und Kuchen kommen und nehmen Sascha vollauf in Anspruch. Und schließlich setzt sich auch noch eine Frau mit schreiendem Baby an den Nebentisch.

Das, was unter diesen Umständen noch gesagt werden kann, ist flach und zusammenhanglos:

»Wie geht es Mischalein?«

»Sehr gut, Gott sei Dank!«

»Ich hätte ihn so furchtbar gern gesehen!«

»Ich weiß, Sascha, aber ich war den ganzen Tag unterwegs und konnte das Kind nicht überall mit herumschleppen – übrigens, wann zieht ihr in das neue Haus?«

»In spätestens zwei Monaten – ich kann es kaum noch erwarten. Es ist ein himmlisches Haus!«

»Wie viele Kilometer von New York entfernt?«

»Knappe zwanzig – es ist ideal gelegen. Man spürt nichts von New York, und trotzdem ist man in einer halben Stunde dort.«

»New York muß eine unglaubliche Stadt sein!«

»Du wirst sie lieben – du kommst doch, nicht wahr, Veruschka?«

»Sicher, Sascha, sicher – schmeckt dir der Käsekuchen?«

»Und wie! Meine ganze Kindheit taucht vor mir auf: Emma, unsere Köchin, das Speisezimmer mit dem großen, runden Tisch, Vaters Bibliothek – sag mal, Kleine, wie weit bist du eigentlich mit deinem Buch?«

»Fast fertig – und bei dem ›fast‹ wird es wohl auch bleiben.«

»Wieso denn das?«

»Das Buch soll mit einer positiven Liebesszene enden, und ich kann keine positiven Liebesszenen schreiben – aber du könntest es bestimmt! Paß mal auf: Ein junger Mann und ein Mädchen glauben sich zu lieben ...«

»Glauben sie es nur, oder tun sie es wirklich?«

»Ja siehst du, damit fängt die Schwierigkeit schon an. Ich bin der Ansicht, sie glauben es nur, denn eine Gewißheit gibt es ja nicht, und ...«

»Vera, der Glaube ist Gewißheit.«

Ich schweige. Sascha lächelt, nimmt meine Hand und streichelt sie. Der Lautsprecher knackt. Ich schaue ahnungsvoll auf die Uhr.

»Pan American auf dem Weiterflug nach New York bittet alle Transitpassagiere ...«

»Kleine, mein Gott, das ist schon meine Maschine.«

»Ja, du mußt gehen.«

»Aber wir haben uns doch noch so viel zu erzählen!«

»Das nächstemal.«

Ich stehe auf, auch Sascha erhebt sich.

»Ach, Veruschka, sieh nicht so schrecklich traurig aus! Denk immer daran, vielleicht begegnest du ihm an der nächsten Ecke, vielleicht sitzt er plötzlich neben dir im Kino ...«

Ich nicke, quäle mir ein Lächeln ab und umarme Sascha.

»Und komm nach New York, komm zu uns. Wir haben dich alle schrecklich lieb!«

Ich schließe die Augen, atme den Duft und die Wärme Saschas ein, fühle eine unsagbare Schwäche in mir.

»Du bist nicht allein, Kleine, merk dir das!«

Wenn ich Sascha loslasse, werde ich allein sein.

»Geh, Sascha – es ist höchste Zeit.«

»Hast du gehört, was ich dir gesagt habe?«

»Ja.«

»Was?«

»Daß ich nicht allein bin.«

Ich lasse sie los und öffne die Augen. Die Küchentür schwingt auf und zu. Das Baby schreit immer noch. Ein Herr Heilig wird zur Information gerufen. Ein Kellner trägt ein Tablett an uns vorbei. Eine Sekunde starre ich in einen Teller blasser Nudelsuppe.

»Und bleib mir gesund«, sage ich zu Sascha. »Iß nicht so viel, grüß deine Familie ...« Ich wische ihr einen Lippenstiftfleck von der Wange. Sie hat Tränen in den Augen.

»Los, Sascha, geh, oder du versäumst das Flugzeug – ich muß noch hierbleiben und zahlen!«

Sie nickt und geht, dreht sich noch ein paarmal um, winkt. Dann ist sie verschwunden. Ich stehe noch eine Weile da und beobachte einen honiggelben Langhaardackel, der eine Papierserviette zerfetzt. Dann rufe ich den Kellner und zahle.

Ich fahre in einer langen Kolonne zur Stadt zurück. Die Autos kriechen hintereinander her, obgleich die linke Fahrbahn frei ist. Eine Zeitlang krieche ich mit, dann breche ich aus und überhole. Prompt schließen sich mir ein paar Wagen an.

Schafherde, denke ich und fahre schneller. Die anderen Autos bleiben zurück. Die Geschwindigkeitsgrenze ist sechzig. Ich fahre hundert. Saschas Worte fallen mir ein: »Wer weiß, Kleine, wenn du jetzt vom Flugplatz nach Hause fährst ...«

»... überfahre ich ihn versehentlich ...«

Da ist weit und breit kein Mann, den ich überfahren könnte. Eine Schande, daß der Richtige nicht endlich auftaucht und unter meine Räder kommt! Aber vielleicht sitzt er in dem Auto, das ich jetzt gerade überhole. Ich schaue hinüber und entdecke mit Schrecken, daß es eine Funkstreife ist. Ich nehme den Fuß vom Gaspedal und versuche mich einzureihen. Das lassen die anderen Autofahrer natürlich nicht zu. Wer großspurig ausbricht, soll sehen, wo er bleibt! Einzelgänger sind unbeliebt, sind Elemente, die Unordnung und Verwirrung stiften. In einer sauberen Kolonne ist kein Platz für sie!

So fahre ich neben der Kolonne her bis zum nächsten roten Licht, schleiche mich zur Spitze vor und brause bei Grün los. »Bäh ...!« mache ich und freue mich kindisch über den gelungenen Streich.

Kurz nach sechs bin ich am Ziel und komme mir vor wie ein Rennfahrer, der den ersten Preis erobert hat.

Mischas Freund, Thomas, wohnt in einem viel besseren Stadtviertel als wir und darüber hinaus in einem gepflegten modernen Neubau. Das Haus hat sechs Stockwerke, zweckmäßig aufgeteilte Zweieinhalb- und Dreizimmerwohnungen, große Fenster, kleine Balkone, praktische Einbauküchen und etwas dünne Wände – aber das macht ja nichts. Außerdem hat es natürlich Lift, Müllschlucker und Waschküche mit erstklassiger Waschmaschine.

Thomas' Vater ist Ingenieur, seine Mutter eine tüchtige Hausfrau und begeisterte Schiläuferin.

Sie öffnet mir – eine große, hochschwangere Blondine in einem adretten Umstandskleid mit weißem Pikeekragen.

»Ah, Frau Amon, treten Sie doch ein!«

Wo, zum Teufel, muß ich heute noch überall eintreten! denke ich und sage mit liebenswürdigem Lächeln: »Ich muß aber leider gleich wieder weiter, ich erwarte um halb sieben Besuch.«

Der Vorraum ist winzig und gewissenhaft, bis auf die

Kleiderbürste ausgestattet. Alles ist auf Hochglanz poliert: der Boden aus gemaserten Kunststoffplatten, die dreiarmige Messinglampe, die kleine blonde Kommode und der ovale Spiegel.

»Wollen Sie nicht doch ein paar Minuten ablegen? Die Buben schauen sich gerade ein Fernsehstück an, ein entzückendes Weihnachtsmärchen!«

»Es geht wirklich nicht, Frau Knoll. Ich bin in allergrößter Eile!«

»Das ist aber schade«, sagt sie, öffnet die Tür zum Wohnzimmer und ruft hinein: »Mischa, deine Mutti ist da, um dich abzuholen. Komm jetzt!«

Mischa will nicht kommen. Er sitzt mit Thomas auf einem Bänkchen. Zwischen den beiden Jungen steht ein Teller mit Weihnachtsgebäck. Über die Fernsehscheibe flattert eine Schar blondgelockter Englein.

Frau Knoll, eine Hand auf dem gewölbten Leib, lächelt milde: »Wenn man den Kindern ein schönes Weihnachtsfest geben kann, dann ist keine Mühe zu groß, finden Sie nicht, Frau Amon?«

»Ja«, sage ich und dann zu meinem Sohn: »Mischa, komm bitte sofort!«

Er kommt – langsam und widerwillig. Thomas folgt ihm. Er ist genauso alt wie Mischa, aber stämmig und einen halben Kopf größer. Er wird es wesentlich leichter haben als mein kleiner Hase, denke ich und begrüße ihn mit unaufrichtiger Freundlichkeit.

»Muß Mischa wirklich schon gehen?« fragt er und schiebt die Hände mit einer männlichen Gebärde in die Taschen seiner Bundhose.

»Ja«, sage ich, »aber wie wär's, wenn du morgen mal zu uns kämest?«

»Morgen ko i net. Da ist im Fernsehen Eishockey.«

»Tja, dann geht's natürlich nicht!«

»Sport ist für ihn das wichtigste«, erklärt seine Mutter mit Stolz, »im Schifahren ist er schon fast so gut wie ich.«

Ja, aber 'n Vati, den hab' i noch lang net erreicht.«

Mischa sieht seinen Freund mit einer Mischung aus Neid und Hochachtung an. Er hat noch nie auf Schiern gestanden. Er hat auch keine sportliche Mutti, und einen Vati hat er überhaupt nicht.

Ich nehme seinen Mantel von dem geblümten Bügel und helfe ihm hinein. »Mami«, sagt er, »ich wünsch' mir zu Weihnachten ein Paar Schier.«

»Gut«, sage ich und bin bereit, ihm alles zu kaufen, was der andere Junge hat.

»Dann kannst du ihm das Fahren beibringen, Thomas«, sagt Frau Knoll.

»O mei, i glaub' net, daß der des so schnoi lernt.«

Jetzt ist mir dieser kompakte kleine Kerl, der in der satten Atmosphäre dicker Bäuche und selbstzufriedener Gemüter aufwächst, ausgesprochen widerlich.

Ich verabschiede mich von Frau Knoll und nehme Mischas Hand. Er zieht sie mir sofort wieder weg, denn vor seinem männlichen Freund möchte er nicht wie ein kleines Kind behandelt werden.

»Also Servus, Thomas«, sagt er lässig.

»Servus, Mischa – und wann'st die Schier wirklich zu Weihnachten kriagst, dann bring' i dir das Fahren bei, hörst!«

»Die beiden sind gute Freunde«, beteuert Frau Knoll. »Sie können Ihren Mischa jederzeit vorbeibringen, er ist uns immer willkommen.«

»Das sind nette Menschen«, konstatiert Mischa, als wir im Auto sitzen.

»Besonders nett«, sage ich und mag sie trotzdem nicht.

»Thomas kann pfundig Fußball spielen.«

»Das kann ich mir gut vorstellen.«

»Und seine Mutti, die kriegt ein Kind.«

»Ja«, sage ich.

»Kannst du auch Kinder kriegen?«

»Denkst du vielleicht, dich hat der Klapperstorch gebracht?«

»An den glaub' ich schon lange nicht mehr!«

»Na, was soll dann diese Frage?«

»Ich hab' doch nur gemeint, ob du jetzt auch noch Kinder kriegst?«

»Nein«, sage ich rasch, »natürlich nicht.«

»Warum nicht?«

Wenn er in dieser Richtung weiterfragt, überlege ich beunruhigt, dann muß ich ihm bald Geschichten von Blumen und Bienen erzählen.

»Mischa«, sage ich, »ich muß jetzt sehr aufpassen. Also sei so gut und frag nicht so viel.«

»Gut, Mami, dann zähl' ich jetzt mal alle Volkswagen, die auf der Straße fahren. Wie viele glaubst du, krieg' ich zusammen, bis wir zu Hause sind?«

»Einhundertzweiunddreißig mindestens.«

»Au, da bin ich jetzt mal gespannt. Also ...«

Er zählt mit Ernst und Eifer, wird aber dann von der Sirene eines Funkstreifenwagens unterbrochen.

»Mami, hörst du!«

Er hebt den Zeigefinger und hält den Atem an. Das unheilvolle Heulen kommt näher und näher.

»Hoffentlich fahren sie ganz dicht an uns vorbei!«

Das hoffe ich nicht. Ich habe etwas gegen heulende Sirenen, gegen Funkstreifenwagen und Polizisten.

Mischa springt hoch, kniet sich auf den Sitz und schaut mit leuchtenden Augen zum Rückfenster hinaus: »Mami, ich glaube, ich seh' schon das Blaulicht. Ja wirklich! Hurra, sie kommen, Mami, sie kommen!«

Ich fahre an die Straßenseite und halte zufällig direkt vor einer Klinik.

»Mensch, wie die fahren!« schreit Mischa. »Mindestens 150 Stundenkilometer und immer im Zickzack – ich möchte unbedingt auch mal Funkstreifen-Polizist werden ...! Au, Mami, die sind schon ganz nah und fahren direkt auf uns zu – und jetzt ...!« Sein aufgeregter Kommentar geht im Heulen der Sirene unter. Der schwere BMW flitzt haarscharf an meinem Wagen vorbei, schlägt einen gefährlichen Haken und stoppt mit aufkreischenden Bremsen ein paar Meter vor mir. Im selben Moment fliegen rechts und links die Türen auf, zwei Polizisten springen heraus und laufen auf die Klinik zu. Der eine hält ein kleines Bündel im Arm. Im Licht der Straßenlaterne erkenne ich die Kontur eines Köpfchens, das schlaff über seinen Arm hängt.

»Du, Mami, ob's tot ist?« flüstert Mischa, dessen Entzücken in Beklommenheit umgeschlagen ist.

»Nein, sicher nicht«, versuche ich ihn zu beruhigen.

Ich schaue den Polizisten nach. Ich sehe ihre breiten Rücken, die Pistolen an ihren Hüften und den kleinen hilflosen Kopf des Kindes. Und plötzlich krampft sich alles in mir zusammen. Ein Gefühl ohnmächtiger Wut schnürt mir die Kehle zu, treibt mir die Tränen in die Augen. Ich sehe jetzt nicht mehr zwei hilfsbereite Polizisten, sondern ein Heer entfesselter Uniformierter. Ich sehe nicht mehr zwei harmlos im Gurt steckende Pistolen, sondern Pyramiden schußbereit aufgestellter Waffen. Ich sehe nicht mehr einen behutsam im Arm eingebetteten Kinderkopf, sondern Millionen unschuldiger Kinderköpfe, um die sich niemand kümmert, die irgendwo herumliegen – blutig und verstümmelt.

»Verdammte, dreckige Welt«, sage ich leise, gebe Gas und fahre los.

»Das arme Kind«, sagt Mischa.

»Die armen Kinder«, sage ich.

»Aber es war doch nur ein Kind.«

»Die anderen sehen wir nicht.«

»Warum sehen wir die nicht?«

»Weil sie nicht vor unseren Augen ins Krankenhaus getragen werden.«

Mischa überlegt die Antwort eine Weile, kann aber nichts damit anfangen und erklärt schließlich: »Ich werde bestimmt mal Funkstreifen-Polizist!«

»Warum?«

»Weil ich dann mit Blaulicht und Sirene durch die Stadt rasen kann – und außerdem, weil ich dann immer eine Pistole tragen darf.«

Die Wohnung strahlt mich an. Sie ist blitzsauber und riecht nach Bohnerwachs. Ich ziehe mir die Hausschuhe an und ermahne Mischa, das gleiche zu tun. Dann mache ich einen Rundgang durch die Zimmer. Der Fußboden glänzt. Auf den Teppichen liegt kein Krümel, auf den Möbeln kein Staub. Türklinken und Spiegel sind blank. Der Abwaschtisch ist leer und weiß gescheuert. Die Couchkissen haben einen Kniff in der Mitte, und in den Leuchtern stecken neue Kerzen. Ich drehe die Gasheizung auf, schalte die Stehlampe ein, schüttele die Kniffe aus den Kissen und rücke die Fotografien meiner Eltern zurecht.

»So«, sage ich und empfinde tiefes Wohlgefühl.

Mischa, in Strümpfen, die Mütze noch auf dem Kopf, einen Baukasten unter dem Arm, kommt ins Zimmer.

»Was soll das?« herrsche ich ihn an.

»Was?«

»Erstens hast du keine Hausschuhe an, zweitens hast du die Mütze noch auf dem Kopf, und drittens wird jetzt nicht gespielt, sondern zu Abend gegessen!«

Er stellt den Baukasten auf den Boden und will aus dem Zimmer laufen.

»Mischa!« rufe ich, »die Wohnung ist endlich mal sauber, und ich wünsche, daß sie so bleibt. Also nimm den Baukasten und stell ihn in dein Regal!«

»Ja, Mami«, sagt er und zieht ab.

Ich seufze und bedaure, ihn so streng zurechtgewiesen zu haben. Aber ich kann nicht an gegen meinen Ordnungstrieb, der noch stärker ist, wenn Ordnung herrscht.

Ich gehe in die Küche und mache Mischas Abendessen zurecht: zwei belegte Brote, die ich in kleine Stückchen schneide, eine rohe Mohrrübe, eine Banane und ein Glas Apfelsaft.

»Wasch dir die Hände, Mischa!« rufe ich und trage das Tablett ins Zimmer.

Er wäscht sich verdächtig lange die Hände, und als er endlich erscheint, ist sein Gesicht besorgt.

»Mami, in der Wanne ist eine Spinne. Was machen wir jetzt?«

»Wir ziehen aus«, sage ich. »Komm, setz dich hin und fang schon an zu essen. Ich dusche nur schnell.«

»Und die Spinne?«

»Die wird sich auch duschen.«

Ich gehe ins Bad und schaue in die Wanne. Die Spinne versucht an den Wänden hinaufzukrabbeln, rutscht aber immer wieder ab. Sie tut mir leid, die kleine, verängstigte Spinne. Wenn ich mich nicht vor ihr ekeln würde, dann könnte ich sie herausholen. Aber Tiere mit mehr als vier Beinen ekeln mich. Ich stehe da und überlege: Wenn ich mich dusche, ertrinkt sie. Das möchte ich nun auch wieder nicht. Andererseits – ich kann ja nicht wegen einer Spinne aufs Baden verzichten. Wer weiß, wie lange sie noch in der Wanne sitzt...!

Ich ziehe mich aus, drehe die Brause an, ziele auf die Spinne und schaue dann schnell zur Decke empor. Als ich wieder hinunterschaue, ist die Wanne leer, und ich bin erleichtert. Ich dusche, ziehe meinen Morgenrock an, suche meine Schminkutensilien zusammen und gehe ins Zimmer.

»Hast du die Spinne totgemacht?« fragt Mischa.

Das Wort »totgemacht« klingt häßlich, und darum sage ich: »Nein, ich habe sie zum Fenster hinausgelassen.«

»Das war aber nett von dir, Mami.«

Ich schweige und wünschte, ihm die Wahrheit gesagt zu haben.

»Ich weiß eine schöne Geschichte von einer Spinne und einem Schweinchen – soll ich sie dir erzählen, Mami?«

»Du sollst essen, Mischa. Der Teller ist noch genauso voll wie vorher.« Ich lege mich neben ihn auf die Couch, stopfe mir ein paar Kissen in den Nacken und nehme Spiegel und Wimperntusche zur Hand.

»Was machst du jetzt, Mami?«

»Mir ein neues Gesicht.«

Er beobachtet fasziniert, wie ich die kleine Bürste ansetze und mir vorsichtig die Wimpern schwärze. Sein bohrender Blick macht mich nervös.

»Mischa, was habe ich dir eben gesagt!«

Ohne die Augen von meinem Gesicht zu nehmen, greift er eilig nach einem Stück Brot, beißt ein winziges Stückchen davon ab, kaut und starrt weiter.

Ich lasse mit einem Seufzer die Bürste sinken: »Findest du das so interessant?« frage ich.

»Ja.«

»Du solltest dich lieber für dein Abendessen interessieren. Wenn du in diesem Tempo weiter ißt, bist du morgen früh fertig. Also los, iß jetzt!«

»Ja.«

Er greift nach dem Glas Apfelsaft und trinkt.

Ich schaue ihn drohend an, tauche dann ohne ein weiteres Wort die Bürste in die Tusche und nehme meine Arbeit wieder auf.

Mischa kennt mein unheilverheißendes Gesicht und beginnt hastig zu essen. Nach dem dritten Stück Brot wagt er sich wieder vor: »Soll ich dir nicht doch die Geschichte von der Spinne und dem Schweinchen erzählen, Mami?« Er fragt es so hoffnungsvoll, daß ich es ihm nicht abschlagen kann. »Na schön, erzähl sie mir.«

»Also, da war einmal ein Schweinchen, ein junges Schweinchen, noch ganz rosa, weiß du, und darum hieß es auch Rosalinde. Das Schweinchen wohnte auf einem Bauernhof im Stall und hatte eine sehr gute Freundin, die Spinne – die Spinne – na, wie hieß sie denn bloß ...« Ein Stück Brot in halber Höhe haltend, zieht er die Stirn in nachdenkliche Falten. Der Name der Spinne macht ihm aufrichtiges Kopfzerbrechen. Ich ahne eine längere Unterbrechung der Geschichte und damit auch des Abendessens voraus.

»Der Name ist nicht so wichtig«, tröste ich.

»Ich glaube, er wird mir auch nicht einfallen – also, ich nenn' sie einfach Spinne.«

»Gut.«

Ich lege die Tusche auf den Tisch und mustere aufmerksam den Effekt meiner tief geschwärzten Wimpern.

»Also das Schweinchen und die Spinne«, fährt Mischa fort, »waren sehr befreundet ... Mami, aus was ist Wimperntusche gemacht?«

»Keine Ahnung – und bleib doch bitte bei der Sache!«

»Die Spinne hatte ein Netz in der rechten Ecke des Stalles, und da hockte sie immer drin. Eines Tages nun sagt sie zum Schweinchen: ›Liebe Rosalinde, ich muß dir etwas Trauriges mitteilen, ich muß bald sterben.‹ Das Schweinchen Rosalinde fing an zu weinen. Es war schrecklich betrübt – das kannst du dir ja vorstellen, nicht wahr?«

»Nein«, sage ich.

»Wieso?«

»Eine Spinne in der Badewanne ist schon unangenehm, aber eine im Zimmer ist noch viel unangenehmer. Ich würde froh sein, wenn sie bald draußen wäre!«

Mischa sieht mich vorwurfsvoll an: »Mami«, sagt er in einem Ton, den er irgendwo aufgeschnappt hat und der mir altklug und heuchlerisch vorkommt, »auch Spinnen sind Tiere – liebe Tiere!«

»Mag sein«, sage ich, »aber trotzdem kann ich sie nicht ausstehen!«

Mischa denkt kurz darüber nach, dann erklärt er in normalem Ton: »Ich auch nicht – aber Mäuse, die mag ich.«

»Mäuse können sehr niedlich sein«, stimme ich zu. Ich bin jetzt dabei, mir die Lippen zu schminken, hellrot mit etwas dunkleren Konturen. Langsam finde ich Gefallen an meinem Gesicht. Über Augen und Mund brauche ich mich nicht zu beklagen, über die Nase übrigens auch nicht.

»Und wie geht die Geschichte nun weiter?« frage ich Mischa.

Er erzählt sie mit vielen Unterbrechungen, Abweichungen und nachdenklichen Pausen zu Ende. Der

Schluß ist dann der, daß statt einer Spinne zehn im Stall sind, denn die Alte hat noch kurz vor ihrem Tode die Eier ausgebrütet.

»Da war das Schweinchen Rosalinde schrecklich froh«, berichtet Mischa, »das kannst du dir ja vorstellen, nicht wahr?«

»Ja«, sage ich, »eine sehr schöne Geschichte.«

Ich bin mit meinem Make-up fertig und finde, daß ich gut aussehe. Manchmal überlege ich mir, ob ich mein Gesicht gegen irgendein anderes eintauschen würde. Ich denke mir dann die verschiedensten Gesichter aus – eins schöner als das andere. Aber immer wieder stelle ich fest, daß ich mein eigenes behalten möchte. Selbst wenn ich miserabel aussehe, wenn ich an allem etwas auszusetzen habe. Ich weiß nicht, warum das so ist, warum ich etwas behalten möchte, das mir selten gefällt.

»Gehst du heute abend weg?« fragt Mischa.

»Nur schnell zum Abendessen mit Onkel Jossi. In zwei Stunden bin ich wieder zu Hause.«

»Du brauchst dich nicht so zu beeilen, Mami. Ich hab' ja jetzt gar keine Angst mehr, allein zu bleiben.«

»Natürlich hast du keine Angst mehr. Du bist ja auch schon ein großer Junge!«

Ich setze mich neben ihn, lege den Arm um seine Schultern und drücke ihn fest an mich. Er fühlt sich so zart und zerbrechlich an –ein kleiner Vogel ohne Nest. Ich müßte ihm viel mehr Wärme geben, einen Vater, ein geordnetes Familienleben. Was für Erinnerungen mag er später mal an seine Kindheit haben, was für Eindrücke werden bleiben: eine nicht fertig eingerichtete Wohnung mit einem riesengroßen Raum, Fenster ohne Vorhänge, Wände ohne Bilder. Eine Schreibmaschine, die zwischen Geschirr auf dem Eßtisch steht. Schwarze Verdunklungsrollos, die keinen Schimmer Licht hereinlassen. Ein kleines Tablett mit einem Teller belegter Brote ...

»Ich freu' mich schon so auf Weihnachten, Mami!«

»Ja, mein Kleines.«

Weihnachten ohne Weihnachtsstimmung. Ein großer bunter Baum und kein Vater. Viele Geschenke und keine Wärme. Ein festlich geschmückter Tisch und nur zwei Gedecke darauf.

»Schön, daß ich jetzt Ferien hab' und du bald mit deinem Buch fertig bist. Dann hast du doch viel mehr Zeit, nicht wahr, Mami?«

»Ja, mein Kleines.«

Eine Mutter, die ständig mit sich selbst beschäftigt ist – mit ihren Büchern, ihren Liebschaften, ihren Ängsten und Nöten. Die immer nervös ist oder abwesend oder bedrückt. Die mit verschiedenen Männern »Abendessen« geht. Eine Mutter, von der man mit Recht behaupten kann, daß sie gar keine richtige Mutter ist...

»Mami, der Herr Lehrer hat uns erzählt, daß es viele Kinder gibt, die so arm sind, daß sie zu Weihnachten gar keine Geschenke kriegen. Da hab' ich's aber gut, nicht wahr?«

Ich nicke und schlucke. Die Tränen sind beängstigend nahe. Ich stehe rasch auf und sage: »Ich zieh' mich jetzt an, Mischalein, und du ißt dein Abendessen auf. Mal sehen, wer zuerst fertig ist.«

»Und wenn ich zuerst fertig bin?«

»Dann kriegst du zehn Pfennig für deine Sparbüchse.«

»Au, fein, dann hab' ich schon fünf Mark fünfundsiebzig!« Ich laufe schnell aus dem Zimmer. In der Diele presse ich die Stirn gegen die Wand und beiße mir mit aller Kraft auf die Unterlippe. Ich sehne mich nach körperlichen Schmerzen, Schmerzen, die noch stärker sind als die seelischen. Ich kann es nicht ertragen, denke ich, ich kann nicht ertragen, daß das Kind wegen mir leidet. Eine Weile stehe ich so da und spüre, wie aus dem Schuldgefühl Selbstmitleid wächst. Was kannst du nicht ertragen? frage ich mich, daß das Kind leidet oder daß du am Leid des Kindes leidest? Die Antwort trifft wie eine Ohrfeige: Ich kann nicht ertragen, daß ich am Leid des Kindes leide – los, zieh dich an!

Ich ziehe mein Lieblingskleid an – ein schwarzes, ärmelloses mit einem kleinen Rückendekolleté.

»Ich bin fertig, Mischa!« rufe ich, »und du?«

»Ich auch!«

»Bravo!«

Ich gehe in die Diele, um in den Spiegel zu schauen. Der Spiegel steht auf der Truhe, und ich kann mich nur vom Kopf bis zu den Hüften sehen. Das ist mir zuwenig. Ich hole einen Stuhl, steige hinauf und betrachte mich von den Hüften bis zu den Fesseln.

Es klingelt.

»Das ist Onkel Jossi!« schreit Mischa. »Soll ich die Tür aufmachen?«

»Danke, Kleines, ich bin schon dabei!«

Ich klettere vom Stuhl und öffne.

Jossi, eine Hand auf dem Herzen, einen leidenden Ausdruck im Gesicht, betritt die Wohnung.

»Diese Treppen«, stöhnt er, »bin ich zu alt dafür und zu krank!«

»Zieh dein hübsches Mäntelchen aus«, sage ich, »und fang nicht gleich wieder an zu jammern!«

»Was bleibt mir anderes übrig!«

Er zieht den Mantel aus, schaut in den Spiegel, streicht sorgfältig über sein Haar und erklärt: »Aber habe ich heute ganz gute Farbe.«

Ich schweige. Es wäre angemessener gewesen, er hätte mir ein Kompliment gemacht. Schließlich muß es ihm ja aufgefallen sein, daß ich beim Friseur war, daß ich ein hübsches Kleid anhabe, daß ich – ich kann es wohl behaupten – gut aussehe. Jetzt wendet er sich mir zu, und ich stelle mich unwillkürlich in Pose. Er streift mich mit einem Blick, der vage scheint, hebt ein wenig die Brauen und bemerkt: »Putzikam, hast du dort unten am Strumpf ein paar Spritzer.«

Ich gehe wortlos ins Bad und wasche die Spritzer mit einem Schwamm ab.

Jossi ist mir bis zur Schwelle gefolgt. Er steht da, sieht

mir nachdenklich zu und erklärt schließlich: »Hast du aber dünne Beine bekommen!«

Jetzt reicht es mir. Ich habe mir zumindest ein kleines anerkennendes Wort erhofft, und statt dessen ...!

»Geh zum Teufel«, sage ich zu ihm.

»Bin ich schon auf dem Weg«, meint Jossi mit düsterer Miene.

Jetzt erscheint Mischa in der Diele. Jossis Gesicht hellt sich sofort auf: »Joi, Mischa«, sagt er und legt ihm beide Hände auf die Schultern, »bist du aber groß geworden!«

Mischa strahlt. Er mag Jossi, der trotz seiner schmächtigen Statur so viel von Autos versteht. »Du, Onkel Jossi, ich muß dir was zeigen! Ich hab' genau dasselbe Auto wie du!«

»Muß ich unbedingt sehen! Zeig es schnell her!«

Mischa flitzt um die Ecke.

»Hast du so einen Jungen nicht verdient«, sagt Jossi.

Ich trete vor den Spiegel und beginne, mir die Haare zu kämmen: »Möchtest du einen Kognak?« frage ich.

»Kann nicht schaden. Habe ich wieder den ganzen Tag Schmerzen.«

»Wo?«

»Wo, Putzikam! Wo ich habe Schmerzen seit zwölf Jahren – hier!« Er drückt auf eine Stelle zwischen Magen und Leber.

»Ach ja, die berühmte Stelle, an der es meines Wissens kein Organ gibt.«

»Bist du medizinisch völlig ungebildet!«

»Nicht nur medizinisch – sag mal, soll ich mir die Haare nun in die Stirn oder aus der Stirn kämmen?«

»Bin ich kein Friseur«, brummt er, tritt dann aber doch näher und mustert mich aufmerksam: »Siehst du übrigens nicht schlecht aus heute abend.«

»Herzlichsten Dank!« sage ich.

Mischa, ein kleines Auto in der ausgestreckten Hand, kommt ins Badezimmer: »Siehst du, Onkel Jossi, genau wie deins, nicht wahr?«

»Tatsächlich!«

»Und es fährt auch so schnell!«

»Kann ich mir denken.« Er inspiziert das Auto von allen Seiten: »Scheint in gutem Zustand zu sein«, nickt er, »aber will ich trotzdem mal nachschauen, ob der Zündverteiler auch in Ordnung ist.«

»Was ist ein Zündverteiler?«

»Werde ich dir erklären.«

»Aber nicht hier im Bad«, sage ich, »und außerdem, Mischa, mußt du ins Bett!«

»Ach Mami, es ist doch noch so früh!«

»Komm, Mischa«, sagt Jossi, »werde ich dich bringen ins Bett und dir dabei erklären, was ein Zündverteiler ist.«

»Au fein!« ruft Mischa, klatscht in die Hände und hüpft Jossi voran aus dem Badezimmer.

Der Junge kommt in ein Alter, wo er unbedingt einen Vater braucht, denke ich, und dann verärgert: ein großartiger Gedanke! Bleibt nur die Frage, ob er blond, schwarz oder brünett sein soll.

Ich kämme mir die Haare aus der Stirn, finde, daß ich zu streng aussehe, kämme sie mir in die Stirn, finde, daß ich kleinmädchenhaft aussehe, und entschließe mich zu einem Kompromiß: die linke Seite in die Stirn, die rechte aus der Stirn. Dann sprühe ich mir Parfum hinter die Ohren, lege eine lange zweireihige Perlenkette an und gehe in die Küche. Ich gieße mir einen großen Kognak ein und kippe ihn hinunter. Aus Mischas Zimmer schallt Jossis Stimme – kräftiger, als ich sie jemals gehört habe. Offenbar ahmt er einen Motor nach, der nicht anspringen will. Mischa schreit vor Vergnügen, und Jossi beginnt von neuem.

Ich trinke einen zweiten Kognak, dann gehe ich ins Kinderzimmer. Mischa liegt bereits im Bett, neben ihm, größer als er selbst, ein Stofflöwe. Jossi sitzt am Fußende. Er hat seine Leidensmiene, seine vornehme Blässe, ja sogar sein Jackett abgelegt.

»Mami, der Onkel Jossi, der kann vielleicht Motoren nachmachen!«

»Ja«, sage ich, »das kann nicht jeder.«

Ich trete ans Bett, beuge mich zu Mischa hinab und küsse ihn auf Stirn, Nasenspitze und Mund.

»Schlaf schön, mein Engel, und träum was Hübsches.«

»Was?«

»Das mußt du dir schon selber einfallen lassen.«

Mischa betrachtet mich mit dem versonnenen Blick, mit dem er sonst nur besonders eindrucksvolle Autos betrachtet: »Mami«, verkündet er schließlich, »sieht schön aus.«

»Hast du großes Glück gehabt«, sagt Jossi.

»Warum?«

»Weil du hast eine schöne Mami, hat nicht jedes Kind.«

Mischa nickt zustimmend: »Josephs Mutter sieht aus wie eine Hexe, aber genau!«

»Der arme Vater vom Joseph!« seufzt Jossi.

»Der hat ein tolles Motorrad!«

»Na dann ...!« Jossi steht auf, zieht sich sein Jackett an und streicht Mischa liebevoll über den Kopf: »Nimmt dir der Löwe aber sehr viel Platz«, stellt er besorgt fest, »werde ich ihn ans Fußende legen, ja?«

»Nein, nein«, ruft Mischa und zieht den Löwen fest an sich, »der Leo muß immer ganz nah bei mir sein – er ist ja mein Beschützer!«

»Gibt es auch keinen besseren Beschützer als einen Löwen«, sagt Jossi, »hat jeder Angst vor so einem gefährlichen Tier!« Er schaut auf den Jungen hinab und lächelt traurig.

»Kommst du uns bald wieder besuchen, Onkel Jossi?«

»Sehr bald!«

»Au schön!«

»Schluß jetzt«, sage ich. »Gute Nacht, Mischalein – komm, Jossi.«

Er löscht die Nachttischlampe, streicht dem Kind noch einmal über das Haar und folgt mir aus dem Zimmer.

Ich gehe in die Küche, gieße uns beiden einen Kognak ein und reiche Jossi das Glas.

»Du hast ihn dir verdient«, sage ich.

Jossi sieht mich schweigend an.

»Trink«, sage ich, »und spar dir deinen vorwurfsvollen Blick!«

»Braucht das Kind einen Vater, Vera.«

»Was du nicht sagst! Ich werde ihm einen Vater zu Weihnachten schenken. Ich stelle einen großen Tisch unter den Weihnachtsbaum, bedecke ihn mit einem weißen Tuch, garniere ihn mit Tannenzweigen, setze einen Mann darauf und drücke ihm eine brennende Kerze in die Hand. Dann zünde ich den Baum an und rufe meinen Sohn ins Zimmer.«

»Putzikam, hör auf!«

»Mein Sohn ist natürlich maßlos überrascht. ›Mami‹, wird er fragen, ›warum sitzt denn da ein Herr unterm Weihnachtsbaum?‹ Er ist sehr wohlerzogen und nennt alle Männer Herren. Ich werde sagen: ›Schätzchen, das ist ein besonders wertvolles Weihnachtsgeschenk! Gefällt es dir etwa nicht?‹«

Ich beginne zu lachen. Ich lache, bis mir die Tränen in die Augen kommen.

»Bist du betrunken, Putzikam?«

»Nein, noch nicht. Aber ich finde den Einfall sehr komisch: ›Was schenkst du deinem Sohn zu Weihnachten? Oh, diesmal schenke ich ihm einen Vater!‹«

»Solltest du damit nicht spaßen. Solltest du endlich vernünftiger werden und dich mit Männern abgeben, die als Vater in Frage kämen.«

»Und was wären das, deiner Meinung nach, für Männer?«

»Sollen sie soigniert sein, zuverlässig, seriös. Sollen sie wenigstens einen sauberen Hemdkragen haben, gute Manieren, ein anständiges Bankkonto! Aber hast du nie darauf geschaut. Warst du immer mit Männern zusammen, die nichts von alldem hatten.«

»Dafür hatten sie etwas anderes, etwas, das mir wichtiger zu sein scheint.«

»Kann ich mir denken was!«

»Nicht nur das, mein Lieber. Mitunter hatten sie auch etwas Geist.«

»Ach, Schmarrn! Soll'n sie haben Format. Ist auf die Dauer wichtiger als Geist und Potenz.«

»Das ist Geschmackssache!«

»Geschmackssache, na, habe die Ehre! Ist dieser Walter eine Geschmacksverirrung!«

»Jossi«, sage ich und setze mich auf eine Ecke des Küchentisches, »die Geschichte mit Walter verstehst du nicht.«

»Nein, verstehe ich wirklich nicht! Habe ich ihn zweimal gesehen, hat es mir aber gereicht! Häßlich ist er. Schreckliche Manieren hat er. Verrückt ist er, und behandelt er dich auch noch schlecht. Muß er schon ein genialer Liebhaber sein!«

Jossi trinkt seinen Kognak in einem Zuge aus und gießt sich einen neuen ein: »Macht es mich ganz elend, wenn ich daran denke. Eine Frau wie du, Putzikam ...« Er tritt nahe an mich heran und betrachtet mich mit melancholischem Gesicht. Dann seufzt er und sagt mit Grabesstimme: »Siehst du wirklich sehr schön aus. Möchte ich wissen, wann du endlich nicht mehr schön aussiehst!«

»Das kann man sich an zehn Fingern ausrechnen.«

Er nimmt mein Gesicht in beide Hände: »Hab' ich dich so lieb, Vera, weißt du gar nicht, wie lieb ich dich hab'!«

Ich streiche ihm über den Kopf.

»Mußt du endlich gescheit werden, Putzikam. Darfst du dich nicht ruinieren!«

»Vielleicht möchte ich mich ruinieren.«

»Jesus Maria, bist du wirklich eine verrückte Frau!«

»Ich bin eine emanzipierte Frau – pfui Teufel, wie das klingt! Nun ja, aber ich bin es. Ich richte mir mein Leben ein, wie es mir paßt. Ich verdiene mir mein Geld. Ich suche mir meine Liebhaber aus. Ich kann tun und lassen, was ich will. Ist das nicht herrlich?«

»Ja, das ist natürlich sehr angenehm.«

»Angenehm? Es ist zum Kotzen!«

»Aber Putzikam ...«

»Ich wäre selig, wenn mir endlich jemand befehlen würde: Tu dies, laß das! ... Ach Jossilein, komm jetzt, ich habe Hunger ...«

Wir gehen in ein Restaurant, das sehr in Mode ist. Es nennt sich »Der Grill« und ist nach amerikanischem Vorbild hergerichtet. Die Wände sind tannengrün, die Decke himbeerrot, die Vorhänge champagnerfarben. An den Wänden entlang stehen weiß gedeckte Tische mit kleinen rotbeschirmten Lämpchen. In einer Ecke ist ein Aquarium mit winzigen bunten Fischen. In der Mitte des Raumes befindet sich ein offener Holzkohlengrill, umgeben von einer breiten Bar, an der man auch essen kann.

Natürlich ist kein Tisch frei. Der Oberkellner, ein manierlicher Mann in tadellosem Smoking, empfiehlt uns zwei Plätze an der Bar: »Sie können sich darauf verlassen, meine Herrschaften, dort sitzen Sie vorzüglich ...«

»Mitten im Dampf«, unterbricht Jossi.

»Aber Jossi, in was für einem Dampf denn?«

»Nun, Dampf von Grill!«

»Ach, der Herr meint Rauch – nein, mein Herr, da kann ich Sie wirklich beruhigen, unsere Entlüftungsanlage ...«

»Aber natürlich«, sage ich, »nun komm schon, Jossi, sonst sind die zwei Plätze da auch noch weg.«

Wir setzen uns an die Bar. Jossi protestiert noch ein bißchen, aber ich bin mit meinem Platz sehr zufrieden.

»Du mußt zugeben«, sage ich, »daß es hier wenigstens was zu sehen gibt.«

»Ja, die gesprenkelten Hinterteile der Köche.«

»Die stören mich weniger als die Gesichter mancher Menschen.«

Die beiden Köche tragen stramm sitzende Pepita-Hosen und hohe weiße Mützen. Sie hantieren emsig mit großen rohen Fleischstücken, mit Gewürzen, Saucen und Salaten. Auf dem Grill schmoren Steaks und verbreiten einen appetitanregenden Geruch.

Der Barkeeper, ein umsichtiger junger Mann in blendend weißem Jackett und schwarzer Krawatte, eilt ungerufen herbei.

»Wie wär's mit einem kleinen Aperitif vor dem Essen – ein Sherry, ein Campari oder vielleicht ein schöner trokkener Martini?«

»Ein Martini wäre nicht schlecht«, sage ich.

»Ein Martini, gnädige Frau, ist immer ein guter Anfang.«

Er lächelt. Er hat genau das richtige Maß an Nonchalance und Präzision, an Vertraulichkeit und Distanz.

»Also schön«, sagt Jossi, der auch einen guten Anfang haben will, »bringen Sie uns bitte zwei Martinis.«

»Sofort, mein Herr!«

Er wendet sich mit einer schwungvollen Drehung ab und macht sich sogleich ans Mixen.

»Bin ich viel amüsanter, wenn ich etwas trinke«, erklärt Jossi, »bin ich direkt witzig, wenn ich habe einen Schwips.«

»Dann trink«, sage ich.

»War ich neulich bei dem Grafen Bassenheim zum Nachtmahl eingeladen. Waren wirklich sehr gute Leute dort, hat man kultivierte Gespräche geführt. Wollte ich auch ein wenig glänzen und habe ziemlich viel getrunken. Was soll ich dir sagen, Putzikam, habe ich schließlich die ganze Gesellschaft unterhalten.«

Der Barkeeper bringt unsere Martinis und zwei Speisekarten. Ich entschließe mich für ein Pfeffersteak, Jossi, wie immer, für ein langweiliges Kalbsschnitzel: »Soll es aber ganz knusprig gebraten sein«, mahnt er, »kann ich es nicht essen, wenn es so weiß und tot aussieht.«

Der Barkeeper weiß, daß man Gäste von Jossis Schlag mit Ernst und Verständnis behandeln muß. Er gelobt, daß das Schnitzel an Knusprigkeit nicht zu übertreffen sein werde, empfiehlt uns noch einen gemischten Salat und einen spritzigen französischen Rosé und erkundigt sich, ob der Martini unserem Geschmack entspräche.

»Er ist sehr gut«, beteuert Jossi, dem der aufmerksame junge Mann zu gefallen beginnt.

Das Essen kommt prompt und ist ebenfalls gut. Jossi, nachdem er das Schnitzel von beiden Seiten kritisch gemustert und in seinem Reis herumgestochert hat, ist zufrieden.

»Ist ein ganz anständiges Lokal«, bemerkt er, »können sie wenigstens ein Schnitzel braten und einen trockenen Reis kochen. Ist dein Steak auch gut?«

»Ja«, sage ich, »nur an dem Salat ist zu viel Öl.«

Ich schiebe den Teller ein wenig beiseite, und im Nu steht der Barkeeper vor mir.

»Ist der Salat nicht in Ordnung?« fragt er besorgt.

Da es mir immer peinlich ist, etwas zurückgehen zu lassen, erkläre ich weitschweifig, daß der Salat ausgezeichnet sei, mein Magen jedoch sehr empfindlich und auf Öl schlecht zu sprechen. Der Barkeeper weiß nicht nur, wie man schwierige Gäste, sondern auch, wie man empfindliche Mägen behandelt. Er macht sofort einen neuen Salat mit wenig Öl und viel Zitrone. Jossi murrt. Er möchte plötzlich auch einen neuen Salat.

»Iß deinen Salat«, sage ich, »du verträgst ihn doch!«

Er murrt weiter.

»In Frankreich«, belehre ich, »wo man doch wirklich was vom Essen versteht, macht man den Salat immer mit sehr viel Öl an.«

»Das stimmt nicht«, sagt Jossi.

»Woher willst du das wissen? Du warst doch noch nie in Frankreich!«

»Schau, Putzikam, komme ich gerade aus Paris!«

»Wie bitte?« frage ich und schaue ihn groß an.

»Was gibt's da zu staunen? Ist keine Heldentat, nach Paris zu fahren.«

»Nein, aber eine Geldfrage. Und bisher hast du mir immer erzählt, du wüßtest nicht, wovon du morgen leben solltest.«

»Weiß ich auch nicht. Wußte ich auch in Paris nicht. Habe ich deswegen auf etwas verzichten müssen, was mir noch auf dem Sterbebett leid tun wird.«

»Das muß ja etwas ganz Außerordentliches gewesen sein!«

»War es auch! War es eine kleine bildhübsche Nutte, und hatte ich nicht genug Geld, sie mitzunehmen.«

»Das nennt man eine Tragödie!«

»Machst du dich lustig, aber war es für mich wirklich eine Tragödie! Hält sie neben mir in einem weißen Chevrolet. Spricht sie mich auf englisch an. Bin ich hingegangen, um sie mir genau anzusehen. War sie bezaubernd, die Kleine. Hatte sie ein sehr dekolletiertes Kleid und einen Pelz um die Schultern. Hab' ich ihr sofort den Arm hochgehoben.«

»Wozu denn das?«

»Wollte ich sehen, ob sie die Achselhöhlen gut ausrasiert hat. Ist für mich immer das wichtigste. Hat sie sie gut ausrasiert gehabt. Und hatte sie auch hübsche Hände ...« Er seufzt tief auf: »Hab' ich mir schon immer eine appetitliche kleine Pariser Nutte gewünscht!«

»Armer Jossi – und was geschah dann?«

»Was soll schon geschehen sein! Wollte sie hundertundfünfzig Francs, und die hatte ich nicht.«

»Du hättest sie überreden sollen, es umsonst zu machen.«

»Ach Schmarrn! Machen es bei mir höchstens noch die kleinen Kellerkinder umsonst oder die Damen in fortgeschrittenem Alter. Habe ich ja auch wirklich nicht viel zu bieten. Kann ich nichts, und bin ich nicht klug. Habe ich es nie zu etwas gebracht, nicht mal zu ein bißchen Geld und einem kleinen Häuschen. Habe ich schön gelebt in Budapest. Habe ich Rennen gefahren und gelernt, mich zu benehmen. War es genug damals, ist es heute nicht mehr genug.«

Seine Selbsterkenntnis ist beachtlich, aber sie führt bei ihm zu nichts. Er weiß, daß sein Leben ohne Sinn ist, aber er hat nicht mehr den Willen, es zu ändern. Vielleicht hat er auch gar nicht die Lust. Ein knuspriges Schnitzel, ein schneller Wagen, eine elegante Krawatte, ein Flirt mit einem hübschen Mädchen – nun ja, zu mehr reicht es eben nicht.

Wir schweigen, ich bedrückt, Jossi betrübt. Schließlich erklärt er: »Habe ich wenigstens einen Vorteil. Bin ich ein Herr.«

»Das stimmt«, sage ich eifrig und bin froh, daß er einen Trost gefunden hat. Aber der Trost hält nicht lange vor.

»Weiß nur niemand mehr, was er mit einem Herrn anfangen soll. Ist heutzutage nicht mehr gefragt. Sind die Proleten am Ruder. Haben sie das Geld und die Macht. Sind sie wie ein Heuschreckenschwarm – sind sie überall – überall!«

Er mustert die Menschen an der Bar. Seine Mundwinkel ziehen sich verächtlich hinab: »Schau sie dir an, Putzikam, siehst du da einen Herrn, eine Dame? Nein! Siehst du nur gewöhnliche Fratzen! Schlingen sie ihr Essen in sich hinein, sprechen sie mit vollem Mund, haben sie ihre Nasen fast auf den Tellern – hätte mir mein Vater eine solche Ohrfeige gegeben – joi, die Kleine da, ist nicht schlecht! Ist sie ordinär, aber hat sie einen guten Busen und sogar schöne Zähne.«

»Na also«, sage ich, »wenn man einen solchen Busen hat, braucht man keine Dame zu sein.«

Jossi nimmt die Brille ab, putzt sie, setzt sie wieder auf und starrt weiter zu dem Mädchen hinüber.

»Taugt sie bestimmt fürs Bett, könnte ich mich aber nicht mit ihr sehen lassen. Ist schon lange mein Problem: Mit den Frauen, mit denen ich ins Bett gehe, kann ich mich nicht zeigen, und die Frauen, mit denen ich mich zeigen kann, gehen nicht mit mir ins Bett.«

»Jossi, deine Probleme möchte ich haben und Rotschilds Geld!«

»Möchte ich auch haben Rothschilds Geld – ah, fällt mir da apropos Rothschild eine Geschichte ein. Muß ich dir unbedingt erzählen, Putzikam.«

»Erzähl!«

»Also, war ich bei der Eröffnung von dem neuen russischen Restaurant. Hatte ich ja keine Ahnung, wo ich da hineingerate. War mir allerdings schon etwas verdächtig, als mir der Herr Rosenbaum – gehört ihm das Restaurant – zwei Einladungskarten gegeben hat. Nichts gegen Herrn Rosenbaum, ist er ein lieber Mensch, aber kommt er aus irgendeinem polnischen Dorf und sieht er auch so aus. Wollte ich erst nicht hingehen, dachte dann aber, Eröffnung kann ganz interessant sein. Habe ich die Baronin Schlehdorf mitgenommen, eine elegante, soignierte Dame, Ende Vierzig, aber noch sehr gut aussehend. Gehen wir also hin. Sage ich dir, Putzikam: Juden, Juden, nichts als Juden! Wußte ich nicht mehr, wo ich hinschauen sollte. Bin ich mir vorgekommen wie im Ghetto!« Er schaut mich an, tiefe Dackelfalten auf der Stirn, einen leidenden Zug um den Mund: »Bin ich ein bißchen Antisemit, Putzikam, kann ich den Anblick so vieler Juden nicht vertragen!«

Hätte ein anderer diese Bemerkung gemacht, ich wäre aus der Haut gefahren, bei Jossi aber stört sie mich nicht. Jossi kennt keine Judenprobleme und keine echten Haßgefühle. Er mag die Juden nicht besonders. Er mag die Amerikaner noch weniger. Na, was ist schon dabei! Er hat nie einem Menschen etwas zuleide getan – seine Eltern und Großeltern haben es auch nicht. Es ist ihnen wahrscheinlich auch nie der Gedanke gekommen, Menschen, die ihnen nichts getan haben, ein Leid zuzufügen. Menschen, die menschlich sind – und zu denen gehört Jossi –, brauchen ihre Menschlichkeit nicht an die große Glocke zu hängen. Seine Offenheit in diesen Dingen ist für mich ein Beweis seiner Unschuld. Nur Menschen, die etwas auf dem Kerbholz haben, ergehen sich in Demonstrationen tiefsten Mitgefühls.

Also lache ich und frage: »Und wie hast du den Anblick so vieler Juden nun ertragen?«

»Mit Wodka«, sagt er. »Der Wodka war ausgezeichnet und außerdem frei. Habe ich gleich zwei große getrunken. Ist mir besser geworden danach. Hat uns dann Herr Lehman persönlich einen sehr anständigen Tisch gegeben. Habe ich mich so gesetzt, daß ich das Publikum nicht zu sehen brauchte. Haben wir noch Wodka getrunken, Kaviar gegessen, Wein getrunken. Steak Romanoff gegessen, noch mehr Wein getrunken – habe ich ausgegeben neunzig Mark. Und was meinst du, Putzikam, was geschieht dann!«

»Was?«

»Haben wir für neunzig Mark – neunzig Mark – gegessen. Sitzen wir da, die Baronin und ich. Wollen wir uns gemütlich unterhalten. Kommt dieser Halunke, der Lehman, und setzt an unseren Tisch einen deutschen Proleten mit seiner Biene. Kenne ich den Mann ganz flüchtig, aber schon seit langem. Ist er wirklich ein Prolet, Putzikam. Wie kann man mir, wenn ich für neunzig Mark esse, einen Proleten an den Tisch setzen! Also, ich natürlich nichts gesagt, aber gekocht, gekocht vor Wut! Habe ich mich weiter mit der Baronin unterhalten und getan, als wäre dieser Prolet Luft. Verkauft er Autos, verdient er damit viel Geld. Aber sollst du nur sehen, wie er ißt. Joi, Putzikam! Und dann, was glaubst du, was dann geschieht! Wirst du es nicht fassen! Beugt sich dieser Prolet vertraulich über den Tisch, lacht und sagt: ›Na, Herr von Varassyi, bei Ihnen bin ich mir auch nicht ganz sicher.‹

›Sicher?‹ frage ich, ›worüber?‹

›Ob bei Ihnen nicht auch irgendein jüdischer Vorfahre mitgemischt hat. Ihre Nase gibt mir doch sehr zu denken.‹

Meine Nase gibt ihm zu denken – Putzikam! Meine Nase!«

Jossi schließt gequält die Augen. Er hat das Gesicht

eines Tragöden, der sich gerade den Dolch in die Brust jagt. Die Flügel seiner geschändeten Nase zucken wie bei einem Kaninchen.

Ich stütze mich mit beiden Ellbogen auf die Bar, schlage die Hände vors Gesicht und lache.

»Putzikam, was ist?«

»Ich weine über die Schmach, die man dir angetan hat«, sage ich, richte mich wieder auf und umarme ihn: »O Jossi, du bist der einzige, der mich noch so zum Lachen bringen kann!«

»Habe ich es aber gar nicht so komisch gemeint!«

»Das ist es ja eben – komm, bestell noch was zu trinken, ich stehe kurz vor einem Schwips.«

»Ist ein Schwips das beste, was man haben kann.«

Er bestellt noch einen halben Liter Rosé, und der Barkeeper zwinkert uns verständnisinnig zu. Er scheint uns zu mögen, besonders Jossi, in dem er einen Herrn alter Schule sieht.

Am linken unteren Ende der Bar hat sich ein Mann an eine Hammond-Orgel gesetzt. Er beginnt einen alten amerikanischen Schlager zu spielen. Der Mann kommt mir bekannt vor. Er sieht aus wie ein großer, glitschiger Fisch – kaum Haare, kleine helle Augen, ein schweres, flächiges, glattes Gesicht. Ich versuche mich zu erinnern, wo ich ihn schon einmal gesehen habe. Ich komme nicht darauf. Ich weiß nur, daß es schon lange her sein muß. Der Mann schaut mich an, lächelt, macht ein Gesicht, als wolle er sagen: Na, können Sie sich immer noch nicht erinnern?

Ich wende mich ab. Der Barkeeper versucht, Jossi zu einem Dessert zu überreden. Er steht in lässiger Pose – ein Bein über das andere geschlagen, die rechte Hand leicht auf die Bar gestützt – und wartet mit vielen verlokkenden Vorschlägen auf. Aber Jossi ist mit Nachspeisen heikel. Am liebsten ißt er Apfelstrudel, aber so, wie ihn seine Mutter gemacht hat. Es gibt keinen Apfelstrudel und schon gar nicht einen Apfelstrudel, wie ihn seine

Mutter gemacht hat. Der Barkeeper ist darüber etwas betreten, aber plötzlich scheint ihm ein geradezu genialer Einfall zu kommen. Sein Gesicht leuchtet auf, er neigt sich zu Jossi hinab und flüstert mit der Stimme eines Magiers: »Palatschinken.« Er hat längst erraten, daß Jossi Ungar ist, und er weiß, was einem Ungarn Palatschinken bedeuten.

»Palatschinken«, sagt Jossi verträumt, »habe ich seit Jahren keine Palatschinken mehr gegessen. Weiß man in Deutschland ja nicht, was ein richtiger Palatschinken ist.

»Herr Graf«, sagt der Barkeeper, »heute werden Sie einen richtigen Palatschinken essen. Ich werde ihn eigenhändig zubereiten!

Und schon eilt er in die Küche.

»Jossi«, frage ich mißtrauisch, »warum nennt er dich denn plötzlich Herr Graf?«

»Weiß ich's, Putzikam!« Jossi zuckt gleichgültig die Schultern. »Glaubt er eben, ich sei ein Graf und schmeichelt es ihm.«

»Dir natürlich nicht«, sage ich lachend.

»Solltest du wissen, Putzikam, daß ich auf Titel keinen Wert lege. Bin ich ein Baron, aber nenne ich mich schlicht: Doktor Varassyi.«

Ich hüte mich zu fragen, seit wann und in was er Doktor ist. »Gebe mir der Herr Graf bitte noch ein Glas Wein«, sage ich.

Jossi gießt mir ein. Jetzt bin ich beschwipst und genieße diesen herrlich leichtköpfigen Zustand.

Der große glitschige Fisch spielt unaufhörlich amerikanische Nachkriegsschlager. Sie erinnern mich an sentimentale Erlebnisse. Damals war ich wohl noch etwas sentimental, heute bin ich es, Gott bewahre, nicht mehr. Eine Frau wie ich – erwachsen, vernünftig, diszipliniert! Trotzdem würde ich jetzt gern eng umschlungen in einer warmen Vollmondnacht spazierengehen, würde ich gern zärtliche Worte hören, würde ich gern geküßt und geliebt werden.

Aber sentimental bin ich, Gott bewahre, nicht!

Eine Frau im Jahre 1965 geht, wenn sie Lust hat, mit einem Mann ins Bett. Sie ist dem Mann nichts schuldig, und der Mann ist ihr nichts schuldig. Die Frau heutzutage ist nüchtern, kühl und selbständig. Manchmal verdient sie mehr als der Mann. Eine Frau im Jahre 1965 hat Liebhaber, aber keinen Geliebten!

Jossi rückt näher an mich heran: »Putzikam«, sagt er, »sollten wir uns jetzt überlegen, wo wir nach Weihnachten hinfahren.«

»Ich kann jetzt nicht überlegen. Ich habe zu viel getrunken.«

»Müssen wir aber bald einen Plan machen.«

»Ja, morgen früh.«

Die Palatschinken werden gebracht. Sie sind blaß, hauchdünn und überzuckert. Der Barkeeper schaut liebevoll darauf hinab. Er verfolgt gespannt, wie Jossi den ersten Bissen in den Mund schiebt. Jossi kann ein erfreutes Lächeln nicht unterdrücken. Es spiegelt sich als triumphierender Abglanz auf dem Gesicht des jungen Mannes.

»Sind sie so richtig, Herr Graf?«

»Muß ich gratulieren!«

Jossi läßt mich ein Stück probieren.

»Ausgezeichnet«, sage ich.

Der Barkeeper nickt beglückt.

Jetzt spielt der Orgelspieler ›It's just the same old story ...‹ Vor vielen Jahren war das mein Lieblingsschlager gewesen. Ich schaue wieder zu dem Fischgesicht hinüber. Jetzt lächelt er nicht nur, jetzt nickt er mir zu.

»Verdammt noch mal«, sage ich zu Jossi, »ich kenne den Mann, und ich weiß nicht woher.«

»Welchen Mann?«

»Den Orgelspieler.«

»Kennst du aber merkwürdige Männer!«

»Ich kenne ihn in irgendeinem Zusammenhang, nicht persönlich.«

»Will ich hoffen.«

»Na ja, wahrscheinlich habe ich ihn irgendwann einmal in einem anderen Lokal ...«

»Hans«, sagt der Barkeeper, der seit seinem Palatschinken-Erfolg nicht mehr von uns weicht, »hat früher mal im ›Schwarzen Kater‹ Klavier gespielt – nicht wahr, Hans?«

»Was ist?« ruft Hans, ohne sein Orgelspiel zu unterbrechen.

»Du hast doch früher mal eine ganze Weile im ›Schwarzen Kater‹ gespielt!«

»Acht Jahre«, sagt er und klimpert leise den Übergang zum nächsten Schlager, »ich bin aus dem ›Kater‹ gar nicht mehr rausgekommen!«

Daher kenne ich ihn also – aus dem »Schwarzen Kater«!

»Erinnern Sie sich jetzt, gnädige Frau?« fragt Hans zu mir hinüber.

Und ob ich mich jetzt erinnere! Ein halbes Jahr lang war »Der Schwarze Kater« unser Stammlokal gewesen. Fast jeden Abend hatten wir dort gegessen – Philipp und ich. Wir hatten die gleiche Vorliebe für triste kleine Kellerlokale gehabt. Wahrscheinlich war es die einzige Vorliebe, die wir gemeinsam hatten. Aber das hatte sich erst später herausgestellt. Damals in unserer Anfangszeit, der Zeit des »Schwarzen Katers«, waren wir noch sehr verliebt ineinander gewesen. Philipp hatte ein kleines Theater kaufen wollen, um ungestört Regie führen zu können. Bei ein paar Schoppen Rotwein und leiser Klaviermusik hatten wir stundenlang beraten, wie wir in den Besitz eines solchen Theaters kommen könnten. Natürlich war nichts daraus geworden, und Philipp hatte verbittert beschlossen, in den Urwald zu gehen und dort einen psychologisch untermauerten Kriminalroman zu schreiben. Dieser Einfall hatte mich ein wenig bedenklich gestimmt, aber schließlich liebt man ja einen Mann mit all seinen guten und schlechten Einfällen, und also hatte ich mich bereit erklärt, mitzugehen. Ich hatte den Sonderling Philipp für ein verkapptes Genie gehalten. Mit vierundzwanzig Jahren glaubt man noch, daß Faulheit, Zerrissenheit und Unberechenbarkeit Zeichen einer genialen Veranlagung sind. Allerdings war mein Glaube dann bald in Skepsis umgeschlagen. Doch da waren wir bereits verheiratet gewesen, und ich hatte Mischa erwartet. Als Philipp kurz nach der Geburt des Kindes erklärte, als Jet-Flieger zur Bundeswehr zu gehen, hatte ich freudig zugeraten. Ich hatte ihn loswerden wollen, und als Jet-Flieger bei der Bundeswehr hat man eine reelle Chance, jemand loszuwerden. Er war nicht zu den Jet-Fliegern gegangen, und daraufhin hatte ich mich scheiden lassen. Das einzig Schöne, was ich aus dieser kurzen, turbulenten Ehe mitbekommen hatte, war Mischa gewesen. Und dafür danke ich Philipp noch heute.

Jossi spendiert dem Orgelspieler einen Kognak, und daraufhin fragt er mich, ob ich einen besonderen Wunsch hätte.

»Spielen Sie noch einmal ›It's just the same old story‹.«

Er spielt, und ich singe leise mit: »It's just the same old story, the fight for love and glory ...« Die Worte der dritten und vierten Zeile sind mir entfallen, und erst bei der fünften kann ich wieder mitsingen: »As years go by ...«

Ich nicke betrübt und wiederhole mit Nachdruck: »Während die Jahre vergehen ...!«

Der Barkeeper und Jossi haben sich inzwischen in der Ungarisch-Österreichischen Monarchie gefunden. Es hat sich herausgestellt, daß der Barkeeper einen österreichischen Vater hat und dieser Vater – Wunder über Wunder – im X. k. u. k.-Regiment gedient hat. Man schwelgt in Erinnerungen.

»Erinnern Sie sich noch, Herr Graf, an die Uniformen?«

»Wie soll ich mich nicht erinnern! Schon als kleiner Bub hat mich mein Vater – er war Oberst – immer mitgenommen zu den Paraden.«

»Die müssen prächtig gewesen sein. Mein Vater hat mir einmal erzählt ...«

Ich höre nur halb hin. Die Erinnerungen der beiden vermischen sich mit meinen eigenen Erinnerungen: deutsche Uniformen. Russische Uniformen. Marschierende Beine, ein Tausendfüßler in Stiefeln. Und das Geräusch der aufprallenden Stiefel. Und klirrende Marschmusik. Und die metallenen Kommandostimmen. Und die Angst, die Angst, die Angst!

»Ja, die Paraden«, sagt Jossi versonnen, »die werde ich nie vergessen! Ein Hollywoodfilm in Technicolor ist ein Dreck dagegen!«

»Mein Vater«, sagt der Barkeeper, »hat seine alte Uniform noch oft angezogen. So eine Eleganz!«

Die Amerikaner, erinnere ich mich, sind ganz anders marschiert als die Deutschen und die Russen. Sie gingen lässig, so, als wollten sie sich nur ein paar vergnügte Stunden machen. Sie trugen ja auch keine Stiefel, sondern Halbschuhe. In denen geht man wahrscheinlich bequemer. Die Halbschuhe haben mich immer sehr beeindruckt. Ich war nur Stiefel gewöhnt. Und als ich dann meinen ersten Mann, den Amerikaner, geheiratet hatte, da legte ich immer besonderen Wert darauf, daß seine Halbschuhe erstklassig geputzt waren. Er war im Gegensatz zu Philipp ein idealer Ehemann gewesen. Er war überhaupt der einzige, der mich wie eine richtige Frau behandelt, der die volle Verantwortung für mich übernommen hat. Das ist, wenn man es genau betrachtet, ein sehr schönes Gefühl für eine Frau. Danach hat keiner mehr die Verantwortung für mich übernommen. Es hing von mir ab, ob ich es schaffe oder nicht. Die Männer haben den Kopf in den Sand gesteckt. Ich kann es ja auch verstehen. Verantwortung zu übernehmen ist verdammt unbequem. Und wenn man es nicht unbedingt muß, wozu dann? Bei mir hat man es nicht unbedingt gemußt. Ich war schon sehr früh selbständig. Ich hatte gar keine andere Wahl. Zugegeben, ich bin nicht ganz schuldlos, daß alles so gekommen ist. Es ist doch auffallend, daß die Männer, mit denen ich zusammen war – so wenig sie sich auch sonst ähnelten –, immer eines gemein hatten: einen totalen Mangel an Verantwortungsbewußtsein. Das muß wohl auch ein wenig an mir gelegen haben. Vielleicht waren mir Männer mit Verantwortungsbewußtsein zu besitzergreifend. Aber jetzt, jetzt habe ich Sehnsucht nach einem Mann, der sich für mich verantwortlich fühlt ...

Ich bin betrunken. Der Fisch soll aufhören, mich anzugrinsen. Wahrscheinlich vergleicht er mich mit dem Mädchen von damals, einem jungen verliebten Ding, das einem verkappten Genie in den Urwald folgen wollte. Ich bin nicht mehr das Mädchen von damals, ich folge keinem mehr! Der Barkeeper und Jossi tauschen immer noch Erinnerungen aus: »Was für einen Rang hatte Ihr Vater im X. k. u. k.-Regiment?« fragte Jossi.

»Mein Großvater war Oberstleutnant.«

Diese Antwort kommt mir irrsinnig komisch vor. Den Vater unterschlägt er, weil er es wahrscheinlich nicht weiter als bis zum Feldwebel gebracht hat. Dafür muß der Großvater glänzen. Oder vielleicht war's der Ur-Urgroßvater.

Jossi ist in der Rolle des »Herrn Grafen« ganz aufgegangen. Er raucht jetzt eine dicke Zigarre und macht ein bedeutungsvolles Gesicht.

»Jossi«, sage ich und nehme seine Nase zwischen Zeigefinger und Daumen, »weißt du, was ich jetzt möchte?«

»Was?« fragt er und zieht mir seine lange, schmale Nase wieder weg.

»Ich möchte ein Weihnachtsgedicht aufsagen.«

»Bist du jetzt aber schon sehr beschwipst, Putzikam!«

»Bei meinen Großeltern mußte ich immer ein Weihnachtsgedicht aufsagen – also, hör mal zu: ›Und überall auf den Tannenspitzen sah ich goldene Lichtlein ...‹«

Der Oberkellner ist hinter mich getreten und fragt in diskretem Flüsterton, ob ich vielleicht Frau Amon sei.

»Ich glaube ja«, flüstere ich zurück, »aber sagen Sie es bitte nicht weiter.«

»Sie werden am Telefon verlangt, gnädige Frau.«

»Jossi, ich werde am Telefon verlangt, und dabei weiß kein Mensch, daß ich hier bin. Na, hast du Worte?«

»Bei dir muß man auf alles gefaßt sein.«

»Da hast du wiederum recht.«

Ich muß jetzt also vom Barhocker runter, und das ist gar nicht leicht. Auf keinen Fall darf ich einen betrunkenen Eindruck machen, höchstens einen beschwipsten. Ich schaue auf den Boden hinab. Er liegt tief unter mir. Schade, daß ich keine so langen Beine habe wie der Hocker. Damit wäre mir sehr geholfen. Ich muß mich also langsam und vorsichtig hinabgleiten lassen, und Gott sei mir dabei gnädig! Er ist mir gnädig, und ich erreiche mit Grandezza den Boden. Nachdem mir das so gut gelungen ist, fühle ich mich wieder ganz sicher. Mit durchgedrücktem Kreuz und erhobenem Kopf begebe ich mich zur Telefonzelle. »Hallo«, sage ich mit einer Stimme, die zwar recht tief, aber sonst – finde ich – ganz normal klingt.

»Hören Sie auf zu trinken«, sagt Walter, »lassen Sie den langweiligen Kerl sitzen und kommen Sie zu mir.«

»Seit wann sind Sie Hellseher?« frage ich und bemühe mich, jeden Buchstaben deutlich auszusprechen.

»Um Sie und Ihre jeweiligen Handlungen zu durchschauen, Vera, braucht man, weiß Gott, kein Hellseher zu sein.«

»Aber woher können Sie wissen«, beharre ich mit dem Eigensinn der Beschwipsten, »daß ich erstens im ›Grill‹ bin, zweitens in Gesellschaft eines ...«

»Vera, bis Sie diesen langen Absatz mit all seinen heimtückischen Konsonanten zu Ende gesprochen haben, bin ich eingeschlafen. Also spreche lieber ich – es geht schneller: Wo ist eine Frau wie Sie, wenn sie nicht zu Hause ist? Sie ist zum Abendessen gegangen. Wohin geht eine Frau wie Sie zum Abendessen? In eines der sogenannten mondänen Restaurants, wie es, zum Glück, nicht viele in München gibt. Mit wem geht eine Frau wie Sie zum Abendessen in ein mondänes Restaurant? Mit einem langweiligen Kerl. Was macht eine Frau wie Sie beim Abendessen, in einem mondänen Restaurant, mit einem langweiligen Kerl? Sie trinkt. Und daß Sie zuviel getrunken haben, das bedarf nicht einmal einer scharfen Kombinationsgabe. Man hört's!«

»Puh«, sage ich, »jetzt bin ich ganz schwindlig von Ihrem Gerede.«

»Sie sind schwindlig, weil Sie blau sind, und das wahrscheinlich auch noch von minderwertigem Alkohol.«

»Sagen Sie mir, was Sie von mir wollen, und hängen Sie dann sofort ein.«

»Ich will Sie! Sie mit Haut und Haaren und all den anderen mehr oder weniger hübschen Kleinigkeiten. Sagen Sie, daß Sie kommen, und ich hänge ein.«

»Ich kann nicht kommen!«

»Natürlich können Sie kommen, und Sie werden kommen!«

»Nein. Ich habe nämlich eben nachgedacht.«

»Vera, Sie sind noch betrunkener, als ich dachte.«

»Ich habe nachgedacht und bin dabei zu der Erkenntnis gekommen, daß ich einen Mann mit Verantwortungsbewußtsein haben möchte. Mit Männern, die kein Verantwortungsbewußtsein haben, gehe ich nicht mehr ins Bett!«

Jetzt bricht am anderen Ende ein prustendes Gelächter los.

»Sie lachen darüber, weil Sie kein Verantwortungsbewußtsein haben!«

»Soll ich Ihnen beweisen, daß ich ein Verantwortungsbewußtsein habe?«

»Wie wollen Sie das beweisen?«

»Indem ich Sie vor dem Zustand der Volltrunkenheit bewahre, komme und Sie aus diesem unmöglichen Lokal zerre.«

»Nein, das dürfen Sie nicht. Ich sitze hier mit einem alten Freund. Er ist zwar nicht sehr intelligent, aber er ist gut. Ich darf gute Menschen nicht verletzen. Güte muß man mit Güte lohnen.«

Ich warte auf ein neuerliches Lachen, aber es kommt keins. »Was ist?« frage ich.

»Was soll schon sein? Das Gespräch war bisher ganz amüsant, jetzt langweilt es mich. Ich habe keine Lust mehr, mit Ihnen am Telefon herumzualbern. Ich möchte wissen, ob Sie kommen. Ja oder nein?«

Plötzlich schlägt auch meine Stimmung um. Ich finde das Gespräch mit Walter nicht mehr komisch. Ich finde den Gedanken, zu Jossi zurückzukehren, bedrückend. Ich finde das Leben trostlos und Beziehungen zwischen Mann und Frau unerfaßbar. Ich bin wieder nüchtern.

»Was wollen Sie eigentlich von mir?« frage ich leise.

»Das haben Sie schon mal gefragt, und ich habe Ihnen darauf eine klare Antwort gegeben: Ich will Sie!«

»Ach Unsinn. Sie wollen nur nicht allein sein. Sie wollen Publikum! Sie wollen irgend jemand, bei dem Sie Ihre Mätzchen anbringen können. Sie wollen ...«

»Hören Sie auf, Sie dumme instinktlose Gans! Ich sehne mich nach Ihnen, wie ich mich überhaupt noch nie nach Ihnen gesehnt habe!«

Ihr Pech, denke ich, aber ich kann es ihm nicht sagen.

Seine Sehnsucht ist nicht gespielt. Sie ist hörbar, sie ist spürbar. Sie ist so intensiv, daß sie auf mich überspringt.

»Komm, Vera – bitte!«

»Ich komme.«

Ich hänge ein und gehe zu Jossi zurück. Vor ihm stehen ein Mokka und ein Likör. Auch an meinem Platz stehen eine Tasse und ein kleines Glas. Seine Fürsorge rührt mich, aber Schuldgefühle kann ich jetzt nicht gebrauchen.

»Jossi«, sage ich gereizt, »du weißt doch, daß ich abends keinen Kaffee trinke.«

»Was ist passiert, Putzikam?«

»Was soll passiert sein?«

»Ich meine, der Anruf ...«

»Ach so, es war Walter.«

»Entwickelt er sich langsam zu einem lästigen Schatten!«

»Ich muß gehen, Jossi.«

»Zu ihm?«

»Ja.«

»Ist er krank?«

»Nein.«

»Putzikam, was ist?«

Ich ärgere mich, daß er da sitzt, seinen Kaffee rührt und nicht begreift.

»Ich nehme ein Taxi«, erkläre ich, »du kannst in Ruhe deinen Likör austrinken.«

Jetzt wird es sogar Jossi zuviel. Er legt Wert auf gutes Benehmen. Es ist das einzige, worauf er noch Wert zu legen scheint. »Finde ich es ein wenig komisch, Vera«, sagt er, »daß du so plötzlich gehen mußt. Kannst du vielleicht noch fünf Minuten warten, bis ich fertig bin und gezahlt habe.«

»Ich habe nicht die Absicht, dich zu drängen. Ich nehme mir ein Taxi und ...«

»Bin ich ein Herr, Vera, und lasse eine Dame nicht alleine gehen.«

»Da ich mich doch offensichtlich nicht wie eine Dame benehme, kannst du mich auch ruhig allein gehen lassen!«

»Mach jetzt keine Geschichten! Bist du eine launenhafte Frau, rechne ich aber immer damit. Werde ich mich beeilen und dich dann zu diesem Menschen fahren!«

»Du tust mir gar keinen Gefallen damit.«

»Weiß ich. Wäre es dir bestimmt lieber, ich würde mich jetzt schlecht benehmen. Werde ich aber nicht tun.«

»Jossi«, sage ich, »es tut mir leid.«

»Einen Schmarrn tut es dir!«

Ich setze mich wieder auf den Hocker, zünde mir eine Zigarette an, warte angespannt und schweigend. Jossi bestellt die Rechnung, trinkt in kleinen Schlückchen den Kaffee, nippt an seinem Likör. Der Barkeeper bringt die Rechnung. Ein kleines Abschiedsgespräch kommt in Gang. Das ordinäre Mädchen mit dem guten Busen ißt einen bunt garnierten Eisbecher. Hans, der Fisch, spielt ›Blue skies‹. Einer der Köche läßt eine Pfanne fallen. Neue Gäste betreten das Restaurant. Plötzlich merke ich, daß es an dem Platz, auf dem ich sitze, schrecklich zieht. Ich drücke meine Zigarette aus, ein unmißverständliches Zeichen, daß ich jetzt gehen muß. Jossi legt ein Trinkgeld auf den Teller, das den Barkeeper noch oft und gern an die Ungarisch-Österreichische Monarchie erinnern wird.

»So, Vera, hoffe ich, daß du noch rechtzeitig zu deinem Walter kommst.«

Als wir das Lokal verlassen, spielt Hans zum drittenmal »It's just the same old story, the fight for love and glory ...«

»Schon gut ...«, murmele ich.

Draußen ist es naß, kalt, schmutzig. Die Straße sieht häßlich aus. Eine Uhr schlägt elf.

Wenn Mischa nun zufällig aufwacht – denke ich.

Meine Füße sind kalt. Meine Kehle brennt, ich muß husten.

Ich bin auf dem besten Wege, mich zu erkälten – denke ich.

Jossi hält mir die Wagentür auf, geht um das Auto herum, steigt wortlos ein.

Schlimm, daß ich ihn so kränke – denke ich.

»Wo wohnt dieser Mensch?«

»Dieser Mensch wohnt in der Theresienstraße!«

Jossi fährt, als nähme er an einem Rennen teil. Als ihm ein rotes Licht in die Quere kommt, stößt er einen ungarischen Fluch aus.

»Jossi«, frage ich, »hast du noch niemals im Leben etwas so stark gewollt, daß du alles dafür aufs Spiel gesetzt hättest?«

»Doch«, sagt er, »mit Zwanzig.«

»Ach so, bei dir hängt das vom Alter ab!«

»Sollte es bei jedem so sein. Ist es immer etwas lächerlich, wenn sich ein erwachsener Mensch aufführt wie ein Kindskopf.«

Ich überlege, ob es lächerlich ist, daß ich, eine Frau über Dreißig, einem Wunsch so bedingungslos nachgebe.

»Muß es außerdem schon etwas schrecklich Wichtiges sein, wenn man alles dafür aufs Spiel setzt.«

Ich überlege, ob mein Besuch bei Walter etwas schrecklich Wichtiges ist.

»Bin ich als junger Bursche Rennen gefahren, und habe ich alles aufs Spiel gesetzt, um es zu gewinnen.«

Ich überlege, ob ein Sieg beim Autorennen etwas schrecklich Wichtiges ist.

»Weiß ich nicht, Vera, ob es überhaupt etwas so schrecklich Wichtiges gibt, daß man dafür alles aufs Spiel setzt.«

»Entscheidend ist wohl allein das Gefühl, etwas unbedingt zu wollen«, sage ich.

»Was wird nun aus unserer gemeinsamen Reise?« fragt Jossi.

»Ich rufe dich morgen früh an ... so, hier rechts ist das Haus.«

Er hält, steigt, ehe ich ihn daran hindern kann, aus, geht um den Wagen herum und öffnet mir die Tür.

»Auf Wiedersehen, Jossi, und versuch bitte, mir nicht böse zu sein.«

Er schaut mich stumm und klagend an, küßt meine Hand und geht.

Kaum habe ich auf die Klingel gedrückt, antwortet mir das Summen des Türöffners.

Er hat wohl schon sehr gewartet, denke ich und lache.

Im Fahrstuhl hole ich eilig einen Spiegel aus der Tasche, dann eine Puderdose, einen Kamm, einen Lippenstift. Als der Lift hält, bin ich noch nicht ganz fertig. Ich fahre eine Etage höher, beende meine Toilette, fahre in den dritten Stock zurück.

Walters Wohnungstür ist angelehnt. Ich betrete die enge, dunkle Diele, stolpere über etwas Hartes, sage »au« und schließe die Tür hinter mir. Als hätte ich damit den Einsatz gegeben, ertönt im Wohnraum leiser, wehmütiger Gesang in der Art eines spanischen Fados. Als ich mich den Gang entlang taste, wird die Stimme lauter, und wie ich schließlich unter der Zimmertür stehe, schwillt sie zu theatralisch-leidenschaftlichem Fortissimo an. Walter, eine alte, fast saitenlose Gitarre im Arm, sitzt auf der Ecke eines großen, mit Schreibzeug und schmutzigem Geschirr bedeckten Tisches. Er hat sich ein schwarzes Menjou-Bärtchen gemalt und eine Schmalzlocke in die Stirn gekämmt. Mit dem verzückten Gesicht eines mondsüchtigen Katers entlockt er dem Instrument einen gelegentlichen Laut, seinem Brustkasten wahre Kaskaden an Tönen.

Ich stehe auf der Schwelle, sehe ihn an und liebe ihn. Ich liebe seine Häßlichkeit, seine unberechenbaren Launen, sein Komödiantentum, seine sadistischen Bosheiten. Ich bin glücklich, diese paar Sekunden, in denen ich ihn liebe, und ich weiß, daß es nur Sekunden sein werden.

Jetzt dämpft Walter die Stimme, er senkt den Blick, sieht mich in scheinbarer Verwirrung an.

»Sie Narr«, sage ich zärtlich, »ich wußte ja, daß Sie mal wieder Publikum brauchen.«

Er singt weiter – leise jetzt wieder und wehmutsvoll. Ich trete ins Zimmer, werfe Mantel und Tasche auf einen der zerfransten Sessel und stelle mich vor ihn hin: »Wissen Sie eigentlich, Sie ewiger Schauspieler, daß Sie eine zwölfjährige Freundschaft auf dem Gewissen haben? Wissen Sie, daß ich Ihretwegen mein Versprechen gebrochen habe und nicht pünktlich nach Hause gefahren bin? Wissen Sie überhaupt, was ich alles für Sie tue?«

Walter, ohne den Gesang zu unterbrechen, hebt fragend eine Braue.

»Nein, Sie wissen es nicht. Und wissen Sie vielleicht, warum ich es tue? Nein, das wissen weder Sie noch ich!«

Ich nehme eine qualmende Zigarette, die aus dem übervollen Aschenbecher auf die Tischplatte gefallen ist, und rauche sie weiter.

»Also schön – und warum soll man es auch wissen? Was man so genau weiß, verliert an Reiz, finden Sie nicht?«

Walter, oblgeich er immer noch singt, schaut mich jetzt aufmerksam an.

»Ich wollte kommen«, sage ich, »ich wollte nichts anderes als kommen! Es ist schön, dieses Gefühl, etwas zu wollen – etwas unbedingt zu wollen. Daran spürt man, daß man noch lebt. Ich habe heute ein paar Minuten gelebt. Ob das genug ist für einen Tag?«

Walter nickt.

»Ich glaube auch – hören Sie jetzt auf zu singen, es fängt an, mich nervös zu machen!«

»Nervös!« Walter schlägt einen letzten Akkord an, läßt ihn ausklingen und wirft die Gitarre beiseite: »Haben Sie denn überhaupt kein Gefühl für Musik?« Er rutscht vom Tisch, nimmt mich in die Arme, biegt mich zurück und neigt sich in der Art eines Tangotänzers der zwanziger Jahre über mich: »Es soll Sie begeistern und nicht nervös machen!«

»Sie brechen mir das Kreuz!« rufe ich und lache.

Er biegt mich noch weiter zurück: »Hören Sie, Sie gefühlloses Geschöpf: Mein Gesang sollte Sie schwach machen, meine Gitarre bezaubern, mein Schnurrbart aufregen!«

»Er regt mich ungeheuer auf, aber nicht in dieser schmerzhaften Position!«

Er reißt mich mit einem Ruck zu sich hoch, umfaßt meinen Hinterkopf und bringt mein Gesicht ganz nah an das seine: »Sie Ungeheuer«, sagt er leise, »Sie Raubfisch, Sie Blutegel!« Eine Weile schauen wir uns in die Augen – stumm, ernst prüfend. Noch mißtrauen wir uns, belauern uns, fürchten eine falsche Bewegung, ein unpassendes Wort, einen verräterischen Gesichtsausdruck. Dann, als der Moment der Gefahr vorbei ist, lege ich die Arme um Walters Nacken, und er preßt mich gewaltsam an sich. Wir küssen uns mit der Intensität zweier Menschen, die sich danach für immer trennen müssen.

Unvermittelt wie alles, was er tut, bricht Walter den Kuß ab, schiebt mich zurück und sagt in dem quengeligen Ton eines Kindes: »Kaufen Sie doch ein Bauernhaus, Vera!«

»Wozu?« frage ich, an blitzschnelles Umstellen gewöhnt.

»Wozu? Damit wir darin wohnen natürlich! Unsere letzte Chance ist ein Bauernhaus – ein richtiges – mit einem mächtigen Kastanienbaum davor, mit Ställen und viel dunklem Holz und Geranien in grün gestrichenen Blumenkästen. Können Sie sich das vorstellen?«

Ich nicke.

»Rundherum müßten Wiesen sein – weite hügelige Wiesen, auf denen das Gras im Sommer kniehoch steht – ja, und ein Bach müßte in der Nähe sein, damit ich angeln kann.«

»Ein schöner Gedanke, aber ich fürchte, etwas kostspielig.«

»Sie sind doch eine fleißige, gut verdienende Frau. Sie haben ein Sparkonto und Aktien. Besser als in einem Bauernhaus können Sie Ihr Geld gar nicht anlegen!«

»Und was steuern Sie dazu bei?«

»Mich! Mich mit Haut und Haar, mit Geist und Weisheit, mit Großmut und Kraft, mit Esprit und ...«

»Das ist des Guten fast zuviel!«

Er legt seine Hände auf meine Schultern und schüttelt mich: »Tun Sie doch endlich mal was Richtiges für mich! Kaufen Sie ein Bauernhaus! Sie wissen doch, daß ich frische Luft und Ruhe brauche! Ich werde spazierengehen und angeln und Ihrem Sohn Jiu-Jitsu beibringen – er wird es brauchen können!«

»Und was werde ich tun?«

»Sie schreiben Ihre Romane – einen nach dem anderen, mit derselben Emsigkeit, mit der unsere Hühner Eier legen werden.«

»Aha.«

Er streicht mir über den Kopf und bohrt seine Nase in meine Wange: »Ich bin sogar bereit, für Sie zu kochen. Einen besseren Koch wie mich finden Sie nie. Das haben Sie selber zugegeben!«

Jetzt läuft doch alles wieder auf demselben Gleis. Wir reden dummes Zeug und spüren, wie wir uns immer weiter voneinander entfernen. Ich ziehe meinen Kopf weg und gehe einen Schritt zurück: »Können Sie eigentlich nie ernst mit mir sprechen?« frage ich gereizt.

Er macht ein übertrieben erstauntes Gesicht: »Ich soll ernst mit Ihnen sprechen? Liebe Vera, da stellen Sie aber plötzlich gewaltige Forderungen! Sie wissen offenbar nicht, was das heißt: ›ernst sprechen‹! Die Sprache, so man sie ernst nimmt, ist ein Heiligtum! Heutzutage wird sie von Plapperern mißbraucht und vergeudet, und darum, mein Schatz, werde ich mich ihrer nur in wahrhaft lohnenden Fällen bedienen!«

»Bravo!« sage ich bitter. »Der Herr Dozent hat es mir in gewählten Worten zu verstehen gegeben! Ich bin mir meiner Unwürdigkeit vollauf bewußt!«

Ich gehe zur Couch, stoße ein paar herumliegende Sachen beiseite und lege mich hin.

»Haben Sie was zu trinken im Haus?« frage ich.

»Eine Flasche meines berühmten Bordeaux.«

»Dürfte ich etwas davon haben, oder heben Sie ihn für die wahrhaft lohnenden Gesprächspartner auf?«

»Ihr Zynismus läßt mein Blut erstarren, Sie ... Sie ...«

Er geht zur Kochnische und kehrt mit einer Flasche und zwei Gläsern zurück.

»Ich verstehe nicht«, sage ich, »warum Sie sich überhaupt mit mir abgeben. Was haben Sie eigentlich von mir?«

Er streift mich mit einem zweideutigen Blick, grinst, verdreht die Augen und leckt sich die Lippen.

»Hören Sie auf«, warne ich, »sonst fliegt Ihnen was an den Kopf!«

»Wie sprechen Sie mit mir!« sagt er mit unterdrücktem Lachen.

»Ernst, mein Lieber, verdammt ernst!«

Er zieht den Korken aus der Flasche und füllt zwei Gläser. Mit dem einen tritt er zu mir an die Couch und überreicht es mir mit einer tiefen Verbeugung. Ich nehme es, trinke, stelle es auf den Boden und lege mich wieder zurück. Ich starre zur Decke empor, zornig und traurig.

Walter setzt sich zu mir, nimmt meine Hand, die ich zur Faust geballt habe, öffnet sie und beginnt, sie sanft zu streicheln: »Anfangs«, sagt er, »habe ich versucht, ernst mit Ihnen zu sprechen, doch dabei bin ich sehr schnell auf Widerstand gestoßen. Es war Ihnen viel zu anstrengend, viel zu unbequem. Außerdem hatten Sie auch keine Übung darin – nun, die hätten Sie sich bei mir, noch dazu kostenlos, aneignen können. Leider haben Sie die einmalige Gelegenheit nicht wahrgenommen. Erinnern Sie sich noch an unsere ersten Gespräche? Ich habe gebohrt und gebohrt! Ich wollte, daß Sie sprechen, nicht plappern! Es war vergebliche Mühe. Entweder haben Sie überhaupt nicht reagiert, oder Sie wurden nervös, ärgerlich, müde. Was blieb mir anderes übrig, als auf Ihren Ton einzugehen, einen Ton, den Sie mir jetzt ungerechterweise vorwerfen!«

Ich sehe ihn an und seufze.

»Stimmt es vielleicht nicht?«

»Doch«, sage ich, »es stimmt, aber Sie sind auch nicht ganz schuldlos daran. Wären Sie etwas behutsamer und geduldiger vorgegangen! Ich konnte Ihnen einfach nicht folgen, und das hat mich dann nervös, ärgerlich, müde gemacht. Ihre Gespräche waren mir viel zu kompliziert und – Sie haben recht – zu anstrengend! Ich bin leider nicht klug, und ich bin auch keine Intelligenzbestie.«

Er hebt meine Hand an seinen Mund und küßt sie.

»Ich verabscheue Intelligenzbestien«, sagt er.

»Ja, aber um sich mit Ihnen nach Ihrem Geschmack zu unterhalten, muß man eine sein.«

»Glauben Sie das wirklich?«

»Das glaube ich wirklich.«

»Nein, dann unterhalte ich mich schon lieber nach Ihrem Geschmack! Also, wie wär's mit einem Bauernhaus – schön ruhig bleiben! Sie sollen es ja gar nicht kaufen. Wir können es gemeinsam mieten.«

»Meinen Sie?«

»Warum nicht? Für das, was Sie an Miete zahlen und ich an Miete zahle, könnten wir bestimmt ein hübsches Bauernhaus haben.«

»Und dann?«

»Was heißt ›und dann‹?«

»Was machen wir dann?«

»Dann machen wir ein Kind!«

»Wollen Sie denn ein Kind?«

»Nein – wenn ich bedenke, was daraus werden könnte!«

»Aber ich würde gern ein zweites Kind haben.«

»Na schön, aber auf Ihre Verantwortung! Ich ziehe mich zurück, wenn es Ihre Anlagen erbt und sich zu einem Ungeheuer entwickelt.«

»Und wenn es nun Ihre Anlagen erbt und sich zu einem Genie entwickelt?«

»Dann würde ich, um es vor Ihrem verderblichen Einfluß zu schützen, ganz schnell damit verschwinden.«

Er lächelt, streicht mir das Haar aus der Stirn, küßt mich auf die Nasenspitze. Ich spüre, daß er mich liebhat, und ich sage: »Ich habe Sie sehr lieb.«

Er nickt.

»Glauben Sie wirklich, daß wir zusammenleben könnten?« frage ich.

»Nein«, sagt er, »aber das macht nichts.«

»Haben Sie eigentlich schon mal längere Zeit mit einer Frau zusammengelebt?«

»Ja.«

»Und wie ging das aus?«

»Schlecht. Die Frau mußte anschließend in psychiatrische Behandlung.«

»Tatsächlich?« frage ich lachend.

»Mein Ehrenwort!«

Er macht ein bekümmertes Gesicht und fährt dann fort: »Es war überhaupt immer sehr eigenartig. Alle Frauen, mit denen ich längere Zeit befreundet war, haben nach einer gewissen Zeit nur noch geweint.«

»Das kann ich durchaus verstehen.«

»Ja, aber ich bin doch ein Mann, der bei Tränen aus der Fassung gerät! Ich kann eine Frau nicht weinen sehen. Es rührt mich entsetzlich, es macht mich ganz hilflos! Und ausgerechnet mir mußte es immer wieder passieren!«

»Nun, bei mir würde Ihnen das nicht passieren«, sage ich in unangenehmem Ton. »Ich würde nicht heulen, ich würde gehen.«

»Und was glauben Sie, damit beweisen zu können? Ihre Überlegenheit anderen Frauen gegenüber? Ihre Überlegenheit Männern gegenüber?«

Ich schweige und gefalle mir in einem undurchsichtigen Lächeln.

»Lassen Sie das Sphinxgesicht! Es beeindruckt mich ebensowenig wie Ihre Phrasen. Sie sind leer, Vera. Da drinnen« – er tippt mir auf die Brust – »tut sich nichts mehr. Sie können nicht – oder vielleicht nicht mehr – geben. Aber Sie erwarten, daß man Ihnen gibt. Die Rechnung geht nicht auf, das müßten Sie eigentlich schon festgestellt haben!«

»Reden Sie doch nicht so großspurig«, sage ich, »Sie würden so oder so nicht geben.«

Er greift nach seinem Glas und trinkt.

»Stimmt's?« erkundige ich mich aufgebracht.

»Was verstehen Sie unter ›geben‹?« fragt er, und sein Gesicht verzieht sich schon im voraus zu einer spöttischen Grimasse.

Ich schweige.

»Suchen Sie nach Worten, nach schönen, abgeschmackten Worten? Lassen Sie es lieber, Vera. Für Sie ist ›geben‹ ein Klischeebegriff, und die Definition würde etwa folgendermaßen ausfallen: Ein Mann muß einer Frau Wärme geben, Sicherheit, Geborgenheit, Schutz ...«

Er schluchzt die Worte und wischt sich imaginäre Tränen aus den Augen: »Er muß das liebe, hilflose Frauchen auf starken Armen über die Abgründe des Lebens tragen, er darf ihren Geburtstag nicht vergessen und all die kleinen ritterlichen Aufmerksamkeiten, die so bezeichnend sind für Herzenswärme und Gebefreudigkeit eines Mannes!«

»Und was verstehen Sie unter ›geben‹?«

»Ich verstehe darunter sich auszuliefern, sich dem anderen hinzuwerfen und zu sagen: ›Hier hast du mich, und nun friß oder stirb‹!«

»Ich werde jetzt gehen«, sage ich und setze mich auf.

»Solche Dinge hören Sie nicht gern, was? Anstatt darüber nachzudenken, laufen Sie lieber davor weg!«

»Das hat gar nichts damit zu tun. Ich gehe, weil ich todmüde bin. Der Tag war entsetzlich anstrengend! Das Kaufhaus und der Zahnarzt und der Flugplatz ...«

»Und der langweilige Kerl und das blödsinnige Lokal und der miese Alkohol ...«

»Und jetzt auch noch Sie! Sie mit Ihrem dämlichen Schnurrbart, Ihren ewigen Faxen, Ihrem überheblichen Geschwafel. Es reicht für einen Tag!«

Ich stehe auf, aber er greift blitzschnell nach meinem Handgelenk und zieht mich mit einem kurzen Ruck auf die Couch zurück: »Bleiben Sie, Vera!«

»Warum – können Sie mir das sagen?«

»Als Sie kamen, wußten Sie doch ganz genau warum.«

»Ja, als ich kam! Ich unverbesserliches Schaf dachte – ach es ist sinnlos, darüber zu reden. Sinnlos wie die ganze letzte Stunde, die wir mit Albernheiten und Boshaftigkeiten verplempert haben. Sinnlos wie all die Stunden und

Tage und Nächte, die wir miteinander verplempern. Lassen Sie mich los, Walter.«

»Nein, Sie dürfen keinen schlechten Eindruck von mir mitnehmen ...«

Er lacht leise über seine törichte Bemerkung und streicht mir mit bewußter Unbeholfenheit über den Arm: »Ich werde alles wiedergutmachen. Ich werde Sie sanft auf diese Couch betten und Ihnen eine Platte von Brahms vorspielen.«

»Ich will keinen Brahms!«

»Aber Brahms mit seinem Pathos paßt doch so gut zu Ihnen!«

»Ich will ins Bett!«

»Wie wir wieder übereinstimmen! Kommen Sie, gehen wir!«

»Dazu ist es jetzt zu spät!«

»Ah ja, ich vergaß, daß bei Ihnen alles eine festgesetzte Stunde hat.«

»Mit ›zu spät‹ meine ich, daß ich jetzt keine Lust mehr habe.«

»Dann opfern Sie sich eben mal. Das ist doch auch ein schönes und vor allen Dingen ein erhebendes Gefühl.«

»Wenn Sie wüßten, wie Sie mir auf die Nerven gehen«, sage ich und versuche, mich aus seinem Griff zu befreien.

Er merkt, daß ich Ernst mache, und setzt seine ganzen Überredungskünste ein: »Bleiben Sie noch zehn Minuten, Vera, und ich verspreche Ihnen, daß Sie es nicht bereuen werden!«

»Auf dieses Versprechen bin ich schon so oft hereingefallen!«

»Diesmal bestimmt nicht. Ich werde Ihnen etwas erzählen – einen Traum, den ich heute nacht in Ihrer wunderhübschen Abstellkammer geträumt habe. Ich weiß nicht, ob ich ihn Ihrer Nähe oder dem Liter Apfelsaft verdanke. Auf jeden Fall war er grandios und sehr bezeichnend für mich. Hören Sie, Vera, zehn Minuten, und danach werden Sie mich in einem völlig neuen Licht sehen!«

Ich bin schwindelig und müde, und solange er mir Träume erzählt, kann er mich wenigstens nicht aufregen.

»Also, erzählen Sie«, sage ich.

Er läßt sich wie ein orientalischer Märchenerzähler im Türkensitz vor mir nieder und beginnt: »Ich träumte, ich sei in der Küche meines Bruders – einer sehr großen, altmodischen Küche, so wie es sie nur noch in Häusern auf dem Lande gibt. Mein Vater war da, unsere alte Tante, die den schönen Namen Alphonsine hat, mein Bruder, meine Schwägerin und deren zwölfjähriger Sohn. Auf dem Küchentisch lag ein Fisch, ein riesiges Vieh mit stahlgrauen Schuppen, so groß wie mein Daumennagel, einem mächtigen Schwanz, verglasten Augen und offenem Maul. Wir standen alle drum herum, hatten gräßlichen Hunger und beratschlagten, wie wir den monströsen Fisch am schmackhaftesten zubereiten könnten. Mein Vater schlug vor, man solle ihn in Stücke schneiden und braten. Meine Schwägerin meinte, gekocht und mit einer pikanten Soße wäre er besser. Und meine alte Tante, der schon das Wasser im Munde zusammenlief, wollte ihn gedünstet. Schließlich, meine Kochkünste kennend und schätzend, wandten sich alle an mich. Aber ich war eines guten Vorschlages einfach nicht fähig. Etwas an dem Fisch verwirrte und bedrückte mich. Es war nicht nur die immense Größe, es war vielmehr der Märtyrerausdruck im Gesicht des Tieres. Der Gedanke, ihm den Kopf abhacken und ihn dann womöglich noch in Stücke schneiden zu müssen, entsetzte mich. Ich erklärte, der Fisch sei viel zu groß, um gut zu schmecken, und man solle ihn wegwerfen. Man sah mich an, als hätte ich den Verstand verloren, wies mich dann auf die Qualitäten des Tieres hin und wollte von neuem einen Vorschlag. Um den Fisch wenigstens nicht dem Messer auszuliefern, schlug ich vor, man solle ihn in seiner ganzen Größe kochen. Man hielt den Einfall für genial und übersah dabei die

Schwierigkeiten. Der Fisch paßte natürlich in keinen Topf, ja nicht einmal in den Waschkessel. Schließlich bat man mich um die Erlaubnis, ihn wenigstens in der Mitte durchschneiden zu dürfen. Ich gab mein Einverständnis nur unter der Bedingung, daß man mich den Schnitt ausführen ließe. Daraufhin reichte man mir ein riesiges, funkelndes Küchenmesser, und ich setzte es schaudernd in der Mitte an. Da geschah etwas Entsetzliches! Vor unseren Augen verwandelte sich der Fisch in eine Mädchengestalt. Ich kann nicht schildern, was für ein Grauen mich packte. Ich riß das Messer hoch, und eine Art Lähmung überfiel mich. Ich konnte mich nicht rühren, ich konnte nicht einmal die Augen schließen. Ich war gezwungen dazustehen, das Messer erhoben, den Blick auf das splitterfasernackte Mädchen geheftet. Sie war nicht einmal hübsch! Sie sah aus wie ein schwächliches Armeleutekind, das in Hinterhöfen und miefigen Wohnküchen aufgewachsen ist. Ihr Fleisch hatte die Farbe von saurer Milch und war welk trotz ihrer Jugend. Ihre Hände und Füße waren gelblich-grau, ihr Haar spärlich und krausblond. Nur ihr Gesicht war erschütternd! Es hatte den gleichen Märtyrerausdruck wie das Gesicht des Fisches. Während ich noch dastand, bestürzt und zu Tode erschrocken, stieß mich mein Bruder an und sagte: ›Nun mach schon, wir haben alle Hunger!‹ Seine Worte schokkierten mich dermaßen, daß ich mich wieder bewegen konnte. Ich drehte mich um und fragte: ›Siehst du denn nicht, daß aus dem Fisch ein Mädchen geworden ist?‹ Und er antwortete: ›Natürlich sehe ich es, aber das ändert doch nichts!‹ – ›Das ändert nichts?‹ schrie ich. Jetzt mischte sich mein Vater ein und erklärte, mein Bruder hätte recht! Wir hätten einen Fisch gekauft, und wenn er sich in ein Mädchen verwandelt, träfe uns keine Schuld. Wir hätten Hunger und müßten etwas zu essen haben! Ich sah in die Gesichter und hoffte auf Beistand. Aber da war nirgends Beistand. Alle waren der Meinung meines Vaters und Bruders. Am schlimmsten war die Tante mit ihrem gierigen Altweiberhunger: ›Wenn du es nicht kannst‹, fauchte sie, ›dann gib mir das Messer. Es ist nicht das erstemal, daß ich einen Fisch zerschneide!‹ – ›Aber das ist doch gar kein Fisch!‹ rief ich und starrte das Mädchen an. Sie lag, bewegungslos, und hatte Tränen in den wasserfarbenen Augen. Das brachte mich vollends aus der Fassung. Ich wandte mich der Familie zu und wies sie in flehendem Ton darauf hin, daß sie doch alle gute Katholiken seien, getaufte Christen – ›im Namen des Vaters, des Sohnes und des Heiligen Geistes‹ –, ehrbare Menschen, die jeden Sonntag in die Kirche gingen und mindestens einmal im Monat zur Beichte. Was das denn damit zu tun hätte, argumentierte mein Vater. Natürlich seien sie gute Katholiken, aber Gott hätte nie etwas dagegen gehabt, daß Menschen Fisch äßen – noch dazu am Freitag. Ich glaubte den Verstand zu verlieren, denn es war weder Freitag, noch war der Fisch ein Fisch! In meiner Verzweiflung schrie ich, daß sie schlimmer als Kannibalen wären, denn die Kannibalen fräßen wenigstens nur ihre Feinde! Man schüttelte mißbilligend den Kopf und versuchte, mir klarzumachen, daß es sich hier um einen rechtmäßig und teuer bezahlten Kauf handele, den man nicht verderben lassen dürfe. ›Jetzt sieht man es endlich mal!‹ schrie ich. ›Mich habt ihr immer das Scheusal genannt, den Unmenschen ohne Herz und Gewissen, ohne Religion und Moralbegriffe. Aber jetzt, wo euch der Hunger im Genick sitzt, genauso wie mir auch, da stellt sich heraus, wer hier Unmensch ist und wer Mensch!‹ Als ich auch mit diesen Worten keinen Eindruck machte, griff ich zu einer List. ›Also schön‹, sagte ich, ›wenn ihr das Mädchen schon unbedingt auffressen wollt, dann soll es wenigstens delikat zubereitet sein. Sonst – seht sie euch doch an – ist es völlig ungenießbar!‹ Meine Familie, die glaubte, ich sei endlich zur Räson gekommen, nickte zustimmend. ›Ich werde sie also kochen, aber nur unter einer Bedingung – daß ihr alle aus der Küche verschwindet. Ein guter Koch muß sich auf seine Arbeit konzentrieren, und viele Köche verderben den Brei. Darum los, schert euch raus und laßt euch erst wieder blicken, wenn ich euch rufe!‹ Diese Bedingung war ihnen nur angenehm. Sie klatschten in die Hände und liefen aus der Küche. Ich sperrte die Tür hinter ihnen ab, dann trat ich zu dem Mädchen und zischte sie an: ›Sie widerliches Geschöpf! Stehen Sie auf und machen Sie, daß Sie hier wegkommen!‹ Sie sah mich nur groß an. ›Können Sie sich etwa nicht bewegen?‹ fragte ich beunruhigt. ›Doch‹, sagte sie und kratzte sich an der Nase. ›Na, dann tun Sie, was ich Ihnen gesagt habe! Oder wollen Sie, daß ich Sie ins kochende Wasser werfe?‹ Sie schüttelte ängstlich den Kopf und setzte sich auf. Jetzt sah sie noch häßlicher aus. ›Wenn Sie sich nur anschauen könnten‹, sagte ich, ›Sie würden sich in Grund und Boden schämen. Wirklich, es ist niederträchtig, einem solche Unannehmlichkeiten zu machen! Wenn sich ein Fisch schon unbedingt in ein Mädchen verwandeln muß, dann doch wenigstens in ein reizvolles! Seien Sie sicher, die männlichen Mitglieder meiner Familie hätten dann einen anderen Appetit verspürt als den, Sie aufzufressen. Und ich hätte mich nicht einzumischen brauchen!‹ Sie nickte traurig und sagte, das wisse sie ja. Aber so schreckliche Dinge passierten eben immer nur reizlosen Geschöpfen. Man habe schon oft solchen Unfug mit ihr getrieben. Wer ›man‹ sei, erkundigte ich mich. Das wisse sie leider auch nicht, sagte sie, aber es müsse schon jemand sein, der sich solchen Unfug leisten könne. Einmal, ich solle mir das nur vorstellen, hätte man sie sogar in einen Wellensittich verwandelt. Plötzlich hätte sie sich auf einem Baum in einem kleinen Stadtgarten wiedergefunden, und die anderen Vögel wären auf sie losgegangen. Sie wäre ganz sicher umgekommen, wenn nicht die guten Menschen sie gerettet hätten. Sie hätten die Feuerwehr alarmiert, eine Leiter aufgestellt und sie vom Baum geholt. Dieser Bericht machte mich mißtrauisch. Ich fuhr sie an, sie solle mir keine Märchen erzählen. Dann gab ich ihr zwei Geschirrtücher und empfahl ihr, einen Bikini daraus zu machen und zu verschwinden. Sie band sich die Tücher um, eins oben, eins unten, gab mir die Hand und sagte, wenn ich mal wieder Fisch äße, dann sollte ich bedenken, daß in jedem Tier ein Mensch und in jedem Menschen ein Tier stecken könne. Solche Phrasen, sagte ich, könne sie sich sparen! ›Sie sind ...‹ sagte sie, unterbrach sich dann aber, lächelte und scharrte verlegen mit dem Fuß. In diesem Moment wachte ich auf. Blödsinniges Fischweibchen! Hätte sie den Satz nicht wenigstens zu Ende sprechen können?«

Er schweigt, legt den Kopf ein wenig zur Seite und sieht mich gespannt an: »Nun, was sagen Sie dazu?«

»Ein schöner Traum«, sage ich, »nur bin ich im Zweifel, ob Sie ihn geträumt oder erfunden haben.«

Er hebt drei Finger: »Ich schwöre, ich habe ihn geträumt!«

»Sehr merkwürdig!«

»Sind Sie beeindruckt?«

Ich nicke.

Er zieht mir den rechten Schuh vom Fuß und wirft ihn hinter sich. Dann den linken.

»Bleiben Sie?«

Ich nicke wieder.

Er steht auf, packt mich am Arm, zieht mich hoch und hinter sich her ins Schlafzimmer.

Auf dem Boden liegen zwei Matratzen, rechts daneben brennt eine Bürolampe mit langem, biegsamem Stiel. In der Ecke steht ein Stuhl, an der Wand hängt ein Spiegel, vor das Fenster ist eine Wolldecke gespannt.

Das Bett ist nicht gemacht. Die Decke liegt zerwühlt am Fußende, und die Laken schlagen Falten. Ich schaue die beiden Kopfkissen an, dann Walter. Er hat sich bereits das Hemd ausgezogen. Sein Oberkörper ist fleischig und blaß und kaum behaart. Sein Hals ist zu kurz, seine Arme sind zu dünn.

»Sie scheinen das Bett fleißig benutzt zu haben«, sage ich.

»Ja, ich habe mir erlaubt, darin zu schlafen.«

»Mit einer Frau?«

»Mit mehreren.«

Er zieht seine Schuhe aus, seine Hose. Er hat kurze Beine mit kompakten Waden.

»Vera!«

»Ja?«

»Wenn Sie jetzt Theater machen, drehe ich Ihnen den Hals um!«

Er tritt hinter mich, öffnet den Reißverschluß an meinem Rücken, streift mir das Oberteil von den Schultern. Es rutscht hinab. Ich stehe in der Pfütze meines Kleides und frage: »Haben Sie allein in dem Bett geschlafen?«

»Sie sind doch nicht etwa eifersüchtig?«

»Nein, ich schlafe nur nicht gern in demselben Bettzeug.«

»Ich habe leider nur zwei Garnituren und kann nicht dauernd wechseln. Bei meinem Verbrauch ...«

»Sie sehen aus wie ein Frosch«, sage ich, »ein großer, weißer Frosch!«

»Geben Sie doch zu, daß Sie eifersüchtig sind!«

»Ich bin es nicht, verstehen Sie!«

»Dann ziehen Sie sich aus!«

Ich ziehe mich aus. Ich lege mich aufs Bett. Er setzt sich rittlings auf meine Schenkel.

Wir schauen uns an.

»Dreh dich um«, sagt er.

»Warum?«

»Weil ich dein Gesicht nicht sehen will, weil ich nicht sehen will, was du denkst.«

»Dabei, mein Lieber, denke ich nicht.«

»Doch gerade dabei denkst du, sonst leider nie.«

»Ich denke in solchen Momenten immer nur eins. Soll ich dir sagen, was?«

»Nein.«

»Wenn ich dich in mir fühle, glaube ich, daß ich dich

liebe. Nein, ich glaube es nicht nur, ich tue es. Ich liebe dich dann ganz ungeheuerlich!«

»Und damit glaubst du wohl, mir etwas besonders Schönes gesagt zu haben, wie? Was heißt das: wenn du mich in dir fühlst? Ist das, was du in dir fühlst, ich? Mein liebes Kind, morgen schenke ich dir etwas, das sich genauso anfühlt. Das kannst du dann auch ganz ungeheuerlich lieben!«

»Sei nicht albern, Walter! Willst du vielleicht, daß ich dir was vormache, daß ich dir in großen Worten ...«

»Ich will nur, daß du schweigst! Du sprichst, als seist du aufgezogen. Ich sagte: dreh dich um, damit ich nicht sehen muß, was du denkst. Jetzt muß ich nicht nur sehen, was du denkst, jetzt muß ich es mir sogar anhören! Wenn du so weitermachst, vergeht mir die Lust. Ich bin ein sensibler Mensch!«

»Habe ich dich jemals gefragt, ob du mich liebst, ob du für mich etwas anderes fühlst, als ...«

»Verdammt noch mal, Vera, habe ich dich denn gefragt? Nein, ich habe dich nicht gefragt, und ich wollte nichts von dir hören. Aber du, du hast es für unbedingt notwendig gehalten, Dinge auszuquatschen, die ich gar nicht wissen wollte!«

»Schade, Walter, daß man das Beste an dir nicht einmal loben darf.«

»Ich habe dich gewarnt! Schweig und dreh dich um! Dein Rücken ist schöner als dein Busen. Dein Haar ist weicher als dein Gesicht. Und wenn dir das Kissen den Mund stopft, dann bleibt mir wenigstens die Illusion ...«

»Komm zu mir«, sage ich.

Ich fühle mich warm und müde. Ich fühle einen Arm unter meiner Schulter, eine Hüfte, die meine berührt. Ich höre ihn atmen. Wenn ich den Kopf zur Seite drehe, sehe ich sein Gesicht. Ich habe einen Menschen neben mir.

Meine Gedanken bleiben an der Oberfläche. Sie tangieren mich nicht. Ab und zu streift mich ein Stück des Tages: Saschas rotes Kopftuch, der schöne Brillantring an ihrer kleinen Hand – das Lied: ›It's still the same old story‹ – Mischas Gesicht unter der zu tief hinabgezogenen Pudelmütze – das Heulen der Funkstreifensirene – Manfred Newmans unruhige Augen – der Geruch von Jossis erloschener Zigarre – ich möchte einschlafen in dem Bewußtsein, daß ein Mensch neben mir liegt. Walter bewegt sich, versucht den Arm unter meinen Schultern hervorzuziehen.

»Nicht«, murmele ich.

Er läßt ihn da, steif ausgestreckt, die Finger der Hand gespreizt. Ich drehe den Kopf und sehe ihn an. Er hat die Augen weit geöffnet und starrt zur Decke empor. Zwei mißmutige Falten ziehen sich von den Nasenflügeln hinab zu den hängenden Mundwinkeln.

»Walter«, sage ich.

»Ja.«

»Was denkst du?«

»Das wir immerzu auf der gleichen Stelle treten!«

Warum mußte ich fragen. Ich wollte gar nicht wissen, was er denkt.

»Daß nie etwas anderes aus alldem herauskommt als das!« sagt Walter.

Wieder frage ich und weiß, daß ich es nicht tun sollte: »Als was, Walter?«

»Als ein Geschlechtsakt!«

»Kannst du dir nicht ein angenehmeres Wort dafür einfallen lassen?«

»In unserem Fall nicht.«

»Sprich nicht so«, bitte ich, »wenigstens nicht jetzt.«

»Wieso denn, Vera? Ist es für Sie etwa mehr als ein Geschlechtsakt, ein trauriger, empörender Versuch, sich auf die primitivste Art und Weise zu betäuben?«

Ich schweige. Ich wende den Kopf und schließe die Augen. Ich falle, falle in eine grenzenlose Leere.

»Die Stunden«, sagt Walter, »diese kläglichen Stunden, die wir miteinander verbringen, sind ein Vakuum! – Wir sprechen nur aneinander vorbei. Sie plappern an der Oberfläche dahin, und ich stürze mich in die Rolle eines drittklassigen Clowns. Wenn wir es nicht mehr ertragen können, gehen wir ins Bett. Was für eine triste Geschichte! Könnten wir nicht lieber Karten spielen oder ins Kino gehen?«

Er zieht den Arm unter meinen Schultern hervor und zündet sich eine Zigarette an.

»Warum«, fährt er fort, »warum tue ich es immer wieder? Ich weiß es nicht! Ich ginge viel lieber angeln! Die Befriedigung, einen Fisch aus dem Wasser zu ziehen, ist unvergleichlich größer als der krampfhafte Versuch...«

Er beugt sich über mich: »Warum schweigen Sie?« fährt er mich an. »Warum liegen Sie da wie eine Mumie?« Er nimmt mein Gesicht und dreht es zu sich herum. »Was für ein schönes, leidendes Gesicht! Arme Vera! Arme Märtyrerin, die für all das nichts kann, die so unschuldig ist an dieser trostlosen Situation! Machen Sie doch die Augen auf, Menschenskind! Sehen Sie mich an!«

Ich schüttele den Kopf.

Er seufzt und läßt sich wieder zurückfallen: »Wie verlogen Sie sind, Vera, wie schamlos verlogen! Aber so seid ihr Frauen! Verlogen bis ins Mark, unelastisch, phantasielos, dumpf! Nicht umsonst gibt es keine Freundschaft zwischen Mann und Frau. Ihr habt nicht das Zeug dazu. Euch fehlt es an Verstand, an Charakter, an Größe! Warum sehe ich nicht endlich ein, daß es nur unter Männern einen gleichwertigen Austausch gibt. Warum versuche ich immer wieder, Frauen einen Ton abzuringen, der einfach nicht in ihnen ist? Warum vergeude ich so viele Stunden mit...«

Ich höre seine Worte aus der Ferne. Sie berühren mich nicht. Ich spüre keine Wut, keine Trauer. Die Leere in mir ist schlimmer als tiefste Verzweiflung. Sie tut nicht weh. Es ist furchtbar, an etwas zu leiden, daß nicht einmal weh tut.

Ich setze mich auf. Die Bewegung kostet mich ein

Höchstmaß an Willen. Meine Kleider liegen auf dem Boden verstreut. Ich müßte sie aufsammeln und anziehen. Ich kann es nicht.

»Was ist?« fragt Walter, und seine Stimme klingt jetzt unsicher.

»Ich glaube, es ist schon spät«, sage ich, »es ist Zeit, daß ich gehe.«

»Warum tun wir das alles – warum, um Gottes willen?«

Ich greife nach meinen Strümpfen, die am nächsten liegen.

»Es tut mir leid, Vera, es tut mir so leid! Seien Sie mir nicht böse, nein?«

Ich schüttele den Kopf.

»Sind Sie jetzt traurig?«

»Wenn ich noch irgend etwas spüren würde, dann wäre ich jetzt bestimmt sehr traurig.«

Er streicht mir über den Rücken: »Ach, Vera, was wir so alles sagen und auch glauben – und schon im nächsten Moment hat es keine Gültigkeit mehr. Jetzt, zum Beispiel, habe ich Sie furchtbar lieb. Wie Sie da sitzen mit Ihrem schmalen, braunen Kinderrücken, ganz geknickt und hilflos!«

Er richtet sich auf und preßt seine Stirn an meinen Rücken: »Mein Gott«, stöhnt er, »was ist von mir übriggeblieben? Ein Staatsbeamter mit Pensionsberechtigung, einer Zwei-Zimmer-Wohnung, einem Volkswagen und einem Herzfehler. Ich bin unglücklich, Vera, todunglücklich!«

»Ich weiß«, sage ich.

Ich streife mir einen Strumpf über das Bein, langsam, ganz langsam. Es macht große Mühe.

»Wollen Sie mich jetzt wirklich allein lassen?«

»Ja.«

Er nimmt mich bei den Schultern und zieht mich auf die Matratze zurück. Eine Weile sieht er mir ins Gesicht, stumm und mit einem Ausdruck wachsender Verwunderung.

»Vera«, sagt er schließlich mit leiser, atemloser Stimme: »Sie haben Ihre Maske verloren, wissen Sie das? Sie haben ein ganz nacktes Gesicht! Schade, daß Sie es mir erst heute zeigen. Ich bin sehr beeindruckt von diesem Gesicht. Es ist zum erstenmal menschlich!«

»Lassen Sie mich gehen«, sage ich.

»Jetzt, wo Sie menschlich geworden sind?«

Ich rücke von ihm weg und stehe auf. Ich ziehe mich an, Stück für Stück, sehr langsam und sorgfältig.

Walter schaut mir zu.

»Können Sie mir Ihr Auto leihen?« frage ich »Ich habe meins nicht dabei und Geld, um mir ein Taxi zu nehmen, auch nicht.«

»Reden Sie keinen Unsinn«, sagt er, »ich fahre Sie natürlich nach Hause.«

»Nein, bitte nicht. Sie tun mir keinen Gefallen damit!«

»Haben Sie etwas Besonderes vor?«

»Natürlich. Ich stürze mich jetzt ins Münchner Nachtleben!«

Ich schließe den Reißverschluß an meinem Kleid und ziehe mir die Schuhe an.

»Warum wollen Sie nicht, daß ich Sie nach Hause fahre?«

»Weil ich allein sein möchte.«

»Mögen Sie mich denn gar nicht mehr?«

»Im Moment mag ich nichts und niemand! Aber wie Sie eben sagten: Alles, was wir tun, sagen, denken und empfinden, hat schon im nächsten Moment keine Gültigkeit mehr.«

»Es darf nichts zwischen uns kommen, hören Sie!«

»Was sollte schon zwischen uns kommen, da doch nichts da ist! Gute Nacht, Walter.«

Ich gehe zur Tür.

»Vera!«

»Ja?« frage ich, ohne mich umzudrehen.

»Ach, nichts – der Autoschlüssel liegt auf der Kommode in der Diele.«

Vor dem Spiegel im Flur bleibe ich stehen und fahre mir flüchtig durchs Haar. Die Wimperntusche hat abgefärbt, und unter meinen Augen sind dunkle Kleckse. Meine Lippen sind sehr blaß, in die Augen schaue ich mir nicht.

»Vera«, ruft Walter aus dem Zimmer, »wollen wir morgen irgendwo hinfahren?«

»Wohin?«

»Raus aus der Stadt – in ein hübsches kleines Dorf – in einen warmen Gasthof, in dem es nach Kuhstall riecht.«

»Vielleicht«, sage ich, ziehe den Mantel an und verlasse die Wohnung.

Ich fahre zu Jossi.

Er öffnet mir ohne ein Zeichen des Erstaunens.

»Hoffentlich habe ich dich nicht geweckt«, sage ich.

»Nein, schlafe ich immer spät ein.«

Er trägt einen blütenweißen Frotteebademantel, darunter einen feinen, blaßblauen Pyjama. In dem winzigen Ein-Zimmer-Appartement duftet es nach einem Fichtennadel-Schaumbad. Eine graziöse Stehlampe mit bernsteinfarbenem Seidenschirm verbreitet bernsteinfarbenes, seidiges Licht. Die dunkelgrünen Sammetvorhänge sind zugezogen. Das Bett mit den hohen geschwungenen Kopf- und Fußlehnen ist mit lindgrüner Bettwäsche überzogen. Auf einem Barocktisch, säuberlich aufgebaut, glänzt Jossis ruhmreiche Vergangenheit: Pokale und andere unbrauchbare Gegenstände aus bestem, blankpoliertestem Silber. Ich stehe inmitten all dieser Possierlichkeiten und komme mir vor wie ein Riese im Liliputanerland.

Jossi wirft einen kurzen Blick in mein Gesicht und stellt dann die einzig vernünftige Frage: »Möchtest du einen Kognak oder lieber einen Barask?«

»O ja, einen Barask.«

»Hat ihn mir mein Cousin direkt aus Budapest gebracht«, erklärt Jossi und geht in die Küche.

Ich setze mich in einen zierlichen Biedermeiersessel – im Mantel, die Tasche auf den Knien.

Jossi kommt mit der Flasche und einem Glas ins Zimmer zurück.

»Sitzt du da wie im Wartesaal. Willst du nicht wenigstens den Mantel ausziehen?«

»Nein, nein, ich gehe gleich wieder!«

»Brauchst du dich wegen mir nicht zu beeilen!«

Er schiebt ein winziges Tischchen neben mich, stellt das Glas darauf und gießt es voll.

»Trinkst du denn nicht, Jossi?«

»Habe ich mir schon die Zähne geputzt.«

»Ach so.«

»Wirst du wohl nichts dagegen haben, wenn ich mich hinlege. Habe ich wieder Schmerzen.«

»Wo?«

»Putzikam, habe ich dir schon fünftausendmal erklärt und gezeigt, wo ich habe Schmerzen«

»Ach ja, natürlich«, sage ich.

Er zieht seinen Bademantel aus und legt ihn sorgfältig über einen Stuhl. Er nimmt die Brille ab und legt sie sorgfältig auf ein Tischchen. Dann steigt er ins Bett.

Ich trinke einen Schluck von dem Barask.

»Er schmeckt gut«, sage ich, »ganz stark nach Aprikosen.«

»Ist Barask aus Aprikosen gemacht.«

»Ich weiß.«

»Gibt es in ganz Deutschland nicht so einen Barask!«

»Einen so guten bestimmt nicht!«

»Hat ihn mir mein Cousin deshalb gebracht. Hätte er aber auch gleich meine Kristallgläser bringen sollen. Habe ich noch wunderbares Kristall in Budapest: große Gläser, kleine Gläser, Champagnergläser, für zwölf Personen!«

»Schade um das schöne Kristall!«

»Schade um all die schönen Sachen, die ich zurücklassen mußte!«

Er liegt da wie aufgebahrt – die Decke bis zur Brust hinaufgezogen, die Hände gefaltet, das blasse El-Greco-Profil auf dem lindgrünen Kissen.

»Jossi«, sage ich, »ich hatte Angst, nach Hause zu fahren.«

»Weiß ich das, Putzikam.«

»Man kann nicht immer auf zwei schwarze Fenster zufahren. Jedesmal, wenn ich um die Kurve biege, schaue ich hinauf. Vielleicht sind sie heute hell, denke ich, und weiß genau, daß sie dunkel sein werden.«

Jossi, ohne mich anzusehen, streckt den Arm nach mir aus. Ich gehe zu ihm, setze mich auf den Bettrand und fange an zu weinen. Zuerst weine ich noch diszipliniert – ein paar Tränen, ohne einen Laut. Aber dann werden es immer mehr, und ich beginne zu schnüffeln. Als mir die Tränen in Strömen über das Gesicht laufen, zieht mich Jossi zu sich aufs Bett. Ich liege in Mantel und Schuhen neben ihm und schluchze. Er spricht tröstend in Ungarisch auf mich ein, legt meinen Kopf an seine schmale kleine Schulter und streicht mir über das Haar.

»Putzikam«, sagt er, »Putzikam, Putzikam ...«

»Man kann nicht immer auf zwei schwarze Fenster zufahren, Jossi!«

(Ungarischer Satz.)

»Man wird dabei irrsinnig!«

(Ungarischer Satz.)

»Ich mag nicht mehr«, sage ich, »ich werde Schluß machen.«

Jossi zieht meinen Kopf an den Haaren hoch und gibt mir eine klatschende Ohrfeige. Das überrascht mich derart, daß ich nur töricht grinse.

»Hast du einen Sohn!« fährt er mich an.

Seine Augen, ohne die Brille, sehen hilflos aus. Ich lege meinen Kopf wieder auf die durchnäßte Stelle an seiner Schulter.

»Solltest du einmal an jemand anderen denken als an dich selber!«

»Da hast du recht, Jossi«, sage ich und werde ruhiger.

Eine Weile schweigen wir, dann frage ich: »Weißt du, wie man eine Eisenbahn an einen Transformator anschließt?«

»Sollte nicht schwer sein.«

»Doch, das ist sehr schwer!«

»Werde ich kommen, Putzikam, und sie dir anschließen.«

»Das wäre schön.«

»Brauchst du sonst noch etwas?«

»Ja, einen großen Tisch, auf den ich den Mann setzen kann – du weißt doch, Mischas Weihnachtsgeschenk!«

»Fängst du wieder damit an!«

Ich lache ein wenig und setze mich auf: »Ich werde jetzt gehen, Jossi.«

»Bleib noch hier. Laß ich dich nicht gern fahren in so einem Zustand.«

»Ich bin schon wieder ganz in Ordnung – nur mein Gesicht, das muß furchtbar aussehen! Ganz geschwollen, nicht wahr?«

»Wird es wieder abschwellen.«

Jossi greift unter sein Kissen, holt ein Taschentuch hervor und gibt es mir.

Ich schnaube mir die Nase.

»Mußt du mir versprechen, Putzikam, daß du vorsichtig fährst!«

»Ich verspreche es dir.«

Ich beuge mich zu ihm hinab, küsse ihn auf beide Wangen und stehe auf.

»Gute Nacht, Jossi.«

»Bin ich immer für dich da, Putzikam. Bist du nicht allein!«

»Danke, Jossi.«

Ich schließe die Wohnungstür hinter mir und trete in den langen Gang hinaus. Er ist mit grünem Linoleum ausgelegt und erinnert mich immer an Krankenhäuser. Rechter Hand sind die Türen, die in die kleinen Appartements führen. Es sind viele Türen, weiß gestrichen, numeriert – genau wie im Krankenhaus. Auch der Geruch ist ähnlich und die matte Beleuchtung. Ich liege gern im Krankenhaus, vorausgesetzt, daß die Krankheit nicht sehr unangenehm ist. Das Gefühl, nichts – überhaupt nichts – entscheiden zu müssen, ist herrlich!

Der Lift fährt sehr langsam. Während ich hinabfahre, lese ich, was es in einem Lift zu lesen gibt. Das tue ich immer. Leider ist es jedesmal dasselbe und nicht viel: »Höchstgewicht 360 Kilogramm oder vier Personen« (ich rechne nach, wie schwer demnach eine Person sein darf), »Nothalt, Parterre, Keller.« In diesem Fahrstuhl gibt es noch eine besondere Vorschrift: »Bitte keine Abfälle in den Lift werfen. Feuergefahr!« (Ich überlege, warum Abfälle feuergefährlich sind.)

Es ist kälter geworden, und es hat angefangen zu schneien. Ich stecke den Autoschlüssel verkehrt herum ins Schloß. Tatsächlich, ich habe ihn noch nie richtig herum ins Schloß gesteckt. Ich fahre vorsichtig, denn es ist sehr glatt. Es sind nur noch wenige Autos auf der Straße. Es ist auch schon halb zwei. Ich bin überhaupt nicht müde. Ich stelle mir die Liste für den nächsten Tag zusammen: Der Weihnachtsbaum muß angeschafft werden, die Pute bestellt. Und dann darf ich, um Gottes willen, nicht vergessen, Glawachs zu kaufen. Glawachs ist ein Glanzmittel für die Fußböden.

Die Straße, die auf mein Haus zuführt, ist breit. Sie ist mit einer dünnen Schneeschicht bedeckt. Ich fahre auf den Reifenspuren, die die anderen Autos hinterlassen haben. Eigenartig, diese Spuren! Sie laufen auseinander und zueinander. Sie kreuzen sich und verschlingen sich. Sie laufen parallel nebeneinander her und berühren sich nicht. Sie sind geradezu menschlich, diese Spuren.

Ich fahre ihnen nach – langsam und ordentlich –, immer geradeaus ... So gehört es sich!

Angelika Schrobsdorff im dtv

»Die Schrobsdorff hat ihr Leben lang nur wahre Sätze geschrieben.«
Johannes Mario Simmel

Die Reise nach Sofia
dtv 10539
Sofia und Paris – ein Bild zweier Welten: Beobachtungen über Konsum und Liebe, Freiheit und Glück in Ost und West.

Die Herren
Roman
dtv 10894
Ein psychologisch-erotischer Roman, dessen Erstveröffentlichung 1961 als skandalös empfunden wurde.

Jerusalem war immer eine schwere Adresse
dtv 11442
Ein Bericht über den Aufstand der Palästinenser, ein sehr persönliches, menschliches Zeugnis für Versöhnung und Toleranz.

Der Geliebte
Roman
dtv 11546

Der schöne Mann und andere Erzählungen
dtv 11637

Die kurze Stunde zwischen Tag und Nacht
Roman · dtv 11697

»Du bist nicht so wie andre Mütter«
Die Geschichte einer leidenschaftlichen Frau
dtv 11916

Spuren
Roman
dtv 11951
Ein Tag aus dem Leben einer jungen Frau, die mit ihrem achtjährigen Sohn in München lebt.

Jericho
Eine Liebesgeschichte
dtv 12317

Grandhotel Bulgaria
Heimkehr in die Vergangenheit
dtv 24115
Eine Reise nach Sofia heute.

Von der Erinnerung geweckt
dtv 24153
Ein Leben in fünfzehn Geschichten.